民国女作家
小说典藏文库
MINGUONVZUOJIA
XIAOSHUODIANCANGWENKU

民国女作家小说典藏文库

凤仪园

施济美 著

中国文史出版社

目录

雨

一

七月的太阳，在晴空里绚烂地微笑；树梢头几絮白云游来游去，象征着世事人情的千变万化；蝉声不断地嘶叫着，高亢而且热烈。是一个静寂的夏之午后。

一路电车驶过霞飞路，从热闹的一端到僻静的一端。

在善钟路口，电车拐了弯，以后愈向前愈寂静，都市的喧哗，渐渐地在耳畔绝响了。

隔着车窗，看见的是无边的清幽、安静。这时候，坐在电车里的徐远声，不禁有些新奇的感觉；他是新从北国到上海来的青年，没想到在这红尘十丈的都市里还有一个如此的世外桃源。茫然无绪地下了电车，似乎他的目的地已经到了；其实由于人地生疏的关系，他根本就不知道目的地到底在哪儿。

“请问您，栖霞新村离这儿有多远?”好容易看见一个警察，徐远声连忙去询问自己要找的地方。

“一直朝前走，福开森路口就是，乘电车还有四五站路。”警察操着北方口音详细地告诉他，颇有些“他乡遇故知”的神情。

人行道上，法国梧桐茂盛的枝叶，做成清凉的绿荫；想起刚才电车上拥挤的“盛况”，徐远声决定安步当车地走到栖霞新村去。

不知道什么时候起了风，吹得他心中思潮起伏，重温起中学时代的旧梦：

首先现在眼前的，是一个英爽、矫健的影子：两道闪电似的目光，严肃而有理智；洪亮的声音，永久是那么激昂，又带些沉痛。这一切，虽然疏远隔绝了好多年，可是回忆起来，依旧和当初一样的熟悉和亲切。那是高君义，他中学时代唯一的好朋友，他们学校中众望所归的英雄。

高君义是东北松花江上的青年，九一八事变以后，他毁灭了家，失去了亲人，诀别了破碎的故乡，向白山黑水道了声“别矣珍重”，开始流浪、奋斗和苦干。当徐远声刚进中学的那一年，高君义已经只差两年就要毕业。凑巧他们被派在一间宿舍里，徐远声是个“安公子”似的富家孩子，年纪又小，常常被人欺侮；高君义天性任侠，总是竭力地帮助他，照料他。为了这个原因，两个年龄悬殊、环境各异、性情不同的人，成了莫逆之交。可惜他们之间的相聚，只维持了短短的两年；高君义毕业以后，又是天南地北地到处流浪，度那为国为群的苦斗生涯，他行迹无定，工作又有危险性，连通讯都不能够；因此他们疏远了，隔绝了，几乎生死存亡都不知道，深长的友情，只有在回忆里去想念。

徐远声自己呢，还是一贯过那舒适平静的生活，他一直住在“太平”的古城里，不知道天高地厚；中学读完以后，再进医学院，直到今年大学毕业，才集合了几个同学到上海来旅行。以他的家境，自然应该还要到国外走一趟，只是手续尚未办妥，还要耽搁些日子，他也乐得将这一段时间，在上海消磨过去。

这一天，徐远声认为是值得庆幸的一天，他碰见了高君义的同乡李醒华，李醒华带给他一个可喜的消息：阔别多年生死莫卜的老朋友，如今也住在上海，并且将地址也告诉了他。这消息使他太快乐了，太兴奋了！这多年的别离！这多年的怀念！如今，栖霞新村就在这路的尽头，他距离高君义的家，一步比一步地近了……

回忆令他堕入长时间的幻想，雨点飘在他的身上，都没有觉得。

“小蝶！不要跑开，你看就要下大雨。”一个温柔的语调被微风送入他的耳鼓。果然，乌云遮没了半边天，眼前是一片阴暗，雨点由小而大，由缓而急，转瞬之间，就成了倾盆之势。

这附近，既叫不着车，又没有躲雨的地方；徐远声无可奈何地站在一株梧桐树下，不知道栖霞新村还有多少路。风助着雨势，越来越大，树叶子被吹打得哗啦啦地摆动，水珠四溅；他真有些进退两难，手足无措。

“小蝶！不要急，电车就要来的……”和刚才一样温柔的声音。徐远声看见旁边一株梧桐树下，也站着人。说话的是一个年轻女性，披了一件浅紫色的透明雨衣，头戴雨帽，长身玉立，很有些仪态万方的风度。

马路上，一个约莫五六岁光景的女孩子，双手撑着一柄浅紫色的雨伞，东张西望的，像是在等待着什么。大概就是小蝶了。忽然一辆汽车从后面轻悄地驶过来，小蝶似乎没有知道，这情形使得梧桐树下的两个人都非常惊慌，她尤其彷徨得没有了主意，幸亏他敏捷地走过去，将小蝶抱了过来。

“先生！真不知道应该怎样谢谢您……”她又抱歉又感激地

说，脸上浮着温柔的浅笑；徐远声客气地谦逊了几句。电车还没有来，雨势又不见小，他们依然各自站在梧桐树下。

风吹过梧桐叶，水珠四溅，徐远声淋得满身是雨。那位女性将伞送过来，殷勤地说："先生，雨太大了，先用一用这伞吧！我可以让小蝶躲在我的雨衣里。"温柔的语调，是他在北国从没有听见过的。

"那么我暂且借用一下，谢谢小姐的好意。"徐远声感到盛情难却，而且雨也实在下得太大。

不久，一列电车驶过来，小蝶着急地乱嚷，她们上了车，匆忙中他将伞还给她；然后电车很快地开了，隔着满是雨水的玻璃窗，她给他一个微笑，模糊但又亲切。

"江南的女性是温柔的。"徐远声瞧着雨伞心里如此地想。这时候，雨声渐渐地住了，乌云被风吹到天的那一边去；太阳在云光里微笑，淡淡地抹在雨后的枝头。

他继续向栖霞新村走去。

二

高君义家里，充满了"乍见翻疑梦，相悲各问年"的气氛。

本来，久别又重逢，已足够令人惊喜交集，何况又是沧海桑田之后。他们互相诉说着过去的情况。

假使将现在和当年做一个对比：徐远声当初只不过是一个稚气十足的孩子，如今已长成风度翩翩的英俊少年了。至于高君义，在徐远声眼光中看起来是比记忆里苍老得多，闪电似的目光，洪亮的声音，一切如旧；可是额上增加了许多皱纹，深深地镂刻着千辛、万苦、国恨、家仇……

夕阳带去了黄昏，他们的谈话还没有中止。窗外的星星开始在暗里窥人。

电灯开了，辉煌的光笼罩着室内的一切，隐约得像湖水，轻柔得似薄雾，舒适而且恬静；徐远声禁不住说："这样一个温柔快美的家，我羡慕你！"

"羡慕！不！'匈奴未灭，何以为家?'"高君义否认地说，"暴风雨的时代里，有这么一个安逸的家，是相当的耻辱；这完全为了内子，否则我决不如此的。我自己因为工作关系，行动要守秘密，根本就不常在家；像今天要不是醒华打电话告诉我……"

"真的，提起了尊夫人，"徐远声打断他的话，"刚才醒华告诉我，你已经结婚，并且郑重地介绍，说尊夫人是位'德言工容，四德兼备'的新女性，所以我特地来拜访故人兼觐新人；谁知这么不巧，她不在家！我想你们一定很幸福吧?"

"醒华总是一味胡说。"高君义微笑了，但顷刻之间又变成伤感，"谈到幸福，那是我对不起她。我们结婚六年了，婚后两年的生活，是很甜蜜的；战事起后，我为国奔走，今日天涯，明日地角，连家都没有，她一直和孩子住在香港。最近我奉命到江南工作，才将她从母家接到上海，总算才有了这样一个安身之处，然而我的工作危险，又累得她担惊受怕，精神上痛苦极了。你想她会幸福么?"

"尊夫人明达大体，一定劳而无怨，和你共同负起'先天下之忧而忧'的使命。"徐远声安慰他说。

"她温柔，和婉，又富热情，但都被我的忙碌和冷淡变成忧郁了；可是我有什么办法?"说完喟然一声长叹，怔怔地望着天花板。

时钟响了，七点。

八点半他有个约会，不得不离开；临走的时候，高君义关照他不必再住旅馆，明天就搬到自己家中；他高兴地答应了他。

走出栖霞新村，静悄悄的霞飞路上，细雨又在飘了，他像忆起了什么，若有所思地走着。路灯光在晚空里一闪一闪的，似乎狡猾地朝他在笑。

三

第二天，微雨斜风掩着了阳光，高君义来了电话，告诉他一切都布置齐全，无论如何要搬到他家去住。

放下电话，他感到高君义的真挚友情，永不能忘。

静静的薄暮，他到了栖霞新村；约略安排好行装以后，高君义引他到客堂里去休息。他们轻声地谈话，室内光线黯淡，静谧将两个人的心情都浸在旧日的回忆里。

一串细碎的步履声，一阵绊缭的衣服声，由远而近；门轻轻地开了，进来的人随手扭亮了灯，接着是轻柔的声音："君义，你怎么黑暗中招待客人？"

高君义站起来，愉快地笑着："惠蝶！来，我为你们介绍：这位是我常常对你提起的好朋友徐远声先生！"他又转过脸向徐远声说，"这是内人！"

这一刹那，徐远声真有些不敢相信自己的眼睛，灿然的灯光下，亭亭玉立着的是高君义的夫人，也就是昨天大雨里偶然相逢使自己眷恋不忘的那位女性！今天她穿了白纱旗袍，襟上别着一只翡翠蝴蝶；明眸皓齿，像一朵皎洁的白莲花，在温静之中，显出她的雍容华贵。

"请坐吧！不用客气。"还是那样温柔的语解，"昨天我没有知道就是徐先生，失陪得很！”

“哦！不敢当，我也没有想到就是嫂夫人，真是巧极了……”他凝思着，好像又想到昨天的情景。

高君义被他们说得茫然不解，她温柔地将原委告诉了他。门呀的一声开了，进来的是小蝶，急急地说：“爸爸！有电话……”忽然看见旁边坐着生客，又胆怯地想跟着高君义走出去。

“小蝶！不要走，过来叫这位徐老伯！”她命小蝶走到徐远声前面，深深地一鞠躬——

“徐老伯！”小蝶睁大了两个漆也似的黑眼珠，不住地在他脸上溜来溜去，忽然嘻嘻地笑起来，“你就是马路上抱我的那位先生！来找妈妈的么？”

“不，我是你爸爸的老朋友。”徐远声笑着纠正她的话。

“爸爸不认识你，你是妈妈的朋友。”小蝶摇头笑笑，表示不相信他；又转过脸天真地问她母亲：“妈，我说得对不对？”

她含糊地笑着，不去理会。

室内暂时是一片沉默，听见窗外的雨声渐渐大了。一直到高君义进来，笑谈才代替了寂静。

晚饭后，徐远声感到些疲倦，于是他回到自己卧室中去休息。

虽然今天和往常一样地平淡度过，可是他似乎激动得很厉害；原想有一个舒适的睡眠，无奈心情是如此的纷乱、不宁。他觉得有一点儿惆怅，有一点儿烦闷，好像缺少些什么，又好像多些什么。

窗外雨声更大，他想起了昨天的大雨；世界上的事情竟会这样的巧？也可以说是不巧？为什么自己会无端地眷恋着一个萍水相逢的女性？为什么这位女性偏偏又是自己最好的朋友的太太？

想起小蝶刚才一番天真无知的孩子话，他不禁微笑了。突然间，窗外卷起一阵狂风，雨点打在玻璃上，发出巨大的响声。他想是飓风来了，飓风惊碎了他温馨的幻梦。

高君义伟大的友情，使他感到良心的不安和惭愧。

四

日月的舟子，不停地在时光的大海里漂流着。七月过了。

徐远声一直住在他的老友家里，不到一个月的时间，他很清楚地就明白了这里的一切：表面上是如此美丽的幸福家庭，暗地里却充满着忧郁、沉闷，冰箱一样的冷酷。像他第一天搬来那样温和的空气，就从没有过第二次。

一种无名的苦闷，常常要掠过他的心头；他在替一个人惋惜和委屈；这多天来，他渐渐地感觉到那温柔的声音，常常会带着感伤的调子；那一双妩媚的眸子，无意间流露出惆怅的情绪。是的！浅笑掩饰不了深愁！高太太惠蝶最初给人的印象，似乎是个温柔愉快的少妇；可是日子久了，他觉得她的微笑，寂寞而且凄凉。

高君义不常在家，几乎一个礼拜中至多只有两天看见他的影子，还是那么来去匆匆的。深长的国恨家仇将他拖出了恋爱的小天地，满腔热炽如火的情感，都慷慨地献给大众了；不管他年轻的夫人，青春被忧伤一天一天地剥蚀。

日子平静地度过，不平静的是徐远声的心，与日俱增的痛苦和矛盾。他怕看见惠蝶，那寂寞的微笑，那含愁的眸子，使他感到难受。然而他又竭力地希望多看见她，因为他怜惜她，似乎还有些爱慕她。

小蝶病了。徐远声是习医的，惠蝶恳求他诊治。病症是很厉害的伤寒，来势又很凶猛，热度老是退不尽。没有几天，一个活泼的孩子，被病魔磨折得像是换了一个人：明亮的眼珠，失去了原有的光彩，丰腴的小脸也瘦削了。

病床畔，惠蝶日夜地看护，徐远声时刻地照料；然而小蝶的病丝毫没有起色，危险性有增无减；成天只是昏昏沉沉的，偶然神志清醒过来，她吵着要"爸爸"要"妈"，不过爸爸的爱被大众占有了，她常常见到的只是妈，一双含恨的泪眼，两弯紧蹙的愁眉。

"妈！爸爸不……要我们……"弱小的心灵也感到空虚了；徐远声看见惠蝶的眼泪像线一般地流了出来。

高君义终于回家了，他何尝不爱自己的女儿？都只为"国"比"家"更重要，于是才把"爱"分给了大众，疏忽了小蝶的病。如今他看见自己唯一的孩子，奄奄一息地在生与死的线上挣扎，他如何不难受？在这一刹那间，他要将千种伤心、万般悔恨，交织成无边的慈爱安慰这可怜的孩子。

然而，李醒华的电话来了，有紧急的事情召唤他去；工作剥夺了他做父亲的权利，大众将小蝶这一点儿最后的安慰也强占了去。惠蝶几乎是疯狂地拉着他，他无情地拒绝了。

可怜的小蝶，她不知道爸爸又离开了她，抓着徐远声的手，轻微而且断续地呻吟着："爸爸你……欢喜……小蝶……陪着妈……妈……很……可怜……"声音越来越细，最后听不见了，抓着徐远声的一双小手，渐渐地变得冰凉。

窗外，正断断续续地下着雨，好像是这可怜的小灵魂的呻吟。

五

惠蝶有着太阳一样明朗的心，高君义的冷淡，正像乌云似的遮没了太阳的光辉；如今又遭逢到暴风雨的袭击，唯一安慰她的女儿也不幸夭亡。

最近，她转变得更忧郁，终日寡言少笑的。高君义的劝慰，只有增加她的怨恨；他怀疑她已不再是昔日温良的惠蝶了。

然而，徐远声是懂得医学的，他了解惠蝶的心理。有一天，他看了电影从外面回来，晚餐桌上，只有他孤独一人，从仆妇口中，知道高君义又没有回家，惠蝶病了。匆匆地用过晚饭，他到惠蝶的卧室中去探病。

惠蝶似乎并没有什么大病，她穿了一件丝质的长睡衣，云鬓蓬松地斜倚在沙发上，无精打采地在翻一本照相簿，怔怔若有所思。

“啊！是你？徐先生？”偶然抬起头来，她惊讶地说，脸上现出极端的不宁静。

“听说你病了，所以特地来看你要不要吃些药。现在好点么？”他热情地慰问。

“谢谢你！我没病，不过觉得有些心里不舒适。”还是习惯地用微笑掩饰内心的隐痛，恢复了安详的神态。

他知道她又在想念小蝶，一时找不出适当的安慰句子，只好用别的话支开：“今年的夏天怎么这样多雨，好容易这两天晴朗些，你不要到外面走走么？散散心？”

“嗯！是的。”长睫毛下垂着，正在注视照相簿上的一张相片，对于徐远声的话似乎有些漫不经心。

那是一张结婚照片，高君义严肃的脸上，也浮现了愉快的笑容；新娘拥着美丽的花朵，头稍向左倾，正像花朵一样的可爱。徐远声的目光又扫到惠蝶脸上来，和当年一样的美丽，虽然清减了些，却更显得风姿楚楚，令人生爱。

他们结婚六年了，当初的甜蜜和现在的寂寞，正好成一个对比，抚今思昔，她不能不凄然。半愁半恨地合起照相簿，抬起头来，徐远声热情的目光正眷恋地望着她。

这一切比言语还要明白，他了解她的忧郁，她也了解他的热情。

周遭是一片寂静，两颗悲喜无主的心在理智与情感之间矛盾着，挣扎着。

窗外，不知是谁家传过来的歌声，轻柔地甜蜜地在唱着*Sweethome*，她怔怔地听着，情不能已地流下泪水，像一朵带雨的梨花。

徐远声轻轻地闭上窗户，不让歌声再来伤害她；随手拉起窗帘，试探着说："这歌声太恼人了，我懂得你的痛苦，希望能够医治你心灵上的创伤。"

"……"

"人生应该及时行乐，你还年轻，不要太伤感，惠蝶……"他热情地叫着她的名字。她也因为他的第一次呼唤感到异样感觉，长睫毛一闪一闪的，妩媚的眸子，流露着深情的眼波；温柔的微笑，不再有一丝凄凉。徐远声走过来，紧紧地握住她的双手，互相会心地凝视着。

忽然，她摆脱了他的手，大声地责备他："徐先生！请你不要这样对我，你的好意太危险了……"

是的，惠蝶的话，像严厉的训词。他渐渐有些惭愧、惶恐，感到自己不可宽恕的罪恶，急急地离开她的卧室。

徐远声热情的表示，予她不少无名的烦恼；她倒在沙发里，尽情地呜咽，思前，想后……

不知道过去多少时候，才疲倦地站了起来，从镜子里看见自己亭亭的影子，是如此的孤独、寂寞，禁不住一声长叹："恨不相逢未嫁时。"她泄露了灵魂深处的秘密。

六

第二天。徐远声离开了高家，临行他没有对任何人说起，只留下一封电报式的短简，告诉高君义他暂时和几个朋友到香港去玩几天，不久就回来。

高君义奇怪他为什么事先并未提过，然而惠蝶心里是明白他的。他希望疏远可以使自己的热情稍为冷淡，事实上他还有些愧对故人。

日子一天一天地度过，平凡的，但绝不是平静的。惠蝶真的病了。恰巧高君义奉命到屯溪去干一件工作，要一个月光景才能回来，他没有讨论余地就到了安徽，丢下多愁善病的夫人，孤独地住在上海。

秋风起，一片落叶的飘零，怎抵得一个愁人的伤感呢？积聚在惠蝶心头的忧郁，正像八月里浦江中的秋潮一样高涨。慈母的珠泪，怨妇的离情，深密纵横地织成了病的生涯。凄凉，寂寞，长夜紧接着长日地叫人难以挨受。她不知道郁闷在心头的是爱，还是恨。她也不知道自己所追求的是生，还是死。

秋风在她窗前飘过，她诅咒华年如水，人生似梦。她回想那不堪回想的往事：当年月下花前的密誓，至今言犹在耳，却都成了梦幻泡影；完了，这一辈子，幸福完结，爱情凋残，度着永久的秋天，不会有春风吹来的日子，岁月像不尽的沙漠，心情像已死的残灰、无波的止水。可是如今有这么一个人，是他！在这沙漠似的岁月里，开辟了希望的清泉。是他！死灰有了复燃的火星，止水有了欣悦的涟漪；可是他自己却又悄悄地远去了。

他是徐远声，大雨里萍水相逢一见钟情；只为了自己崇拜的女神，是自己朋友的夫人；只为了伟大的友情，感动了自己的良心；于是他放弃了追求，悄悄地离开了她。

秋风依样地在窗前飘过，镜子里她瞧见自己朦胧的面容、忧郁的丰韵……忽然，镜子里面又现出一个人影，她疑心是在做梦，可是绝不，徐远声热情的目光渐渐地移近了她。惊喜交集之下，她不知道话从哪里说起，还是他先镇静下去，怜惜地说："你瘦了，病了不少时候哩！"

"什么时候从香港来的？怎么知道我的病？"

"我根本没有去香港。"

"没有去香港？那封给君义的信上不是说……"她奇怪地问。

"对了，为了要离开这里，我不得不捏造一个理由出来告诉你们。"他诚实地答。

"为什么要离开这里？"她有些歇斯底里地问。

"为了你！"他像背剧本似的说下去，"为了我太崇拜你，怜惜你，爱慕你；我想我不能统治我的热情的奔放，像那天晚上就是一个证明。惠蝶！我相信你了解我，然而我太对不起君义，我那真挚坦白的朋友，他是英雄、大丈夫，不会想到这些儿女情长的事情的；他待我像亲兄弟一样，他百分之百地相信我；天！他越是相信我，我越是惭愧和不安。良心和道德观念叫我早些离开你，所以我不辞而别地走了，说是到香港，事实上我还在上海。

然而我不会淡忘了你们，千方百计地间接打听消息，他到屯溪，你病了这多天，我都知道。我每次想来探望你，当我想起了君义，觉得还是不来的好。可是，我今天毕竟又来了。”

“……”

“为什么不说一句话?”

“为什么要说话?我病了这许多日子，一直缄默着；除了用人以外，我对谁去说话?”她像是疯狂地自语着，“君义有他崇高无上的爱国信仰，我不能够怨恨他，我不能对一个舍己为群的英雄还要不加谅解；可是我自己，这几年来，过的是什么日子，还有我那苦命的孩子，小蝶又去了，只剩我孤独一人……”

“惠蝶！安静一点儿，不要太激动。”

“我想起来了，君义曾说过：‘匈奴未灭，何以为家?’这话表示厌弃了我……”她喃喃自语着，神情有些恍恍惚惚。忽然找到照相簿，拿起他们的结婚相片，端详了大半天，不由自主地落下泪来。

徐远声凝视着她的脸，脸上有一种坚定的表示，好像要准备做一件困难的事情。

七

九月里，一个飓风袭击的晚上，大雨如注。

虽说“快乐在不停的工作里”，可是这样辛苦的工作和危险的旅行，将我们的孜孜不倦的英雄也磨折得需要休息了。他高君义拖着倦乏的身子，迎着狂风，冒着暴雨，回到温柔明亮的家。

一路上，憧憬着眼前将要来到的快乐，他是很少有闲情逸致的，然而今天倦乏之余，却如此特别的兴奋。他想：惠蝶现在一定还没有睡觉，这样的大风雨，说不定她又起了什么感触，惆怅地坐在灯前；自己出其不意地走进卧室，她一定喜出望外；灯光下，她的微笑，一定分外温柔，那一双妩媚的眸子，也分外动情。想到这里，他自己也高兴起来。高君义并不是圣人，自然不会“太上忘情”；不过为了大众和国家，他把夫人冷淡了多少日子，然而他是永久爱她的。他记得新婚时候，挽了这样一个美丽端庄、温柔大方的夫人，在路上遇见亲友，人家艳羡的目光，使他起了一种无名的骄傲。这样的幸福，都是惠蝶给自己的；而自己给她的却是冷淡，真是太无情了。高君义决定从此以后要使惠蝶幸福些，决不能像以往那样冷淡她；他要向她忏悔。他希望快些到家，温柔明亮的家。

然而，家里是黑黑的一片；夫人又出外了，只剩得冷清的周遭；他感到莫大的失望和空虚！此外他没有想到这四年来惠蝶天天是这样生活着，他更没有想到其他。

意料之外的仆妇送上一封信，那是惠蝶的笔迹，他一看就知道；仆妇告诉他说是昨天惠蝶出外之前留下的；他开始有些迷惘，昏乱；一种预感告诉他将有一个不吉的事情发生；因此他怕看那封信，但他又不得不看。奇怪！一个丈夫对于自己夫人所写的信会有这么多的疑惧？他自己也莫名其妙。颤抖着双手，展开信纸；灯光下他觉得两眼有些昏花，再三镇定下来，才勉强看清楚信上的话：

君义：

我不敢请求你的宽恕，这样无情地离开了你！任凭你永久地诅咒，我知道也减轻不了我的罪行于万一。

空言，绕圈的解释，我想你不需要。然而我恳求你愿意接受我的“供状”：我们之间曾经有过三年密切深长的澄清友谊，两年新婚燕尔的甜蜜滋味，四年渐不谅解的寂寞生涯；如今有这样一个不幸的结果，是当初谁也没有预料得到的！然而最先造成这不幸的不是我，是你自己；我知道你具有火一样的热情，却害怕你那冰一样的心。

你爱国，爱大众，整个的热情都慷慨地献给他们，却忘了自己的妻子女儿，是怎样的孤苦，寂寞；你伟大，然而那可怕的冷淡使我寒心，小蝶凄凉的死，更叫人悲愤欲绝。这样的生活，四年。四年来，我已将热情紧闭在心灵的重门里；有这么一个人，他又偏偏来叩了这紧闭多年的门扇，于是热情像一阵风，吹开了。我也曾因为你而严厉地拒绝过他，他也曾因为你而毅然地离开这里！但是你到屯溪去了，我孤独一人，卧病了一个月，你消息全无，假使我死在上海，你也不会知道！如今就当我死了吧！我这样无情地离开了你！

我相信你会很难受，但我更相信你会用理智征服情感，不久就会淡忘。此后无论在天之涯，地之角，我将祝福你努力为国为群工作！

忘了我，你原说过“匈奴未灭，何以为家”！珍重！

惠蝶留言

他几乎疯狂，这一纸“供状”，压在他心头的是如何沉重的痛苦；温柔明亮的家变得空虚，一无所有了。

完了，一切都完了；爱妻，挚友，都背弃了他。这打击未免太残酷，是什么使他遭逢到如此的耻辱和剧变？难道片刻的冷淡，就该得到永久的孤独么？难道一个为国为群的工作者就不该享受一些温情的安慰，注定终身寂寞的么？他辗转地思索着，又悲愤，又怨恨……

然而，狂怒的情绪过了。高君义是有着阔大胸怀的英雄，他不再去计较这些私人的仇怨：“有什么事情会比失去了家乡还要更严重呢?”他认清了自己当前的责任，在这暴风雨的时代。

他想起了暴风雨……禁不住凝视到窗外，窗外正是狂风、暴雨、一片墨黑；疏疏落落的路灯光，在遥远的尽头缩成一线；他似乎看见了惠蝶，又看见了徐远声，并且还有自己，和一大群人在这狂风暴雨下奔走着……

是的！他看清楚了——在这暴风雨下，千千万万的人们，为了自己的目的而奔走，有的为事业，有的为恋爱，有的为大众，有的为自己……就这样，才能分出人类的伟大和渺小、超绝和平庸。

让严肃的工作，代替这不堪回想的怀念吧！他觉得留在上海每一秒钟都像是讽刺，匆匆地将一切整理就绪，他离开了上海，到广漠的原野，为祖国而工作。

高君义走了，他不坐待领略雨后的晴光，就在这暴风雨下奔走着！为事业奔走着！为大众奔走着！

一九四一年初稿

一九四五年改

小三的惆怅

我想应该先介绍一下本文的几个重要角色：主人翁是我的三妹小三，配角是一群小动物，而小猫小狗尤居首席。

小三因为排行第三，从小叫惯，长成也就懒得改口；如今已是个十七八岁的大孩子，然而，她那种爱动物的脾气，我敢说：就是等她老到七八十岁也改变不了。可不是吗？春天忙养蚕，秋天忙捉蟋蟀，夏天更是忙不过来，叫哥哥，知了……甚而至于萤火虫，只差没把蚊子苍蝇也装在笼子里饲养起来。此外，年年买小鸡买小鸭，她总是第一个起劲，可惜不知是小三与鸡鸭无缘，还是鸡鸭无福消受小三的深思，凭她怎么“鞠躬尽瘁”，到临了鸡鸭总是“死而后已”。除了这，在我回忆里记得最深刻的，就是她四岁的时候，盘腿坐在假山石上，一手拿了个洋铁罐儿，另一手伸出那又肥又短的手指头，去拈那砖头缝里的西瓜虫，直到装得满满一罐儿才肯罢休。天啊！这种先天带来的脾气，就是到七八十岁又哪会改得了呢？

这些且按下不表，话说今年早春时节，朋友送来一只小狗，当时我们合家欢喜，也合家宠爱；一则因为它小得有趣，二则也是怜它小小年纪就离开了它令堂大人的怀抱，所以我们竭力要使它不感到“天涯沦落”之苦；然而，最能够始终如一安慰小狗的，却只是小三一人而已。

第一件事，是替狗命名。大家七嘴八舌，不是嫌这个俗气，就是嫌那个难叫，闹了大半天，好容易弄停当了，还是小三的意见：名字有两个，中国名字叫喜儿，外国名字叫 Happy，顾名思义，其得宠可想而知。

其实，“喜儿”后来成了废名，只是备而不用，通称还是 Happy。

小三看护 Happy，可谓无微不至，夜里带它睡觉，白天张罗饮食，没事还照顾它洗澡，真是饥寒饱暖，无一不小心翼翼。

Happy 最爱乱跑乱走，记得有一次家里来个客人，无意踏了它一脚，Happy 不过叫了两声，表示微痛而已，可是我看见小三对客人怒目而视着良久。

我们给 Happy 买了一个藤制的狗窝，可怜小三素来不知道横针竖线，那天却忙了整整一个晚上，原来她在做活计，异想天开地缝了两条“狗被”。

渐渐地，Happy 日长夜大了。原先大家不过爱它小得有趣；谁知长大以后，一点儿也不好玩；一张半边黑半边白的阴阳脸，虽然五官端正，却是说不出来的丑陋和难看；而且性子又不驯良，看见人，不管生张熟魏，总是一贯作风，乱蹦乱跳，乱叫乱咬。于是我第一个怕它，恨它，主张送掉它；家中闻风响应，一致赞同，Happy 成了众矢之的；只有小三还是始终如一，并无二志！

后来，在小三的一再哀告之下，家中开了一次圆桌会议，会议的结果，是暂且将 Happy 从轻发落，“充军”改为“监禁”，于是 Happy 被关在客堂外的小院子里去了。小三心犹未忍，然而众怒难犯，只好噘着嘴在一边生闷气而已。

那一天，也是合当有事：家中来了一位生客，不知是谁忘了关上客堂门，Happy 乘机摇尾而入，它看见熟人尚且呐喊，碰着生人自然要咆哮；一阵“汪！汪！汪！”把个客人吓得心惊胆战，然而为了要维持他的第一次登门的客人身份起见，只好故作镇定，Happy 变本加厉又是一阵“汪！汪！汪！”其势汹汹然；结果，Happy 越是神气活现，客人越是坐立不安，母亲也就越是跟着面红耳赤。

客人走了，母亲在大坍其台之后，一怒就要逐出 Happy，我连忙乘机进谗言：“这种年头，养狗的确没意思，牛肉这么贵，人还吃不起哩！”

“而且院子里的篱笆都被它咬破，说不定它将来跑了。倒不如……”二妹琪茵也来助威，于是我也和着说下去：“不如咱们把它送掉，一干二净！”

母亲听了很以为然；小弟弟是中立派，无所谓；伤心的只有小三，然而她孤立无援，只好哑巴吃黄连，有苦说不出。当时决定晚上就送，以免夜长梦多，又生变卦。

晚饭时，小三怀着满腹的委屈，拌了一大碗狗饭，牛肉那么多，怪不得 Happy 吃得摇头摆尾的哩！可怜小三到底是万物之灵，依依惜别，那顿饭就吃得垂头丧气的。

“这一来，Happy 成了‘绿篱弃犬’了！”母亲抱歉地说，满桌的人都哈哈大笑；小三也笑，然而是苦笑，哭丧着脸的笑。

“黯然销魂者，唯别而已矣！”我还毫不知趣地调侃她，“得啦！天下哪有不散的筵席……”

忽然，琪茵使劲在桌子底下踏了我一脚，我留神注意，原来我这近视眼，刚才没瞧见她的眼圈儿倒红了，吓得我不敢再开口。

晚饭后，差人将Happy送到小弟弟的小朋友家去，小三盘根问底地向小弟弟打听那人家的尊姓、大名、什么路、几号门牌、电话号码，真奇怪，难道她还要和狗打电话吗?

天不作美，忽然风吹雨打起来，路又远，送狗的人老不回家，小三心里渐渐有点儿着急了。

风雨越来越大，小三躺在床上，辗转反侧，不能入睡，既担心Happy着凉，又恐怕它不得新主人的欢心，嘴里老是叽叽咕咕的。琪茵瞧不过去，只好说："送狗的时候天还很好，大概一路不至于淋雨。"

"听小弟弟说那个人家也有狗，我想他们一定能够'狗吾狗以及人之狗'。"我也竭力忍住笑安慰她，谁知琪茵扑哧一声大笑起来，再一回头，瞧瞧小三，她倒伏在枕头上哭了。

几天后，家里接到一个电话，那不是Happy打给小三的，却是它的新主人打来的，据说，Happy忽然逃跑，他们寻了两天，不知去向，非常抱歉。

小三得知这"不幸的消息"以后，真是怏怏不乐，走到街上，总是留心Happy的下落。我心里又是好笑，又是着急，因为万一Happy有什么不测，主张送狗最力的就是我，岂不成了"我虽不杀Happy，而Happy因我而死"了吗?而且，瞧小三那副丧魂落魄的样儿，我非但对不起狗，也对不起人啊!

如天之幸，小三到底不知在哪儿将Happy找回来了，不过弄得浑身泥浆，一点儿狗样子也没有，大概是漂泊的野狗生涯，才害得它如此狼狈吧!母亲看它可怜，于是说无论如何这次不再送掉它了。

俗语说：讨饭三年，官都不爱做。Happy当了一阵子的野狗，自由惯了，再把它圈在院子里，可就今非昔比，何况它本来是个“性非和顺”的东西，白天还好，更深人静，它看见了一点儿风吹草动，就大惊小怪地“汪！汪！汪!”经它一嚷，吵得我们的罗宋芳邻不能安眠，于是推开窗户“哇哇哇”地乱叫。结果，一边“汪汪汪”，一边“哇哇哇”，此唱彼和，再也不得安宁。

三天过去了，虽然这回我们不再打算将 Happy 送掉，可是，为了睦邻，为了维持治安，我们只好再将它送给别人家。这回小三倒没哭，她只瞧着那破旧的狗窝，感到无边的惆怅！这是第一次。

狗的公案总算告一段落，接着就是猫的故事。

家里闹耗子，于是在某一次圆桌会议的时候，大家商量养一只小猫。

第二天，小三放学回家，书包里藏了一只黄白黑三色小花猫，看见人“咪唔！咪唔!”直叫，于是我们都叫它小咪唔，简称咪咪，又名小玳瑁，别号小玲珑，小字三花……

小咪唔的确生得可爱，不像 Happy 那样丑陋讨嫌，所以，小三也就渐渐地转忧为喜了。

小三看护小咪唔和当初看护 Happy 一样的细腻、小心、体贴入微，比较一下，可以说是无分轩轾，绝不偏爱，所不同的，只是天天饭锅里的牛肉，如今已改成猪肝或是猫鱼了。

小猫和小人一样，富有童心，最爱淘气，小咪唔自然也不能例外，没事东蹿西跳，满地打滚。再不然乱捉自己的尾巴，在地上来回地转圈圈，有时候对着镜子瞧见自己的影子，“咪唔！咪唔!”地叫。……小三看见以后，因猫乐而乐，跟着呵呵地笑。小咪唔的那副憨态，和小三的那副傻态，遥遥相对，真是妙不可言。

天有不测风云，猫有旦夕祸福，小咪唔忽然小有不适，茶不思，饭不想，蜷在屋角里动也不动，小三担心得连电影也没去瞧。

第二天小咪唔病有转机，吃了四尾猫鱼，白饭完全剩下，琪茵说它患了馋病，小三朝她使劲一瞪眼，好像警告她不该对小咪唔无故加以侮辱。

第三天，小咪唔又入危险状态，两眼无光，浑身打战，连猫鱼也不吃了。小三看了一遍万金油的仿单，如法炮制地喂了些万金油，恰巧母亲头痛，嚷着要万金油，小三说："且慢！"

于是母亲幽默地取笑："吾未见事亲如事猫者也。"

小三正没好气，居然反唇相讥。

第四天，小咪唔病势有增无减，四肢拘挛，终于午后五时三刻气绝，与世长辞，当晚六时半葬于冬青树下。小三不言不笑，历数小时之久。这是她第二次的惆怅。

想起来，小咪唔确是死得可怜，不过当此乱世，人命尚如草芥，况猫狗乎？所以别人叹息两声也就算了，谁像小三那样念念不忘。

小三真会庸人自扰，没事的时候，看看狗窝，已是"凤去楼空"，看看猫饭碗，又是"人亡物在"，一个是生离，一个是死别，根据过去的经验，我猜小三一定要在无人之处临风偷洒几点伤心之泪吧。

生离死别以后，总算过了几天清闲日子。可是，江山易改，本性难移，小三又忙着到处去物色别的畜生去了。

几声"咪唔""咪唔"的猫叫，唤醒我的午睡，揉揉眼睛一瞧，是几时家中又弄来一只小猫？用不着说，这自然又是小三的玩意儿！

其实，家中养只小猫算得了一回什么事？而且小咪唔死了以后也需要这么一个小东西，无奈这只小猫大概与我无缘，否则，为什么我对它一见就生气？瞧它蹲在地板上那个怪德性，也就够人受的：两只眼睛倒是挺大挺圆，可惜四周都镶了大红边框，脸又不圆，再配上尖嘴、猴腮，那副嫌样儿真叫人无法形容，尤其难看的是浑身雪白的毛，偏偏拖着一条又粗又黑的不相称的尾巴，倒像装上去似的。我想：真亏小三的好眼力，从哪儿抱来这么一个体面畜生？

一阵楼梯响，小三兴高采烈地跑上楼来，她欢天喜地地对我说：“大姐，你瞧！我刚抱回来的，这只小猫很结实，大概不至于死。”

我还没来得及答话，小猫看见三小姐驾到，通灵似的立刻张开它那张尖嘴，“咪唔！咪唔！”叫个不休，小三看见猫叫，乐得眉开眼笑，俯下身子去逗着猫玩，她那股手舞足蹈的劲儿，和猫的张牙舞爪的样子，正好成个对比。我不禁又好笑又好气，诚心挖苦她说：“死了倒也算了，这么个丑东西！”

“丑东西？”小三噘起了嘴，表示抗议。

“可不是？嘴丑，脸丑，眼睛也丑。”我越说越起劲，“一条尾巴更丑……”

“尾巴丑？”她抱起小猫，坐在床上，不住地抚弄着猫尾巴，“人家说这是‘雪里拖枪’！”

“雪里拖枪！”我也学着她刚才的神气，噘起了嘴。

她瞧我不相信，于是引经据典地说了一大套：“你不知道什么叫‘雪里拖枪’吧？你说尾巴丑，好就好在这条尾巴，你瞧！全身白毛，配条黑尾巴，不是‘雪里拖枪’是什么？要是脑门子上再加两块黑毛，那就叫‘棒打双桃’，你听见过没有？”

“倒是没听见说过。”我摇摇头，忍不住大笑起来，“起先还以为你杜撰哩！这么一解释，原来还有辞典，使我顿开茅塞。不过，这条尾巴，实在不好看，我还是不敢恭维。”

小三觉得话不投机，怏怏地抱着她的“雪里拖枪”走了，楼梯上一大阵咚咚的响声，大概她在和我赌气吧？

我越想越滑稽，小三这个傻孩子，这半年来，和她那些“得意畜生”，不知闹了多少悲欢离合的纠纷……想到这里，我一个人坐在屋子里也会大笑起来。

楼梯上又是一阵响声，小三和琪茵走进来，跟在后面尾随而入的，自然是“雪里拖枪”，不！瞧它似乎有点儿异样，原来脑门子上忽然多了两块黑，难道又抱了一只猫吗？我问：“这是怎么回事？”

小三皱皱眉，不开口，琪茵说：“还提哩！不知哪儿抱来的这么条癞猫，这两块黑，是小三刚才给它上的黑油膏子。”

“哦！”我恍然大悟，“我说‘雪里拖枪’怎么忽然摇身一变成‘棒打双桃’哩！原来如此。”

琪茵大笑，小三却不然，似乎心事重重的样子，我想：她对这只小癞猫一定大失所望吧！

“咪唔！咪唔……”猫又在叫了，然而没人理它，它可更加叫得起劲，声音苍老低哑，叫人一听就生气，我连忙说：“这只猫的嗓子怎么倒了嗓？伤风？还是咳嗽？要不要再内服一点儿阿司匹林，或是白松糖浆？”

“那倒不劳您这位内科大夫费心。”琪茵笑笑，冷冷的，“人家是天生一条挺好的麒派嗓子。”

我不禁大笑起来，小三凝视着窗外，也许她想起了冬青树下的小咪唔吧？可是“雪里拖枪”一径地拉开它那麒派嗓子咪唔咪唔地叫个不已。

在我和琪茵的笑声中，在“雪里拖枪”的麒派嗓声中，小三悄然地下楼去了。这是她第三次的惆怅。

一九四二年

小 天 地

暮春时节的黄昏，古朴的山城呈现着旧世界的舒徐的美。

是谁家的屋顶上飘起了一缕缕炊烟？你听，钟声又响了起来，颤动而悠长的余韵，在微风里漾着，然后，渐渐地飘远了。

小雨蒙蒙，替飘在乱草上的玫瑰落英增得几分凄媚。

“怒发冲冠，凭栏处，潇潇雨歇；抬望眼，仰天长啸……”他踱上石阶，有意无意地哼着《满江红》的调子，心里正被一种无名的烦闷纠缠着，因此，一曲未终，他就中止了。

风过处，几片浓红的残瓣从玫瑰树的枝头飘下，落在他的头上、身上……他默默地捡起了它们，聚拢在掌心，投以同病相怜的一瞥，然后又珍重地夹在点名册里，并且颇为关情地思量着：“可怜的玫瑰花，假使你能够幸福地插在碧玉瓶中、美人襟上，或是……然而，你却开在这荒园的墙脚畔，没人理睬，到临了还让无情的东风吹得你片片落红，落在我这贫愁憔悴的发上，落在我这破旧黯淡的衣衫上……设若花魂有知，也曾自叹命薄么？”

想到这儿，他逃避似的走进宿舍，连一瞥都不曾回顾，似乎惧怕那花落春残的凄凉景色，会刺伤自己脆弱的心。

那一间单调的斗室果真就会给予他一丝任何的慰安么？不！他仍是照例地放下了手里的课卷与点名册，照例地坐在书桌前的那张破藤椅上，更照例地倒了一杯淡而无味的白开水，一边慢慢地喝，一边悠悠地叹息……

校役送进一封快信，他向信封一瞥，生疏而又熟悉的笔迹，令他一时想不起寄信人是谁。匆匆地拆了开来，那上面寥寥地写着：

剑南：

十载未通音讯，昨偶于友人处得知近况，欣慰奚似？今乘北上之便，可得一晤，五月八日望勿离校他出为盼，余面叙。

李长年草

壁上的日历告诉他今天正是五月八日，他惊喜得无以自持。这些年来，不知是世界忘记了他，还是他忘记了世界，他一直是这么寂寞孤僻地生活着，没想到在这举目无亲的人间居然还有人对自己这样地关情，这是一种可珍的关情，令他感激得流下泪来。

他清理了书桌，打扫了房间，还特地沏了一壶龙井茶。待一切都预备好了，然后静静地候着十数年前的老师来临。

事实上，他的心不能够平静，思前，想后，正像波澜起伏不定的大海。

这些年来，为了生活的寂寞，往事徒增惆怅，以致将一切童年与少年时代的旧梦都埋葬在过去的坟墓里，谁知道这一封信会像一柄秘密的钥匙一样，开启了他的早经紧闭的记忆的重门。于是，在这一刹那间，荒园里美丽的葡萄棚又恢复了旧观，绕满着牵牛花的秋千架又在夕阳里荡漾了，十六载的年光开始倒流了……

秋千架上，并坐着小康与文蔚。他们随风飘荡，逍遥自在；葡萄棚下，自己正和家宝对坐在石桌的两旁，玩着象棋戏，聚精会神的。忽然，几颗深紫透明的葡萄从树上落下来了，掉在他和家宝的头上，立刻，秋千架上的小康和文蔚像燕子似的飞过来，四个孩子天真而又傻气地笑着，跳着，叫着……这喧嚣是可爱的，它惊吵了正在静心看书的李老师——他脸上浮起温和的微笑，放下书，愉快地走了过来。于是，在葡萄棚下、青草地上、秋千架畔、牵牛花旁，他们一同做着孩子的无知的梦……

这些梦，在沉思默想里原是永久的美景，令人微笑，令人喜悦；可惜只是一刹那的真情实境，在年华已去儿时不再的今日，似乎反而成了多余的令人流泪的悲喜剧了。

现在，十六载的年光在沧海桑田里缓缓地流过去，这古朴的山城虽然还依稀呈现着那一股舒徐的美，但是秋千架没有了，凋谢的玫瑰树替代了当年的葡萄棚……什么都今非昔比了。

他流下了没来由的眼泪。

除了追恋往昔以外，他还慨叹自身的潦倒坎坷的境遇：他觉得自己是童年游伴中最不幸的一个，他羡慕他们每一个人——当年和自己一同玩象棋戏的家宝，如今已远渡重洋，更求深造，他日学成归来，于国于民定有莫大贡献，自不待言。至于文蔚，他已是国内有数的青年画家，受着千万人士的崇拜与爱敬，此时正游历名山大川，度着最高最美的波希米亚的艺人生涯。还有小康，小康是值得悲悼的，他年轻早死，死得又那么凄惨，但也死得光荣，“男儿战死沙场”，自古已然，又何必介介于功成名就呢?

儿时的友人都奋发有为，雄心壮志，投向海阔天空，他们的天地是多么的辽阔而远大啊！

然后，他想起了自己，于是抬起倦乏的眼，向桌上的课卷、点名册、墨水瓶……投了憎厌的一瞥，他禁不住长长地叹息起来，十年了，十年的粉笔生涯，他获得了些什么呢？穷，愁，病，终日的叹息，长年的悒郁。啊！他什么都没有，他厌倦了，厌倦了这死气沉沉的山城，厌倦了这机械刻板的教读生活。想到这里，他觉得整个的世界在缩小，缩小……最后缩小成一间斗室。

他蛰居在一方斗室里，不能痛痛快快地生，不能轰轰烈烈地死，甚至连呼吸都艰难起来，他恨透了这微渺的小天地；然而他必须在这可诅咒的小天地里度过他的过去，他的现在，他的未来，他的一切美好的时日……

雨住了，夕阳的光辉，透过云层，淡淡地照着树叶上的残滴，似乎添了一些清新的诗意，但是却不能给予他稍许的生趣。

李老师终于来了。

在凋谢的玫瑰树旁，那老人喃喃地说着："我知道了你的消息，真是兴奋得无以复加。自从你在此地小学里毕业到省城里念中学之后，我总共不过瞧见你三趟：一回是双十节提灯会，还有一回是你和文蔚他们回母校来玩，末了一次就是我回南方，路过省城你送我上火车。算起来整整十四个年头。后来你又怎样到这儿来教书，我全然不知。虽然我心里一直惦记着你，惦记着我所有的学生，可是千方百计打听不到消息。没想到无心之间会从一个初见面的朋友处知道了，你想我是多么的欢喜！当晚我寄了一封快信给你，我想你收到我的信一定和我写信时一样地欢喜。可惜因为赶路匆忙，我只能逗留一夜，明天又要分离了。"

"李先生！"感动得几乎流下泪来，他不知道话该从哪一句说起，虽然他有千言万语要说。

“日子过得真快，我回南方的那一年，你也只不过这么高。”李老师用手比着，“一转眼，你已经长大成人……”

“而且都老了。”苦笑着接了下去。

李老师摇摇头，现出不以为然的样子：“为什么要这样说？刚只有三十岁的人，就觉得老了么？”

他惭愧地垂下了头，注视着地上的玫瑰落英。

“剑南，看见你，就使我想起另外的三个孩子了。”那苍老的声音又温和地响了起来，“文蔚和家宝都很好，只有小康……小康这……孩……子太……可怜了……”

“是的，先生！对于小康，真不知何以悲悼，可惜也无从悲悼了。”剑南心酸地应着。

“剑南，告诉我一些别后的概况吧！”李老师按着他的肩膀，这样说。

“无善足述，先生。”小声地答。

“为什么？”

“我比一切人都不如，小康尚且有一个光荣的死。”

“可是你必须让我知道，因为你是我当年最最得意的门生。”固执地。

“可是我……我……先生……我不愿意说……”他口吃地央求着，又垂下了头。

李老师颤抖地握住他的手，极其感伤地说道：“剑南，多年不见，你连《爱的教育》的故事都忘记了。”

“我没有，先生！”他分辩着。

“安利柯是多么爱护他的老师啊！”

“我知道，先生！”他呜咽了。

“剑南，你自己没有知道你使得年老的先生如何的伤心。”李老师止不住失望的悲哀，惨然地说，“你忘记你小时候在我班上读书的时候了么？那时候你聪明，好学，有礼貌，比任何孩子都可爱；你又是一个孤儿，一个贫苦的孤儿，比任何孩子都可怜。所以我特别地爱护你，欢喜你；我辛苦半世，到达知命之年，膝下尚无一男半女，因此将你当作亲生的孩子一般地钟爱。你还说过你虽是孤儿，幼小的心灵里却没有无父的悲哀，因为我待你太好了。可是，剑南，十四年不见，你比当初长大了，如今你将我忘怀了，对我冷淡了……”

“不！不！先生，您别这样说，我对您发誓！我没有这样！”剑南不安地叫着。

那心碎的老人依旧是那么激动：“但是，你连一点儿别后的情况都不肯相告。”

“因为我怕刺伤您的心，”他的嗓音哑了，几乎是呜咽地说，“当您知道了自己最最得意的门生是这么潦倒与贫穷的时节，您……”

“剑南，潦倒并不可耻，贫穷也相当美丽。”温和地纠正了他的话，然后，抚慰地告诉他，“我的孩子，你误会我了，我所关情的是你的别后情况，而不是那些世俗所重视的名利和富贵。”

这一句话含着温厚的人情味，暖和了剑南凄凉的心，他安慰地笑了。可是，别后的情况呢？于是无限的辛酸往事使他收敛起笑容而黯然哀愁：

“高中毕业以后，因为母亲身体多病，未便远游，所以我回到这儿来服务。第二年我结了婚，家庭之间似乎比过去较不寂寞，可是母亲病故了。先生，您知道我们母子的情感是超乎寻常的，二十年相依为命，一旦长逝，真令我痛不欲生，所以我也几乎一病不起。之后，似乎过得很平静，还添了一个孩子，可是战事又起了，万方多难，谁能逃此大劫？不幸的妻遭逢惨死，孩子丧失了母亲不久也就夭折，于是，只剩下我孤零零的一个。先生，这就是我的别后情况。先生，你看我完了，什么都完了。”

“可怜的剑南，你真是太苦太不幸……”侧过脸，同情地说，忽然，又转变成坚决的语调，“但是你总不能这样颓唐，应该振作一点儿才对。”

“我已经连活的勇气都没有了。”他畏缩地答。

“工作会予你以莫大的安慰。”

“工作？”悲惨地笑着，“先生，我吃了十年的粉笔灰，还有那根教鞭，我举不动了，我宁愿它是乞丐手里的打狗棒……”

“什么？你疯了？”

“没有疯，我……先生，我只是疲倦。”

“你忘记了神圣的教育使命？”

“也许忘记，也许没有。”精神不属而又茫然地，“先生，我太辜负你了，你对我的期望……多……大，可是我……我这么没有……没有出息……人家乘……风破浪，前……程万……里，我这……一辈……子……就……完了，我要埋在这……小……天……地……”

“小天地！”怀疑而又焦急。

“……”

“剑南，剑南，你怎么了？”李老师用力地推他，大声地叫着。

他似乎从梦寐里醒觉过来，失神的眸子，迷惘四顾，然后低声地说：“我一时起了感触，所以这样。先生，您不至于见怪吧！”

李老师摇摇头。

不知什么时候起了风，虽然时节已是暮春，但山城的黄昏，还有一丝凉意，于是他伴着李老师，缓缓地走进宿舍。

夜色渐渐地浓了。

斗室里，孤灯下，他们互相诉着当初的旧事，和今后的一切。

“剑南，你何以有太多的伤感？想想吧！三十岁的人，正是希望无穷。”李老师带着教训的语气对他说。

“也许是环境使然……”他唏嘘着。

“大英雄当以赤手改造环境。”老当益壮地。

“先生，我是弱者，不敢妄做英雄梦……”萎靡地吞吐其词，停了好一会儿，才继续说下去，“不过，我颇想和您一路到南方去，那儿是商业繁盛之区，谋得一枝栖息，也许较为容易，再不然，我也想在政界混混，找一点儿出路……”

“什么？剑南，”打断了他的话，“你也想做官发财么？”

“不是这么说，先生，这儿的天地太小了。”

“天地小，小天地。”轻微地讽刺和咏叹，之后，又怜悯地说：“剑南，天地虽小，你就忘了使命的重大了么？对于你的错误心理，我失望而又可怜；但是你必须要明白，为了莘莘学子，你必须要忍耐和牺牲，当然这个牺牲是有意义的，而这个忍耐又是应当的，所以我才劝你这么做。剑南，你理智地想一想：政界商界是否缺少着你？而此地——你所谓的小天地——却正需要你，非你不可地需要你，你不能离开，剑南，你不能离开。”

“是的，先生，我不能离开。”一字一字地。这时候，连他自己也不知道充满在心里的感觉是悲哀的，还是喜悦，是希望，还是失望，是空虚，还是满足。他茫然了。

李老师挚爱地抚拍着他，这一种伟大的父亲的仁慈，反而使得孤寂惯了的剑南流下了辛酸而又感激的泪水。

这一晚，他们只不过睡眠了两三小时，差不多是彻夜地长谈。

李老师发觉他身体衰弱，精神萎靡，特地从行囊中取出一瓶鱼肝油，交给他说："我看你似乎不太健康，这瓶鱼肝油是一个朋友送给我的，我虽上了年纪，却并不需此，还是转送给你吧！"

"先生！您待我太好了，我真不知道说什么才能表示我的感恩。"

"不，剑南，你不用表白，只要你懂得我的意思就成，我相信你是懂得的，因为你也曾有过许多的学生，你一定会知道我关怀你正好像你关怀他们一样，剑南，你一定懂得我的。"

"啊！先生，我懂得您，我归心低首地敬爱您，景仰您，直到我的末日……"他虔诚地诉说着。

渐渐地，黎明来了。

蒙蒙朝霭之中，他送李老师走出来，走过那株玫瑰树旁，李老师颇含蓄地告诉他："你看，这凋谢的玫瑰树，为了来年的幼芽，它必须坚持地活下去，每一种生物都不能断绝自己的活泼的生机，何况人为万物之灵呢！"

"是的，先生，我相信这株玫瑰树将永久勇敢地活下去了。"他英爽地附和着，眸子里闪出异样的光辉，那是生命的活力。

李老师苍老的脸上露出一丝安慰而又兴奋的笑。

在小桥之畔，他目送着李老师上了船，目送着船影在杨柳掩映的河中渐渐地远了，消失了……

他觉得似乎失去了什么，又似乎获得了什么。

缓缓地踱回学校，朝阳已照遍了大地。

一群孩子正坐在石阶上读书，琅琅的声音予他寂寞的心以无限的慰安。

他微笑了。孩子们看见老师，天真地聚拢来，围住他，恭敬地叫着："先生早，先生好。……"

他欣喜地朝他们点点头，不再感到自己孤独，并且以无限快乐的心情带领他们走进课室。第一课是国文课，于是他令每一个小朋友翻开了《爱的教育》……

孩子的天真，和李老师的老当益壮的精神，使他感到这小天地是多么的可爱，他永久也不愿意离开此地了。

窗外，那凋谢的玫瑰树上，正有成群的蜜蜂，飞来飞去地唱出嗡嗡的工作诗。

你看！一切的生命都洋溢着活泼的生机，强烈的跃跃欲试的工作力！

一九四三年

嘉陵江上的秋天

纪念一个朋友的朋友

我正仰望着万里长空的朵朵纤云，天这么高，而又爽朗，是秋天了，为什么老看不见排成“一”字或是“人”字的雁行呢?即使是一只孤雁也好，我爱那嗷嗷的声音诉说着秋天的消息，虽然那消息是萧瑟的。

丽珠捡起了一片落叶，自言自语地：“秋天又来了。”然后是一声幽幽的太息。

“来了就来了吧!”我机械地说，“这年头，愁柴愁米还愁不过来，善感的姑娘！你还想来一出《黛玉悲秋》么?”

“那并不!”她忧郁地笑了，“愁柴愁米是生活的安排，可是人到底是人啊！我逃不了情感的安排……”

“什么是情感的安排呢?”我问。

“回忆过去的，惋惜那不可再来的。”她的语音低而且轻，“方洋，你知道，我是一个心情脆弱者，稍为重一些的言语，就能使我落泪，一刹那的刺激将令我永久心碎。秋天又来了，我不自觉地惦记起嘉陵江。”

"嘉陵江?"

"是的，那是一条美丽无比的江，我怀恋着嘉陵江的秋天，更想起了故人……"

"故人?"我用一种打量普通女孩子的眼光去打量她，"那也许说恋人或是情人更确当一些吧?"

"你以为你是聪明的么？可是这回却失败了。"

"失败了?"我狡猾地笑了笑，还有几分不信的神气。

她慎重地将那片落叶藏在书里，软弱地说："慢着，且听我说一个嘉陵江上的故事，这故事发生在那年秋天……"

秋天，嘉陵江黄浊的江水已变为澄绿的清流了，阳光辉煌而又柔媚。四川的秋天是可爱的，然而却令我想起了家。

"丽珠，好端端的，什么事又不高兴?"一个同学跑进寝室，关心地问。

"成秋，"我问她，"你到过江南么？可还记得那儿的山……"

"记得，很清秀，不是么?"她闭上眼睛，若有所忆地笑了笑，说，"然而哪儿有这里的雄伟和壮丽呢?"

"假使你也欢喜'霜叶红于二月花'，那你或许会怀念着栖霞山的。"

"傻孩子，又在想家么？快别，"她不许人在这样的好天气下怀乡，硬拉我起来，嘴里嚷着，"走，我们出去遛遛，乘小木船到大堡去采红叶，或是到北碚去拾贝壳，好么?"

我却不过她的好意，理一理散发，无可奈何地顺从她一同走了出去。

然而，山坡上的落日已西斜了。

成秋叹息着："可惜，时间太晚了，只好下次再去。"

于是我们只好随便谈谈。

“你欢喜四川么?”她天真地问。我点点头，默不作声。

“那，又为什么怀恋栖霞山的红叶呢?”她咕噜着。

“人能够像水一样地流去了不想回头么?没有一个游子不思乡的。”

“可是人们常说四海为家，”她的长而黑的眼睛闪了闪，笑得好像对整个宇宙都那么乐观，“三年前，你万想不到会在重庆读书，也许在那时候，你连沙坪坝这一个微小的地名都不会知道呢!”

“你说得不错。”我随声应着。她胜利似的笑了:

“所以我说你应该快乐，不要忧愁，好不好?”

我笑着点点头。

这时候，嘉陵江上，一只木船正在逆流而行，岸上拉纤的弯着腰整齐地向前行走，在暮景苍茫中，像一幅生动的木刻;舟子的吆喝则似一阕音乐的前奏;那情调是纡徐、缓慢、舒适、原始和质朴，更令人有一种人在画中的感觉。

“多美的嘉陵江啊!”成秋轻轻地欢呼着，“尤其是秋天，江水绿得透明，清得见底……”

“因此人家说:嘉陵的山水冠于天下了。”我也神往了。忽然，她叫起来，像想起了什么紧要事情似的:

“丽珠，你知道重庆为什么又名巴县么?”

“不知道。”我摇摇头。

“因为嘉陵江与长江合流，在这里曲折成一个‘巴’字的形状。”她眯着眼，用手比画着。

“哦!成秋，你真博学。”

“不，那是小时候妈告诉我的。”江上风来吹乱了她的长发，她将它们都轻轻地掠到身后。

“你的故乡是……？”

“乐山，”她答，“你喜欢那地方么？离峨眉山不远，几时你和我一同去？”

接着，她讲了许多峨眉山的事情给我听。

暮色渐渐地浓了，我们谈得高兴，一直到月明星稀。返校的途中，我想起了“举头望明月，低头思故乡”，乡思禁不住油然又起，因此默不作声。成秋一路哼着歌曲，她有动人的嗓子，是我们学校里歌咏团的中坚。

从此，她常常伴着我在一块儿，对着淡淡的青山绿水，我的乡愁渐渐地淡了，何况她的友情又是如此的亲切可感！

双十的国庆日，全校师生举行一个音乐会。那次成秋参加了不少节目，爱胡闹的男孩子们誉她为“重大的歌后”，围着她拍照的人那么多，有两个最引人注意，一个高高个儿的南国青年在拍完几张照片之后，愉快地朝她笑道：“成秋，近来我的摄影技术可真大有进步了，这回我一定要寄一张给我的姊姊看，叫她认识你……”

这话被我听见，禁不住朝他们看看，会意地点点头。成秋不好意思地笑了笑，介绍着：“丽珠，来，这位是黄鑫儒先生，中国未来的大照相师，不，摄影之王……”

说到这里，我们都忍不住大笑起来。偶然我转过头，大树下正立着一个人也在偷偷地拍照哩！我轻轻地告诉了成秋，她生气地朝那边瞪了一眼，正好两个人的目光碰在一起，那人连忙走开了。瞧他那样子必然是学校里的同学，只是干什么这样鬼鬼祟祟的呢？

几天后，我一人在寝室做绒绳衣，成秋带着一脸的笑容跑进来，说：“丽珠，你看看这几张玉照。”

我立刻大笑了，一共是六张相片，然而不是只有半个脸蛋儿，就是仅拍出一只眼睛，再不就是缺了天灵盖。她看见我笑，自己也大笑起来：“这还算高明的，还有两张漏了光。你再瞧瞧他的信。”

我接过了信，那上面写着：

成秋：

你一定又要笑了，我的照相技术仍是没有长进，不知为了何故，我这位“摄影之王”老是落在“音乐之后”的后面，惭愧呀！从今以后，一定要努力，像安迪生发明电灯一样地努力！

希望你再鼓励我一次：失败为成功之母。

附来相片六张，我一张也没有寄给姊姊，因为即使我寄给她，她也无从能够知道你是什么样子。

还有两张底片漏光了，我知道那两张一定是成功的杰作：美，自然，而又艺术化……真可惜！

再谈吧！礼拜日你到重庆来玩！

鑫儒

读完信，我忍不住又笑起来：“这位黄先生真风趣，写的情书也别创一格。”

“好笑，是不是？他这人老是这种样子的。”成秋说，停了停，她又想起一桩事，“你看，这儿还有一封信哩！”

“信，谁写的？”

“也不知是谁写的。不过里面没有信。”

“没有信？”

“就单单是一张相片。”她说完，将手里一个挺大的淡湖色的信封掷给我。我来不及看信封，先抽出里面的一张六寸相片，那正是成秋的半身侧影，巧笑倩兮，美目盼兮，比她本人还要美丽。我不禁叫起来：

“这张是谁拍的？”

“谁知道是谁拍的。”她嚷着，忽然头一低，奇怪地说：“咦！怎么后头还有字？”

我一瞧相片反面，可不是写着字？“重大之歌后”——五个红色的鲜明的艺术字。

成秋显然有些不高兴了，噘着嘴：“这是什么意思？”她又夺回那个信封，看了看，“柏溪寄来的，一定是中大分校的学生。”

“这家伙连名和姓都不敢留下，一定怕人知道。”

“谁稀罕他的名和姓？”她忽然拍着我的肩膀，“这家伙一定是那家伙！”

我大吃一惊，连忙问：“怎么回事？”

“准是那天站在树底下偷着拍照的那个人。”她犹自悻悻然。

“要是这家伙真是那家伙，”我忍住了笑，“也够可怜的了，拍照都偷偷的，还特地放大了，寄来信不敢写，连得尊姓大名也不敢告诉人。”

她嗤的一声笑了：“索性成全他一下，让他可怜到底吧！”话犹未已，手里的信封早被扯得粉碎，翩翩作蝴蝶舞。我连忙说：

“这张相片倒是挺好的，送给我吧！省得有劳小姐的玉手了。”

她想了想，点点头，笑着说：“也好，就赏给你！”

星期日，秋雨秋风愁煞人的天气。

成秋自重庆回校，她的脸上满是愉快的笑容，翠绿色的雨衣淋得比什么都湿。

“玩得痛快么?”我笑着问她。

“痛快?”她的眉尖故意蹙了蹙，那笑容却越发可爱了，“不用提啦！跟他玩就压根儿别想痛快，样样由着他，回回都是沙龙咖啡馆坐上好几个钟头，遛马路，脚走得又酸又疼；这已成了刻板文章不算，如今索性风雨无阻了。”

“哟！瞧你这份儿叽咕，可是谁叫你去的？别假惺惺啦！这叫作‘其词若有憾焉，其实乃深喜之’！”

“丽珠，想不到你这小鬼也越过越坏了。”她不依地叫着，脱下雨衣，然后又一本正经起来，“真的，鑫儒这人真奇怪，你看他好像很风趣、随和，是不是？其实呀，他才固执哩！说东从来不肯西……”

“说南从来不肯北，”我连忙接下去，“可是他越固执，你也越固执地爱他。”

“小鬼发疯了么？看我教训你！”她又笑又气，拉着雨衣的领子，朝我身上就打，弄得水珠四溅，两个人都禁不住哈哈大笑了。

那一晚，苦雨秋窗之夜，她告诉我许多关于黄鑫儒的事情，原来他是三水人，自幼父母双亡，由胞姊抚育长大，如今在重庆涨秋山馆服务，他的姊姊和姊夫都在昆明，姊姊比他长十龄，然而姊弟情感很好。

从此，爱管闲事的我无日不在自作多情地为他们祝福。

冬来了，四川的冷天真是可怕，并不是冷得可怕，是那终日的雨雾，令人感到寂寞与凄凉，因此我又怀恋起温柔的江南了。寒假里成秋没有回乐山去，她陪我住在沙坪坝，度着风雨残年的寒宵，这样深厚的友情，灭却游子无限的乡思。

第二年开课，我发现我们班上多了一位新同学，那人看上去很忧郁的样子，苍白的脸上有一双深邃而明亮的大眼睛，几乎是永久沉默的，但沉默里有他的热情，也有他的冷静。在座位表上我知道他的名字是——沙鸥。

“好一个艺术化的名字！”我叫着。成秋却在一边冷笑了：

“那自然啰！柏溪中大转来的，人家是艺术科的学生呀！”

“怎么，他就是他？”一刹那间，我既莫名其妙而又不知所云。

成秋点点头，一脸不高兴的样子。

“真奇怪！”我不禁纳闷得自言自语起来，“一个学画的忽然会改读起商科……”

“嘘！”那是成秋的声音。我才留神到原来那位姓沙名鸥的新同学从远处渐渐地走过来了。

自然我们装得若无其事，他却也大方有礼。看他似乎很孤独，而那种孤独又似压不倒他。“这真是一个怪人！”我心里这样想。

成秋呢，看他走远了，狠狠地瞪了一眼，像上一次一样。可怜而又潦倒的艺术家啊！她爱着那个不会拍照的“摄影大王”哩！你却要一生遭我们歌后的白眼了。

日月的光箭，一支支在朔风里穿过去，落在时间的大海里，又沉没了。

春天。

我们都似乎年轻了些，因为整个的冬季是阴沉的天，看不见晨曦与明月。如今，春带来了阳光，也带来了欢乐……

那是紧接着严冬之后的第一个明朗的春日，那天早上，我清清楚楚记得那天早上，看见阳光普照大地，我兴高采烈地欢呼着：“成秋，你瞧，太阳出来了，太阳出来了。”

“丽珠，你别嚷，我想起一个典故，”她习惯地眯着两眼，抿着嘴笑起来，“古人说‘蜀犬吠日’，由此可见此言不虚。”

“我原知道你的嘴里生不出象牙！”我也不甘示弱。

于是，又是一阵嬉笑与吵闹。记得她笑得那样高兴和快乐，谁料到那就是她最后的欢笑呢？谁料到就在那一天——

一个不幸的噩耗传来，黄鑫儒因为探望乃姊，在昆明遭覆车之祸，死于非命了。

当消息初至沙坪坝，我们无法隐瞒，终于告知了成秋，她狂哭，她疯笑，她跳了两次嘉陵江，然而都被人救了。

从此，她变了，完全变了。音乐会里，没有了歌后的高歌，连得琴音都单调寂寞了；谈笑声中，没有了她那百灵似的说话，谁都觉着索然无味了；以前她总是有说有笑，说话时她顶爱笑得眯着两眼，对整个的宇宙都那么乐观。可是如今她连说话都懒，看起人来，双目怔怔的，好像对眼前的一切都茫然无所见的样子……

风和日丽的假日。

“成秋，我们出去玩玩好么？到北碚去。”现在轮着我去安慰她了。

“拾贝壳，是不是？”她垂下了含愁的眼睛，“丽珠，你还记得我们到大堡去采红叶么？”

“怎么不记得？不就是去年秋天？”

“啊！多美的嘉陵江的秋天！”又似回忆又似迷惘地，“那时候，是秋天里的春天，而今，是春天里的秋天。”

“成秋，你不是说过人应该快乐，不要忧愁么？”

她凄楚地点点头："是的，丽珠，过去我曾经不许你思家，然而现在自己却为着怀人而在痛苦；我知道我以前是错了。"

"不，不，你没有错！"我急急地叫着。

"没错？那么怎样才是对的呢？"冷然地。

"情感如水，责任如山。想一想，这个时代是多么需要年轻人啊！勇敢一些，成秋，我的好朋友！"

于是，她又沉默起来。

不久，我发现同学中转变的不只是成秋一人，另外还有一个，那就是沙鸥，那个柏溪中大转来的学生，过去他是孤独、忧郁，于今却是怪僻与神秘了。

为了什么？还不是为了那句老话："他爱她，可是她不爱他。"我这样地想。

可怕的爱情，它竟会将年轻人变得如此反常么？

然而，令人意料之外的事情更多着哩！那个沙鸥忽然失踪了，他平日没有朋友，所以也无从得知详细情形，但是大多数的同学都说他是因失恋而去从军。多么可怪的人呀！他先是丢下画笔习商科，曾几何时，却又掮上了枪杆……

我坐在山坡上看暮春的落日，忽然看见成秋，她因为生病到重庆就医，已经请假两星期了。

"病好些么？成秋，你瘦了哩！"我拉她坐在身边关心地问。

"还不是那个样子？"微微地咳嗽着，"也许……"

"珍重你的身体要紧，"我凝视着她，"成秋，你又为另一件事而痛苦。"

"是的，丽珠，只有你是我的好朋友，你懂得我，了解我。"她激动地说，并流下了眼泪。我为她理一理乱了的散发，拭去了眼泪：

“为沙鸥么?”

“我不知道，也许是，也许不是，总之，我……”她放声地哭了。

“你知道沙鸥从军的事情么?”我问。

“就是为了这个，我太对不起他，”她又咳嗽起来，双颊泛出不健康的红色，“不，我的意思是太对不起他的父亲，那个白发苍苍的沙老先生……”

“什么?”

她抬起了头，一口气说了许多话：“丽珠，你知道我和鑫儒的感情，他死后我断断不会再爱别人，就算我会爱第二个人，也绝不会和那个鬼鬼祟祟的沙鸥好，可是他起先倒没有什么显著的表示，一旦鑫儒遭了难，他就不断地写信，送花，老是死缠住了我，后来他这种怪异举动连得他爸爸也知道了，父亲总是疼儿子的，趁着我到重庆医病，特地将我请到他家里……”

“那是为了什么?”

“为他的孩子啊！说起来沙老先生挺可怜，他年逾花甲，膝下只此一子，自然他希望自己的孩子好，因此他央求我能够允许他儿子的要求，可是你想我怎能答应呢?他老泪纵横地哀告我，我还是硬着心肠拒绝了。沙老先生真是可怜，可怜！但是他不能怨我，是沙鸥，他自己的儿子狠心丢下他去从军的。按理从军不是坏事，然而沙老先生晚景凄凉，他，他一定会恨我的……”一阵激烈的咳嗽，她的话中断了。

“成秋，你静一静。风太大了，还是回宿舍去吧!”叫我安慰她什么才好呢?

太阳已西斜，我们一步一步地走下山坡，暮春时节的晚风吹在人身上很冷，很冷。

不久，又是一个消息传来，沙老先生悲伤他的爱子出走，因为想念过度而在重庆逝世。这一个打击实在太大了，成秋当时立即晕倒，过后还咯了血。

她不能再读书了，遵照医生的话，她回到乐山老家去休养病体。记得她曾这样对我说："丽珠，我后悔了，后悔自己几次三番这样地情感用事，以致将身体弄得这样糟。这次回家，我一定听你的话，将一切都看得淡一些。人生不过那么回事，只有事业才是永久的，以后我再也不自己作践身体了……"

临行自是免不了依依，然而在握手互说"再见"的时候，大家都憧憬着重逢的欢乐，我们是怎样的喜悦啊！那是一个带着含泪的微笑的别离。

我孤独地在沙坪坝度过了漫漫的长夏。

她回去只写了一封信来，那是八月中旬的事情，信上简单地说：

丽珠：

医生不让我写信，这几个字还是偷着写的哩！告诉你，我已好多了，至少我的心情已不似以前那样怯弱了。

我希望我的身体也快快地恢复健康，下学期我还想读书，到沙坪坝来，我惦记着嘉陵江的秋天！

谢谢你屡次的慰问，我是多么感激呀！现在你可以放心了，"哀莫大于心死"！我的心已经坚强起来，我要活下去，坚强地活下去……

成秋倚枕

丽珠说到这里，忽然沉默起来。

“你怎么不开口啦?”我急于要知道往后的事情，“后来呢?”

“你为什么要问后来？一个没有下文的故事不是才有永久的回味么?”她似乎嫌我多事，然而却又不得不说，“后来她死了。”

“死了？怎么会死的?”

“病!”

“不是她写信告诉你说好多了么?”我真惋惜这个可怜的不相识的姑娘。

“那是心情的健康与复活，她的身体早就不可救药……”丽珠悲伤得不能再说下去，我却依旧噜苏地问：

“她后来写过信给你么?”

丽珠摇摇头，凝视着远天的云层，“那年秋天我刚回到江南，她的侄女的信早就先我而到了。可怜的朋友！她死在中秋佳节的晚上，临危还那么清明，挣扎地叫着要活下去，活下去……”

“她将永久含恨九泉了。”我同情地叹息着。

“她一定还惦记着嘉陵江……”小声地说，“如今，嘉陵江的江水该又由黄浊变成澄绿了。啊！多美的嘉陵江的秋天啊！方洋，要是我在四川，我一定会想着江南的，可是现在我却又怀恋起嘉陵江的秋天。”

“秋天……嘉陵江的秋天……”我喃喃地重复着。大风吹得黄叶乱飘，令人起一种不可言说的感想。

天边涌起了白云，在走，在游，在飞，在疾驰……

一九四三年

古屋梦寻

你知道，十数载我可珍的童年流光是消磨在那古色古香的老屋里的！到而今，纵是沧海变成了桑田，我仍旧珍惜那些迷惘的，梦似的，琐碎的往事……

一

那花厅西首的大书房里，关着一群孩子，从朝至暮，自春徂秋。

大书房是宏伟的，但有些古旧，阴郁郁，暗森森；即使在晴朗的春朝，也只不过射进些稀薄的微光，黄昏欲雨，那就更显得梦悠悠的了。这情调，或许诗人欢喜，然而孩子怎么会欢喜？

多么残酷的岁月啊！童稚的心被封锁在卍字花格的窗棂里，要飞，飞……可是飞不出那座有个月洞门的粉墙。

你还记得么？花白胡髭的老先生，偻着腰，伏在“大成至圣先师”孔子像前的书案上，握着“第一人书”，白芨磨银朱，颤巍巍地在我们的大小楷上画圈圈儿。

谁的圈圈儿最多？外婆家的祥官，那自然，大舅就是出名的才子，琴棋书画，没有一桩不精；不过祺官就不行，十岁的年纪连《四字鉴略》都没念完。程姑妈家的荷珠姊，天分很高，可惜体质太弱，而姑爹又迷信那句“女子无才就是德”的老话，不让她多读书。

说到自己家的一姓人：数大房里的沅哥顶强，老先生夸他的文章有韩文公的气派；湘姊最爱读诗，刺绣的时候，都忘不了曼声而吟“国破山河在，城春……”；四叔家的沛哥顶不用功，他和我同岁，《龙文鞭影》里的古典一个也说不出；漪妹还小，每天认两个方块字，描一张“上大人”的红模子，不到两个时辰，又看她摇摇摆摆走出书房，真叫我艳羡不已。

有谁说过童年是黄金时代的？他一定不知道还有大书房里我们这一群孩子……

终于，有一天，老先生病了，后来他死了。

记得他死后，家里就没有再聘先生，我们这一群都被送进了学校。啊！我们都飞出那卍字花格窗，飞出那月洞门了。从此，那花厅西首的大书房分外寂寥与阴暗；无人问津，无人打扫；那儿渐渐有了蛛网，嬉子窠，飞舞的浮尘……

有一次，不知是干什么，我一个人跑到那儿去，真没想到昔日只是冷清而今越发凄凉，壁虎在爬，耗子白天也会闹，刚吃过午饭，黄昏已经悄然地袭进屋子。

我莫名其妙地流下眼泪，为什么呢？怀恋那残酷的岁月？还是哀悼花白胡髭的老先生？

……

二

夏晚，蝙蝠在古屋的檐边掠过，令人有一种夜凉如水的感觉。

暗蓝色的天空里，闪烁着多少星星。杨柳枝头悬起一钩下弦的月。风过处，夜来香的气息更浓了。碧篱边，青石的长凳上，父亲和我相对而坐。

纳凉的时候，我最爱听父亲说《一千零一夜》的故事：能言鸟，神灯记，还有那巴格达的贼……

故事讲完，我会乖巧地走进屋子，倒一盏父亲爱喝的冰凉清香的菊花茶；再不就是那个被唤作翠环的小婢送上一盏冰镇的西瓜或是甜瓜。

有时候，父亲谈倦了，就半卧在藤椅上假寐；我一个人觉得无聊，对着缥缈无极的太空，不禁信口乱哼："……天阶夜色凉如水，卧看牵牛织女星。"也许因为常和湘姊接近的缘故，我也有了爱读诗的习惯。

"有意思，有意思！"父亲忽然高声地笑起来，他觉得一个不满十足九岁的孩子，能够触景生情地背诗，是一件好玩有趣的事情。

"这孩子倒雅得很！"母亲从屋里走出来。

"大概是'有其母必有其女'吧！"

"不敢，不敢，我还不知道何处是天河，何处是牛郎——"

于是父亲指点给我们看：那一边横着的是银河，这是牛郎，这是织女，那是天狗，那是北斗七星……

蓦然间，一道耀眼的光华，飞过太空，刹那又消逝了。

"那是流星，在片刻之间，照耀全宇宙，然后就剩下黑暗和悲哀，陨落了；它的光芒不似星辰的微弱，但是它没有星辰的永远性……"父亲低而庄严地说。

我默默地谛听着，似解，又似不解。然而，我知道天空里有那么多深邃的学问和奥妙的真理，那是有生以来的第一次。

三

寒梅吐蕊季节，冷月正圆的日子，是我的生辰。

你不会觉得我将自己的生日这样大书特书有些好笑吧?！当你忆起了你的童年，和你童年时节的华诞。不是么？孩子们对于自己的生日，总有一种特别喜悦的好心情。

近午，冬天的太阳晒进朝南的房，有一种暖洋洋的感觉。母亲将我打扮好了，又忙着指点底下人拾掇屋子，她吩咐翠环："你到后头院里折几枝蜡梅来。"然后命王妈将那个雨过天青康熙窑的膳瓶里储半瓶子清水。

依稀有一阵蜡梅花香的味儿。

翠环来了，她一边将折得的梅花插在瓶里，一边说："三太太，后院的几十棵蜡梅树都开了花咯！您不瞧瞧去?！香着哩！老远地就闻见。"

母亲微点了点头，替我戴上一顶有大红绒球的帽子，她手里捧着白铜镂花的小手炉，和我一同走出屋子。

经过小院，穿出花瓶门，就是香雪海的梅林了。于是母亲告诉我许多关于梅花的故事：孟浩然曾经踏雪，林和靖因此神往，还有那个唐代的名姝江采萍也因为爱梅的缘故被那风流天子封为梅妃……

多么令人神往的故事啊！北风吹过，我们忘记了冷，只觉得寒香袭人。

"为什么不下一场大雪呢?"我也无知地做起诗人的梦……

母亲瞧见我惘然出神的样子，笑了，慈和地问："你欢喜梅花么?”

“是的，我也爱梅花。”

“所以你特地拣了这梅花正开的日子出世……”她缓缓地说。忽然，像想起什么似的，拉我走到院子那边，栽着许多竿修竹的所在。

真冷，竹林子里没有太阳，风吹过，竹叶子发出哗啦哗啦的响声，好像到了另外一个世界；——我不十分喜爱这地方。

“你来瞧，这上头是什么?”母亲指着一根又粗壮又高大的竹子。

“上头有字。”我踮起脚，然而毕竟太矮了，不知道那是什么字。

母亲将她的小手炉递给我，再将我抱起来；因此我看见了竹上的字迹：“梅子七周岁生日。丙寅年腊月十五。”

“是您刻的?”我叫起来，不住地抚摩着那凹下去的痕迹。

她笑着点点头，将我重又放下，却不来接那小手炉，只是频频地抚摩那竹子，那我刚才抚摩过的地方；良久，才用一种又爱怜又慈祥的语调说：“日子真快，一霎眼就是三年过去，这竹子高了，粗了，你也长大不少了；花匠几次要砍它，我因为刻着你的名字，所以不准他这样做……”

我静静地听着，双手抱着小手炉，身体紧靠在竹子上；现在，我觉得自己喜欢这竹子的心甚于爱梅花了。

四

我们家的姊妹不算少，如果再添上亲戚朋友家的女孩子，那数目也和《红楼梦》里的相差有限了。

然而，在许多姊妹之中，我独敬爱湘姊——她是大伯父大伯母唯一的掌上明珠。

旧小说里常常夸一个好女孩子是“才貌双全”，学校中给一个好学生的评语往往是“品学兼优”；这些美好的字眼，用在湘姊身上，真可以说当之无愧。她具有大伯父的聪明，却又继承了大伯母的贤德；没有一个长辈不疼她，没有一个孩子不欢喜她，人们爱她的情感将永远也不会消逝。我每每为她那美丽大方的仪态以及慈怜温柔的热肠而心折。

她曾经教过我描花样，教过我拉锁子，挑狗牙；从湘姊那儿我懂得了配颜色的艺术；欣赏雨后的长虹，凭吊西风里的落叶；我还学会了用凤仙花瓣染指甲；吃过螃蟹之后用菊花叶子洗手……

我爱湘姊，我也爱清幽绝尘的闺房。那小窗下的芭蕉，映着粉荷色的窗纱，静美得像令人神往的潇湘馆；挑开门帘，屋子里永远飘着温香，因为湘姊是爱花的；黄昏之后，粉荷色灯罩里放射出来的光华也变成粉荷色的了。

我们——湘姊和我——曾在那粉荷色的光华里消磨了无数清夜的良辰。

当静寂如水的晚上，窗外的细雨洒上了芭蕉，诵读着古人的诗句，那情境，又是如何地含有诗意啊!

还有那多宝橱的卍字架上躺着的多少书籍：《镜花缘》、《水浒传》、《天雨花》、《红楼梦》以及《聊斋志异》之类。于是在如梦如雾的深夜里，我们常憧憬着有打家劫舍的英雄们的梁山伯；那幽美的凸碧山庄，林黛玉曾在那儿吟出“冷月葬诗魂”的佳句；还有，那爱笑的婴宁，善媚的恒娘，女儿国的阴若花，佩起盘龙宝剑的左仪贞……

多少有趣的幻梦啊！温柔的，侠义的，美满的，辛酸的……为之惊，也为之喜，为之微笑，也为之流泪。

记得一个“秋风秋雨愁煞人”的秋夜，我们一同阅读《桃花扇》，我第一次读曲，许多地方不能了解，湘姊不厌其烦地指点，我才明白了那个流传至今的故事。

我爱那最末一节《哀江南》；然而，湘姊说她读到史可法“沉江”的时候，不自禁地要哭了，因为那里面藏着忠臣的泪，烈士的血，亡国大夫的悲歌……

啊！湘姊，你太伟大了，让我小心地也是永远地学习你！

五

我最爱“听雨轩”窗前的一株枫树。每当“霜叶红于二月花”的深秋时节，我常常要站在树底下的石凳上伸手去摘那树巅的红叶，以便藏在书页里。

如果那时候正值祖父在轩里看书，老人家一定会高高地咳嗽一声，脸上满是慈祥的笑容，假意地呵责：“好！又是一次，又是一次，被我捉住了……”

“爷爷，偷花不算贼，捉住当上客。”我站在石凳上，隔着窗户，顽皮地说。

“妙极，妙极，好一位偷花的上客，快请里边坐，请，请。”老人家也富有孩子样的童心，笑得呵呵的。

于是，我从石凳上跃下来，走进爷爷的书斋。照例在这时候，爷爷就要唤那个名叫贵升的听差了，他笑眯眯地吩咐着：“我这儿来了上客咯！不过这个客是不喝龙井的，也不会抽水烟，你去买两串冰糖葫芦来。”

答应过后，贵升抿嘴笑着出去，上大街买冰糖葫芦了。

然后，爷爷就和我天南地北地闲聊，有时候谈书斋里挂着的那幅仇十洲的山水画，有时候谈“听雨轩”这一个题名的由来，有时候谈大伯父和父亲他们小时候的事情，有时候谈上次来拜节的那个黄胡子陈大人……一直谈到两串冰糖葫芦都被我吃得精光为止。

有一次采过枫叶之后，我自动地走进听雨轩了，爷爷正在那儿读诗。

“偷红叶的雅贼又来咯！”老人家总是那样的幽默；然而这回却忘了吩咐贵升买冰糖葫芦，以前从不曾忘怀的。

“爷爷，我吃中饭的时候没看见您，您不舒服么？”

“稍为有一点点儿，上午天气不好，腰有点儿酸。”

“那干吗还要念诗呢？”

“现在已经不酸了，好孩子，你这样疼爷爷。”先是很高兴，却忽然又感慨起来，“人老啦！不中用咯！看见不如意的事情，也只有念念诗才能驱散胸中的郁闷。”

“爷爷跟谁生气？”我吃了一惊。

“哦！这……这不是气……这是……”忽然默默无语了，站起身来，双手背在身后，不住地踱来踱去。

我觉得爷爷变了，心里又焦急又不安。

这回他没有和我聊天，仅仅教会了我一首诗：“死去原知万事空，但悲不见九州同，王师……”

那首诗是南宋大诗人陆放翁晚年所写的，我很快地就能背诵它了。

之后，我发现爷爷每逢闲暇的时候，常常不离口地朗诵那几句诗，两三年都是如此，一直到他老人家逝世。

……

六

“你瞧，这大书房还跟以前一样么?”

“一样，是谁收拾得这么干净? 我听说这儿有一阵子挺狼狈的。”

“是我昨天特地叫人打扫的，因为……”

“湘妹妹她们在哪儿?”

“你为什么这样着急要找她们?”

“我为什么不这样着急要找她们呢?”

“大表妹，你……”

“我，我还是二月二跟妈一块儿来的，日子过得真快，又是一个多月没看见她们了，挺想念的……”

“哦! 大表妹，你真太好了，她们也惦记着你，我也……我们每一个人都惦记着你。”

“谢谢你们!”

“大表妹……”

(谈话在这时候忽然中止了，一个短时间的沉默。)

“大表妹，你为什么……为什么不说话?”

“真有趣，不是表哥自个儿先不说话的么?”

“不错，我倒忘了，那么，我问你：还记得从前我们在这大书房里念书的情景么?”

“怎么不记得? 那个黄老先生还说，要是在前清时代，表哥的文章一定会中状元的。”

“不，不，我的意思不是说那个。”

“那么，是什么呢？”

“那些时候的日子是多有趣啊！表妹，荷珠，你说可是？”

“……”没有说话，只是一声轻轻的咳嗽。

“荷珠妹，你还……还记得这卍字花格窗户么？”

（这时候，躲在窗户外面的湘姊和我不由大吃一惊，难道沅哥早就知道我们在这儿么？）

“记得，我的书桌就迎着窗户的这一边，窗外假山上有一株桃花，我读到《桃花源记》的时候，就对着窗外的桃花出神；可是现在，表哥，你瞧，那桃树上的花儿都快谢完了。”

（我也本能地看了看那株桃花，可不是已经落英缤纷，落红成阵。）

“明年春天，燕子再来的时候，它们会重开的……”

“是的，它们会重开的。”那声音是幽幽的，并有点儿轻微的战栗。

“荷珠妹，你还记得有一次我躲在这窗户外面么？”

（原来他也是这儿的“主顾”，真有趣，我和湘姊互相看了一眼，差点儿笑出声音来。）

“嗯！那是我们在一块儿念书时候的事情，我背不出书来，你躲在窗户外头提我；表哥，你干吗提那个呢？小时候没出息的事情，说起来怪丢人的。”

“可是那不是你存心不爱念书，我知道你为了替蔷珠妹妹赶那双抓周穿的虎头鞋，前两天你又着了凉，发过烧……”

“表哥还记得这个？”

“怎么忘得了？那天的印象太……太深了，你穿的是什么衣裳，我都说得出来，那也是暮春天气，你穿了一件淡青色的短夹袄，那时候是时新圆基角的——”

“嗯！你记性太好了！”似乎很不好意思地打断了话，然后，又轻声地，“别提这些，好么？真是的，湘妹妹她们到底在哪儿？”

“在……”声音渐渐地低了，“啊！荷珠妹，让我们再谈一些过去吧！你还记不记得那一天背的是什么书？”

“我……我记得……我忘了……”

“不，你一定没有忘记，你那天背的是《诗经》中的一章：‘关关雎鸠，在河之洲’……”

（湘姊低低地笑了。我正想恶作剧一下，打算立刻跳进书房，看看沅哥如何演这一幕“窈窕淑女，君子好逑”的戏，然而，湘姊似乎窥出我的心事，她以目示意地止住了我，因此我才没有那样鲁莽地做。）

“表哥，你为什么老要说从前？”

“因为从前太美丽了，太值得我怀恋和神往，我这样说，你不会生气吧，荷珠妹？”

“湘妹妹她们在哪儿？”

“可是你老这样躲着我，从前你不是这样的。”

（可怜的沅哥，然而荷珠姊姊又为什么避着他呢？）

“现在我们都长大了。”那幽幽的声息里略微有一些鼻音。

“长大了，为什么长大了就该生疏呢？我知道不是为了那个；人的情感应当跟着岁月加深，否则就是表妹讨厌我。”

“不！不对的！我绝没有这个意思……”

“那么，荷珠妹，你是不讨厌我的了？”一阵愉快的笑声，“要不是刚才一激，你无论如何也不会说出你心里的话。你恨我太促狭么？然而我却感谢你哩！”

“表哥！”

“荷珠妹!”

（又是片刻的沉默，这一刹那的时间是美而且乐的，因为他们都浸溶在温馨的幻梦里……）

“我今天太快乐了，自从我们青梅竹马的童年消逝了之后，我第一次拾回了那失去的幸福。”

“……”

“荷珠妹，你有同样的感觉么?”

“……”

“你还记得我们小时候，姑妈和爹爹常常提到我们的将来么?”

“……”

“啊！荷珠妹，你为什么又不理我了呢？你不爱听这些？还是……你流泪了？为什么？是我不好……”

“啊！表哥，你让我去找湘妹妹她们好么？我要到东院去了。”

“等一等，我陪你去，你……为什么老是远着我？我真是永远……永远也不会明白……荷珠妹，你太令我伤心了……”

（又是一刹那的沉默，他们的足音渐渐向那边门口移动了。）

“表哥，你要我对你说……说什么呢？我远着你，正因为我……我怕有一天会令你伤心……”

“啊！荷珠，那不会的。”

“会的，我自己心里明白，算命的说我过不了二十岁，大夫说这是肺病，我早就看开了，可是……妈太可怜，她一天也……离不开我，还有，”顿了一顿，说，“你……表哥，你忘了我吧！忘了我吧！……”

（荷珠姊的声音，低，柔，纤美而又凄婉；渐渐地远了，更远了，以至听不见了……）

然后，躲在卍字花格窗户外面的湘姊和我才缓缓地走了出来；听了那些话，我们在情绪上都起了波动，也无心再谈别的，只是沉默地走着，悄然若有所思。

多么令人惆怅啊！我们躲在那窗下，原想拾取一些开玩笑的资料，谁知却无端地添出一桩无限抱憾的心事！

终于在湘姊的屋子里，我看见了荷珠姊：那柳眉凤眼的瓜子脸上依旧是堆着温柔妩媚的浅笑，她似乎比两个月前更为清瘦了些，因此那丰神就更飘逸纤丽了。一件天蓝底子上织着银色细花纹的旗袍，配着羊脂白玉似的肤色，素静得有如出尘绝俗的仙子。

她看见我们，亲热地问长问短，愉快的微笑使那双狭长而多姿的眼睛显得更美，更动人心魄了。

然而，当我想起了沉哥，我能无感于衷么？

……

黄昏时分，她的双颊上泛出不健康的红晕，并又咳嗽不已，姑妈叫她早些回去吃药，她温柔地依从了。

沉哥亲自去吩咐家里的马车送她，湘姊和我依依不舍地伴她走到大门外。

大门外的那株垂柳上，正有一抹夕阳，淡淡地抹在树梢；暮色苍茫里，我看见荷珠姊的一双眸子是那么湿晕晕的，虽然那俊俏的瓜子脸上仍是现着浅笑，令人怜爱的浅笑。

“表妹，我们不送你了，好好地保重，明天我来看你……”沉哥低而沉重的声音。

“谢谢你，不用了，表哥，你们学校里功课很忙……”她微微地侧过脸去，大半天之后才又回过来，笑盈盈的，“再见吧！

表哥，湘姊，梅妹……”

马车渐渐地动了，我们缓缓地挥着手，匆忙之间，连“再见”也没有说出。

那一天，我永远也不会忘怀，那是我有生以来，无知的心灵上起了第一次的惆怅……

一九四三年

父 母 节

五月，柔风飘拂鸟语啁啾的花之晨。

草地上有一群孩子在跳五月竿舞：修长的 Maypole 矗立在中央，用七色绸带装点着，朝阳下远远地望过去，好似古代帝王家凤舆上的华盖，又像天使的五彩缤纷的长裾，飘飘欲仙地临风飞扬。

邻室中有琴声传出来，随着悠扬轻快的拍子，孩子们在翩翩而舞，虽然 May Day 已过去好多天了。

琴声忽然中止，那个年轻和气的女教师自教室里走出。

于是孩子们不再站成圆圈样了，各自抛丢了手里的绸带，像小麻雀似的飞开，吱吱喳喳地、嘻嘻哈哈地围着他们亲爱的老师缠绕不清。

“金先生，早!”

“金先生手里的花真好看啊!”

“金先生和我们玩游戏，好么?”

“……”

金先生慈媚的脸上漾起一朵温婉的笑，用绝美的嗓子问：“小朋友们知道今天是什么日子么?”

“星期日!”孩子们同声地嚷着。

“是的，星期日，”她含笑点了点头，“但是有一个小朋友们不可忘记，五月里的第二个星期日，是——”拉长了声音，一字一字地，“父母节。”

“父母节？”孩子们轻悄地互语，我看你，你看我，他们似乎对于这一个节日甚为生疏。

“父母节是为全世界的慈父慈母而命名的，”金先生告诉那些用疑问和期待的目光瞧着自己的孩子们，“在这一天，全世界的子女要纪念他们的父母，想着他们的恩惠、慈心，和爱……”

每一张小脸上都呈现了天真的静默，每一颗纯洁无瑕的小心灵都在细味老师说的话……

金先生凝视着手里的一大束花，然后说：“我今天特地到学校里来，送花给你们，所有住宿的小朋友都有。”

“谢谢金先生！”孩子们愉快地叫。

“嗯！不，别跟我这样客气，来吧！大家把花拿去，我们每个人戴一朵，表示纪念我们亲爱的父母。小朋友们记好：父母都在的人戴红花，只有父亲或者是只有母亲的应该戴蓝花，至于白花，那是没有父母的人用的。”

她把花分给那些孩子，一只只纤柔的小手，接过去一朵朵美丽的鲜花——鲜花缀在衣襟上，想起亲爱的爸妈，有的孩子笑了，有的孩子惆怅了……

小鸟在歌颂这甜蜜的五月之晨，轻风吹得人禁不住要哼一支小曲。这世界是怎样的可爱呀！

“你们全是幸福的小天使，”金先生高兴地说，“一共是二十二个人，除了五个戴蓝花以外，其余都是父母双全的幸运儿，这一束白色的用不着了。”她顺手将那些余下的花朵插在枝叶茂盛的葡萄架上。

忽然，那个最爱说话的男孩子指着他身旁的一个女娃说：“金先生！她不应该戴红花，没有父亲，也没有母亲，她——”

“谁说的？”不等他说完，那个系着湖水绿短裙的女娃生气了，急急地叫道，“我有爸，我也有妈咪，我应当戴红花的，金先生！”

“可是他们都不要你了，你就不应当戴红花，你要戴白花！”男小孩还在饶舌。金先生喝住了他。

兰娣——那个受了委屈的女孩子，睫毛上挂着豆大的泪珠：“金先生，你瞧他欺侮我，说我不能戴红花……说他们不要我了……但是妈咪写信来说要我的，她宝贝我的……还有爸……爸也许不要……不，不，他也要我的，不过，他不要妈咪了……金先生……我不戴白花……不戴白花……”

“是的，兰娣应当戴红花，你是有爸爸有妈咪的。”金先生为她拭去了眼泪，慈爱地说，“好兰娣，不哭不哭，流眼泪的孩子爸和妈咪就要不欢喜了。”

兰娣这才不哭，泪光里漾起笑影，她是一个要讨爸妈欢心的好孩子。

金先生觉得这一个节日有点儿刺伤兰娣天真的心，因此到训育主任那儿为她请了假，她要将兰娣领到自己家里去玩，不让这一个小小的孩子在这一天有什么寂寞之感。

“金先生，这儿就是你的家么？”兰娣问。她乖巧地坐在沙发里，睁大了一双黑玉似的眸子，东瞧瞧，又西看看。

“是的，兰娣。”金先生递给她两块巧克力糖。

兰娣说：“谢谢！”眼睛却凝视着靠窗那边，自言自语地，“怎么这个地方我好像来过？”

“不会吧？兰娣，我记得你从没有来过……”

笼里的鸟正婉转娇啼。兰娣从沙发上一跃而起，像发现了什么似的："我想起来了，我想起来了，这个鸟名字叫'画眉'，是不是?"

金先生点点头，她不知道什么事会使得兰娣这样兴奋，然而她很愿意看到这孩子的喜乐。

"我告诉你，金先生，"兰娣跪在沙发上，喃喃地说，"我全记起来了，从前爸爸妈咪和我住的那个屋子跟这儿一样，这样的大门，这样颜色的墙，窗户外面也有一排冬青树，壁炉也是在那个地方，地毯，沙发，都是摆成这个样子的……"

"真的么?"

"怎么不真呢? 爸爸也养过那么一只小鸟儿，名字叫'画眉'，起先它不会叫，妈咪天天开留声机给它听，后来它就会唱了。"兰娣一边快活地说话，一边嚼着巧克力糖。

金先生笑了，暂时忘记这里面有一段悲伤的故事，她说："啊！兰娣，你的妈咪真聪明。"

"妈咪的歌唱得才好哩！还会弹钢琴。"谁夸赞一声妈咪谁就是兰娣一辈子的好朋友，于是这孩子走到她的老师身旁，亲热地偎依着，"人家说爸和妈咪就是在一个音……音乐会里认识的，许多人都说妈咪是'歌后'……妈咪又能跳舞。"

"怪不得兰娣跳五月竿舞跳得顶顶好哩!"

"嗯！不的，我跳得一点儿也不好。"那孩子爱娇地低下了头，羞怯地说，越发动人怜爱了。

"画眉"鸟又在叫，婉妙的清音，唤起兰娣多少回忆……

"爸爸常很晚回家，'画眉'睡了，我也要睡了，但是我不肯独自上楼去，妈咪叫我躺在长沙发里，她把无线电开得低低的，她也轻轻地唱，我慢慢地睡着了，醒来已是第二天，在我自己的小床上。”

“……”

“……妈咪弹琴的时候，爸和我坐在地毯上玩积木，一人一口地咬着奶油核桃糕，‘画眉’在笼子里叫……”

金先生把兰娣托在自己的膝上，怜悯地看着她，并小心地听她诉说。

“有一次，妈咪在练琴，芬姨来了，她们不知说了些什么，妈咪好像要哭的样子，生气地关上琴盖；从那回起，妈咪就不再弹琴了，整天像有心事……”兰娣思索了一下，“爸的心事更多，老是皱着眉，他们常常不理……中秋节那天，说的话我一句都不懂，他叫妈咪走，妈咪说她没有走的理由，但是爸不依；后来妈咪想带我走，爸又不肯；后来……后来……”许是想起当时的情形，兰娣说不下去了，声音都发了抖。

金先生倒了一杯水给她。

“后来，”停了一会儿，兰娣又继续讲下去，“妈咪对爸说：‘威廉，好好地想想我们的从前，再好好地先想想你自己，我走了，没有别的话，你要对得起小兰娣……’妈咪就那样地走了，我不懂妈咪说的是什么，但是她的话我到现在还记得。”

“你后来看见过妈咪么？”关心地。

“看见过的，妈咪乘爸不在家的时候来望我，替我洗澡，带夹心饼干、布做的小狗熊、小皮帽子给我；那时候妈咪还没有和大表舅到 M 国去。”

“爸知道么？”

兰娣摇摇头，说：“瞒着爸的。有一次妈咪来正下大雨，走的时候天晴了，雨衣忘记拿，爸回来知道了，大发脾气，王妈和阿凤都挨了骂，妈咪给我的小白瓷兔也被爸摔坏了！幸亏有地毯，只坏了一只耳朵。——金先生，你说爸是不是待妈咪太不公平了?”她回过身来，面对着她的老师，祈求一个严正的裁判。

金先生点点头：“兰娣，还想你的爸么?”

“想是想的，”良久，那孩子才回答，“不过人家都说爸跟他的四川太太很要好，所以我有些恨他，一点点儿恨，不要紧吧，金先生?”

金先生默然了，人的话是何等的不中用?人的情感又是何等的没有标准?她能说什么呢?什么是爱?什么是恨?……

“画眉”鸟又在笼子里叫，悦耳，动心，然而兰娣没有闲情去听了。

屋子里的气氛太单调，于是金先生携了兰娣到外面去散步。

刚走出大门，对过人家跳出一个和兰娣差不多高的女孩子，打扮得一身新，返转身朝里嚷着：“Dad，快点，快点，Mamma，出来呀!”一对华贵的绅士淑女从门里面出来，一左一右地拉着他们的孩子，姗姗地走了，多远还听得见一阵愉快的笑声……

目送他们的背影，兰娣痴痴地站在太阳底下，这可怜的孩子垂下了头，不住地抚弄着白衬衫上的花朵，红色的花朵，象征了父母双全的幸福意义的花朵……兰娣想起她的爸和妈咪，沉默了，一双有着黑玉般光彩的眸子黯然了。

黄昏时分。金先生送兰娣回到学校里。

Maypole 矗立在金色的斜阳中，七色的彩带在晚风里乱舞。很美，很美，可是她们谁也没有去欣赏，极快地一径地进了宿舍。

兰娣立刻打开床底下那只宝贵的小皮箱，取出一张什袭珍藏的相片递给金先生——那张相片是她的爸和妈咪合拍的，怪不得兰娣会有如此美丽的眼，可爱的笑，原来她的父母是这样的貌美，这样的年轻……一对漂亮的情人，他们既然曾经爱恋，为什么又要互相仇恨呢？如今，一个远在太平洋对岸，一个在峻岭重山之外，听说彼此都嫁了，娶了，纷飞的同林鸟再也不会破镜重圆了……然而，他们就从不想到以往的那一点儿恋情么？还有他们在恋情中生下的孩子，孤单伶仃的孩子，他们的小兰娣！

“金先生，要看妈咪写给我的信么？”兰娣一边说，一边翻着小皮箱。

“好的。”她点点头，又无心地问，“爸也写信给你么？”

“他不，一定是四川太太教他的，爸在上海的时候也很疼我，现在爸每次寄钱给校长先生，信上问都不问我一声。”那孩子噘起了小嘴，气愤地说。

金先生坐在床沿上，将那些信挨次地，一封一封地看过了；兰娣坐在床边安静地伴着，这些信她背也背得出了：

小兰娣，妈咪真快活呀！因为她的宝贝会得写信了。你住在学校里很好，要听老师们和校长先生的话，不要贪嘴；你的信写得很好，但是把“爱”字写错了，没有“心”，就不是“爱”字了……

……妈咪昨夜也做了一个梦，梦见兰娣在教室里读书，草地上跳舞，兰娣比以前高得多了，可爱的孩子，现在妈咪寄给你一个吻……

……天气现在很冷，晚上睡觉要盖好，不要叫妈咪不放心，我的可爱而又可怜的好宝贝！寂寞么？我写信叫芬姨来看你……

……妈咪今天看见兰娣的来信，心里十分难受，乖孩子，以后快别站在霞飞路善钟路转角的地方了，当心马路上的汽车，那个 Empire Mansions 不过是一幢大公寓房子，不是船，但是总有一天，妈咪会坐一只真的船回来，回来看看亲爱的，亲爱的小兰娣……

……你欢喜橱窗里的大洋囡囡么？妈咪寄钱给你，宝贝立刻买回来，算是妈咪的圣诞礼物。这儿已经下大雪了，兰娣冷么？快将上次芬姨送来的小皮大衣穿上……

……妈咪将兰娣的相片吻了又吻，多可爱的宝贝呀！这儿有许多许多的孩子，黄头发、蓝眼睛的孩子，但是谁有小兰娣好呢？妈咪永远地爱你，欢喜你，不忘记你，妈咪会舍得不要小兰娣么？……

……

读完信以后，金先生感动地说：“兰娣，妈咪太好了，妈咪真爱你呀！”

“是的，没有人比妈咪更好了，我要永远、永远地爱妈咪——但是，金先生，M 国的信几时可以通呀？我已经许久接不到妈咪的来信了。”

可怜的孩子，连这一点点儿安慰都不能享受么？上帝待兰娣太不仁爱了……

金先生想起一句荷兰的格言："From the father comes honour; from the mother, comfort。"但是可怜的兰娣什么也没有。

啊！父母节，父母节……天下的父母在吻着娇女爱儿的小颊！天下的孩子环绕在他们父母的膝下欢笑，沐浴在爱的温暖的光辉里！然而，为什么偏是一个如此天真、如此纯良、如此可爱的孩子却要尝受这份孤单的辛酸况味呢？为什么？为什么？……

"金先生，你，在想什么事情？"兰娣问。她刚才忙了好一会儿，将妈咪的信仔细地放在小皮箱里，再将小皮箱搁在床底下。

"想？没有想什么，兰娣！"

"嗯！你骗我，你一定在想我的妈咪，是不是？"兰娣抱起自己的枕头，睁大了眸子，目不转睛地看着她的老师。

"被你猜着了。"

"被我猜着了！"她将枕头放在自己的腿上，高兴地用手拍着。

金先生忽然看见枕套上有几处破洞："兰娣，你的枕套坏了，明天去买一个新的吧！"

"新枕套，我有，是芬姨送给我的，绿麻布上绣着米老鼠，才好看哪！"

"为什么不换上呢？"

"不换，我想……我想等妈咪回来，到她家里去住的时候，再用新的……"

金先生连忙转过脸去，她为这可爱的傻孩子而伤心了。兰娣牵着她的衣裳，小大人似的：

"怎么？金先生哭了么？快别，快别，不是早上你自个儿还告诉我的？流眼泪的孩子爸和妈咪就要不欢喜了……"

一九四四年

悲剧与喜剧

九年了，蓝婷没有想到今天晚上会碰见他。

还是那样翩翩的潇洒的风采，还是那样的笑，那双眼睛，深而黑，有一种迷人光辉的眼睛……这些年来，她不想记得而又不能忘记的一个人，没有变，一点儿也没有变，也许事实上苍老了一些，然而在蓝婷的眼里，仍是当年一往情深魂梦中也惦念的范尔和！

蓝婷现在想起，刚才在爱玛的宴会里，她第一眼看见这来自遥远山城的不速之客，立刻就知道是谁，但是对方却似乎将蓝婷给淡忘了，当爱玛为他介绍周太太的时候，他握着蓝婷的手，点头微笑，像对一个陌生人一样。范尔和居然将自己整个地、完全地忘怀了，这无情义的人！蓝婷无法排除这些伤心和愤怒，然而她只淡然地一笑，藏过了不安的情绪。

他就这样的记忆力不强么？九年的时间诚然不短，但也未见得就怎样的长，长得连人也会不认识了？那么自己又为什么会将他记得这样清楚？再不就是自己老了，不复是当初的年轻与娇丽，女人的青春原只有一刹那，不像男人几年后再见还是那个样子……可是无论如何，他忘记她，当她是一个初见的陌生人，是千万个不该的。蓝婷喝了多量的葡萄酒，有些醉了，她跳舞，唱歌；唱歌，跳舞，开大家的玩笑。

范尔和像在座的其他男子一样，向她表示好感，献殷勤，蓝婷虽然有了醉意，但也能觉察到。酒阑人散的时候，她家里的车子还没有来接，范尔和开着自己的车子送她回去。他故意将车子开得很慢，为的是可以说一些话："周太太，你的酒量真好，人家说聪明的女人都是会喝酒的。"

"也许是的，但是，"她说，并且嫣然一笑，"会喝酒的女人却不一定聪明。"

"周太太这样会说话，还不够聪明吗？"

"范先生过奖了。"她停了一会儿，"不过聪明又有什么好处呢？"

范尔和微笑不言，他似乎不知怎样回答这一个简单的问题。

车子拐了个弯，快到了。

"你允许我以后到府上来吗？"他说，"来拜见周先生。"

"十分欢迎你的光临，只是，我也可以认识范太太么？"

"内人已经去世了。"

一个苍白纤美的脸在她眼前掠过，蓝婷觉得一阵辛酸；但是她只低低地："真抱歉，不该撩起你的伤心，请原谅我的不是。"

他摇摇头："没有什么。"车子在这时候忽然停了，他为她开了车门，有礼貌地说着"再会"，又道"晚安"；她谢了他。

这一别九年后的意外重逢，令她又惊又喜，半悲半恨。如果世界上的许多事情真的是由命运在安排的话，那么，今夜，命运是在和她恶作剧？还是给她一个巧妙的安排？……蓝婷可不敢想下去了。

她对着梳妆台的长镜，许久许久，欣赏和顾盼，亭亭的倩影，这绝代的风华，这夺人的魔力，不说话也像是在说话的红唇，不表情也像是在表情的眼睛，谁说她老了？她正像挂在黑丝绒衣襟上的那朵玫瑰红色的花一样地有美丽的青春。啊！范尔和，如此艳丽的容颜，那样青山绿水的爱情，你竟全都轻轻地忘却么？连一点点儿记忆都没有了么？男人真是狠心的。随后她又想起范尔和的太太，她的表姊，好朋友，情敌，全世界最温良贤淑的人，可怜的黛华，她死了，虽然明知道她将年轻而早逝，但是这消息也太突然，意料之内的意料之外；蓝婷心里一阵难受，眼泪止不住地往下流，流不完地流，伤心委屈生离死别爱和恨并在一起的眼泪，她哭了一会子……

隐隐地有缥缈的音乐，来自不远的近处，悠扬的琴韵奏着缠绵无比的曲调，是谁家的女孩子在唱*One Day When We Were Young*？

> 那一天，当我们正是年青时，
> 一个美妙的五月之晨，
> 你告诉我你爱我，
> 当我们正是年青时；
> ……

清亮无比的嗓音，唱着，唱着，忽然听不见了，许是关上了窗门。现在，蓝婷脸上的泪水虽干，心里可极乱极乱，究竟是一种何等样的情绪，自己也无法给它一个名字。她怔怔地抬起头来，目光射到对面的墙壁上，那儿挂着一张画像，画像上的女孩子活泼泼的，穿着翻领的运动衫，头发用缎带束起，正中有一个挺大的蝴蝶结；小小的微微向上弯的嘴唇，有如熟透的红菱，笑得像新月一样的眼，好似对整个的世界永是那么乐观。这是蓝婷十七岁时候的画像。

虽然现在她还很年轻，美，甚至比以前更为动人，但是现在的蓝婷再也不是当初的蓝婷了，连她自己也搜寻不出一些当年活泼天真的影子。难怪范尔和不认识，这无法形容的改变，她对着镜子只是凝眸，凝眸，好久好久忽然凄凉地一笑，她原谅了他。她老是这样慷慨自卑地对他加以原谅，可怜的委屈的爱。

歌声又起了，若有若无地飘进来一句，还是那一句："那一天，当我们在年轻的时候。"

啊！那一天，当我们在年轻的时候……于是蓝婷的回忆像春云般展开，展开，不知其所届……

首先留人回忆的该是那雪在江南的冬之晨，姑父的学生范尔和到杭州，在凌园住下了，十八岁的蓝婷一见面就喜欢这年轻的客人，固然大半原因是由于范尔和潇洒美好的风仪使她十分心折，同时也因为两个都是父母双亡的孤儿，寄人篱下的可怜虫，于是一缕身世飘零之感，同病相怜的爱念遂起自这天真少女的心田。

那无数个甜美的晚上，姑父是早睡惯的，蓝婷和黛华表姊，还有他，一同在灯下读书或是谈天，多病的黛华也不能迟眠，于是整个的凌园大宅都睡去了，人静了，只有他和她两个人。他曾告诉她多少美丽动人的故事，《茶花女》，《茵梦湖》，《黛丝姑娘》，还有《复活》……听到伤心的地方，蓝婷为那些悲剧的主人而流泪了，范尔和温言地安慰，眼与眼相逢，又相避，泪光晶莹的眸子含着娇羞，笑开了芙蓉脸。

那一个美丽迷人的暮春之夜，永不能忘，蓝婷穿着睡衣独自在阳台上欣赏凌园的夜景，月色与花香，远远的湖山上的灯火稀少了，夜莺在树枝上啼，范尔和不知什么时候走到她的身边，许久许久，他不说一句话，只用一双灼灼的乌黑的眼睛谛视着她，啊！他的眼睛，后来他告诉蓝婷他是特地来讲故事给她听的，那故事是《罗密欧与朱丽叶》……

这该是最伤心的往事，回想起来也够断肠的——姑父患病了，老人家担心唯一的多病的女儿黛华还没有归宿，他看中了范尔和，立刻要招赘为婿，好心的黛华却并不愿这样做，她患有不治的心脏病，同时她又知道蓝婷和范尔和的恋情，不欲夺人所爱，并且拿出钱来劝他们离开杭州，蓝婷感激表姊的恩惠流下了泪，但是有什么用呢？范尔和却反对逃婚，他告诉蓝婷："黛华太可怜了，凌老师一死，我们一走，留下她一个有病的女孩子，怎样办呢？"她是爱表姊的，于是在英雄主义的天真憧憬之下，带着含泪的微笑料理了这件婚事。"我们也许是爱情上的弱者，在人情上，却是勇士。"她这样对范尔和说，连得嗓音都激动得有些颤抖了。

在那桂子飘香的八月，黛华与范尔和结婚了。以后的事情想起来有点儿模糊，似乎不久姑父逝世，自己就在那一年冬天嫁给年老有钱的周医生，就是蓝婷现在的丈夫了。

婚后的蓝婷，一直住在上海，周医生对人类有广博的爱，对工作有极深的热情，白天忙着医治病人，晚上忙着化验、著述等等的事情，直到每一个夜深。他的十九岁的娇艳如花的夫人对他十分崇敬，他也深爱这年轻的妻，一种坦白无私的像父亲似的爱。周医生有足够的钱供她使用，她出入上流社会，渐渐地在交际场中成了名，一个美丽豪华而并不浪漫轻浮的名声。就这样，蓝婷度过了九个姹紫嫣红却又没有玫瑰的春天……

多少悲欢离合的旧事都被蓝婷一一地记起来了。想不到在这沧海桑田的大变动之后他居然还在，居然还和自己再一次地相逢。这是多余的喜剧呢？还是未完成的悲剧呢？

蓝婷在失眠的深夜里，好像听见夜莺的啼声，那声音和九年前她在凌园的阳台上听见的一样，但是一凝神却又没有了，窗外是万籁俱寂。

第二天晚上，徐太太家里举行一个跳舞会，蓝婷原是打算赴宴的，夜服已经换好，一切装扮全都停当，忽然想起又要碰见范尔和，她临时换了主意不去了。

她真的就永远不想再看见范尔和吗？事实上并不，这一点她私心不愿承认却又不能否认。但是为什么又避着他呢？那是因为范尔和的忘怀侮辱了她，对方那种相见不相识的神情刺伤了她的自尊心。

她一个人在屋子里徘徊，沉思；沉思，徘徊，不知过去了多少时辰。窗子外面，树枝上有不知名的鸟在叫，她又想起凌园的夜莺。

“太太，有一位客人要见你。”芳云，她的十六岁的小婢走进来。

“是谁？这样夜深了。”微微地蹙起两弯柳叶眉，此时此心，她真不想接见什么客人。

芳云递过来一张名片。

范尔和！他为什么会来？这时候，该是徐公馆跳舞会正热闹的辰光。

“请范先生在客厅里坐一会儿，我就下去。”她这样地吩咐着。

范尔和从客厅的大镜子里，看见她由数十级的扶梯上姗姗地走下来，海水绿的衣裳，海水绿的耳星，海水绿的鬓发上的花，范尔和的眼前，有一片海水绿了。

他握了一握她的手，她的手冰凉，正像她的微笑一样。

“在这样晚的夜来扰乱你，我太抱歉了。”

“哪儿的话，十分欢迎你的光临。”极其淡定的样子，“只是，范先生也没有参加徐太太的跳舞会吗？”

“我刚打那儿来，今晚每一个人都惊奇你为什么不到。”

“我原没有不去的意思，因为……忽然有点儿头痛，所以不去了。”

“现在好点儿吗？”

“谢谢你，似乎好了些。”

“今天的跳舞会，每一个人都感觉到没有预想中那样快乐。”

“为什么呢？”

“为了没有你。”

“范先生，你真会说笑话。”她潇洒地笑着，现出长于交际的表情，“我有这样伟大的魔力？我的上帝。”

“你有。至少我就没有预想中那样快乐。”他沉吟着，灼灼的乌黑的眼睛向她凝视，“不过，也可以这样地说：我比预想中还要更加快乐。”

她摇摇头：“我不懂你的意思。”

“刚才，在徐家的晚宴上，一个杭州年老的绅士，坐在我的旁边，我们说了许多话，并且谈起了你。”那声音里藏着无限惭愧不安的情绪，“我真抱歉，昨天晚上我是何等的疏忽和粗心呀！连这样要好的人，也……不过，你的样子，态度，说话，甚至走路都变了，虽然还是这么美……你完全不同了。……”

她低下头，半闭起眸子，冷然地轻轻地说：“我还是不懂你……说些什么。”

“我太对不住你，你说什么都可以，但是千万别假装不懂，蓝婷——”

“不要叫我蓝婷。”她再也不能控制自己，“蓝婷早就死了，在她自己的回忆里，也在别人的记忆里……”

“你不相信我么？”

“我没有法子相信。”

“你能原谅我么？”

“完全原谅。”赔上一个疲乏的笑。

“你恨我？”

“一点儿也不，那是多余的情感。”

范尔和转过身来，像一个孩子似的，央求着：“我要你恨我，不原谅我，因为这是应该的；但是蓝婷你不能不相信我。”

“怎么我的三个答案，全是适得其反呢？”轻盈地一笑，渐渐地有些心平气和了。可怜的委屈的爱。

芳云托着镂花的银质圆盘走进来，送上两碗热热的杏仁茶。

“拿这样的东西敬客，太简慢了。”

“不，在此地，即使一杯白开水，也是无上的光荣。”他谄媚地说，端起朱红瓷上写着金色“百年好合”字样的碗，一口一口地喝着，他觉得有一些受刺激，如同饮了烈性的酒。

“还可口吗？”她问。

“甜得带一丝淡淡的苦，真够味儿。”

“恕我不客气地批评，你的生活态度比从前高明一些了。”

“高明？”

“是的，在我看起来，一个能欣赏杏仁茶滋味的人，总比一个专爱喝牛奶的人懂得一点儿生活的艺术。”

他永远也不会忘记她说这些话时候的神情，一种压抑住的皇后的骄态，娇媚的自信的力，美丽的不可侵犯的力。范尔和忽然觉得自己是这样的微小、低卑，再也无法接近尊贵的她。

她的手不住地拨弄着沙发上的靠垫，银红缎子的靠垫和海水绿丝绒的衣裳，配合得像夹竹桃的花和叶，又是鲜明，又是刺激。

好久以后，他才说："我的生活态度没有变得高明，你的人情世故可比从前深了，你懂得那许多。"

"一个什么都不懂的女孩子是可爱的，但是人们对她只是轻视；一个懂得太多的女人是可怕的，人们却偏欢迎。"她叹了一口气。

"你是说我吗?"带点惶恐的情绪。

"我没有说你，甚至都没有说我自己。"微笑着否认了他的问话，她答，"我只不过随便谈谈而已，你太多心了。"

"我真惭愧，蓝婷！从前你在我跟前是个小孩子，现在完全倒过来，我在你面前，像个大傻子。"

"哈，大傻子……"蓝婷咯咯地笑着，声音似一串银铃。

银铃的声音没有了，钟声响了起来，十二点钟，夜深十二点钟。

范尔和告辞了。临走的时候，他握着她的手说："明天见!"

蓝婷刚走进卧室，年老的周医生也从实验室里回来了。

在祈祷之后，周医生还对着壁上银光灿烂的十字架出神，沉思……

十字架下，瓶里有欲谢的晚菊和早开的蜡梅，吐着清香幽艳的芬芳，灯光里，细细的菊瓣，小朵的梅蕾，影子映在他们的结婚相片上，周医生的眼光也渐渐移到相片上。后来，他坐在靠床的椅子里。

"我们可以谈谈么？假使你不累的话。"苍老的声音又是宁静又是和平。

“好的。”蓝婷走到床边，坐下，心里猜测到将要有什么事情发生了。

“蓝婷，你试计算一下，这张相片已有多少日子?”

她翻了翻日历，会心地一笑：“——下一个周末，整九年。”

“日子过得真快。”

“像烟云和流水……”

“我的头发由花白变为全白了。”他叹息着。

“你为社会服务得更多了。”她低声地安慰。

“你还记得吗，当年我们结婚的时候?”

“自从第一晚我做新娘来到这间屋子里，我全记得清清楚楚。”垂下眼睛，她脸上现出做梦一般的微笑，“烛台上点着绛色的花烛，一个孤苦伶仃的女孩子开始有这么荣华的家了，我觉得是奇迹，但是你却怕我不快乐，因为我很年轻，你却老了，你轻轻地跟我说：‘恕我娶你。’我至今还记得这句话。”

他抬起头来，将椅子移近了些。

“当时，我的心里充满着感谢，我太激动了，告诉你一个故事……”

“是的，一个‘罗密欧与朱丽叶’的故事，我记得。”老人喃喃地说。

“你听了那个故事之后，慷慨地原谅了我，没有辱骂，也没有责备，甚至连轻视都没有；我更觉得自己错误，对不住你。”带着梦醒过来的苦痛，她十分感动地望着他。

他握住蓝婷的双手，温存而又柔和，低低地说道：“罗密欧又来了，你将怎样呢?”

“什么？你……”

“我知道的，刚才那客人就是，不要奇怪，蓝婷，这是很简单的事情，芳云将通实验室的那个小门锁上了，我不能直到卧室里来，客厅里又有生客，只好在帘幕后边坐了些时候，所以任何的话我全听见了，但并不是我故意如此的。”

她低下头来：“请恕我。”

“这是你的自由，而且我并不反对你，你的话全是对的。我同情你。”

“啊！告诉我……我怎么好呢？”抬起头，于是老人看见那双泪水盈盈的眸子。他替她拭去了眼泪，说：“我不能回答你，你应当问你自己，因为无论是谁也应当自己决定。”

“这一回，你轻视我了？我不该对他那样的。”

“一点儿也不轻视你，你是对的，这仅是生命的错。”

“那么，你为什么不回答我呢？”

“也许我可以帮助你。”老人沉思了一下，“蓝婷，你必须对我说实话，在十字架前，是不可以说谎的，你告诉我，你爱那个年青人吗？”

“我不说谎，从前我很爱他。”幽声地答。

“我问的是现在。”

“现在，我对他只有恨。”

“可是这种恨的情绪，来自最热烈的爱。”他柔声地说，“蓝婷，我很不安，因为我已浪费了你九年的青春，一个如花似玉兰质蕙心的美女陪伴着像我这样的老头子，是残酷的；假使可能的话，我并不阻止你去爱他……”

“不，不要这样说，我爱的是你，是你。”事实上蓝婷的确是爱她的丈夫，一种崇敬而又感激的爱心。

年老的周医生点点头，抚着她的纤手，像对他的小女儿似的："亲爱的孩子，不要顾虑到我。"他咳嗽了一下，"我已经够幸福的了，在这些年……"

蓝婷俯下身子，伏在她丈夫的怀里，低低地哭了起来，是无限真情的感谢的泪，他轻轻地拍着她，他吻着她的头发。

窗外，枝上的鸟又在啼了，蓝婷这回听得很分明，那不是凌园的夜莺，不是凌园的夜莺……

明天，范尔和又来了。

明天的明天，范尔和仍是来。

明天的明天的明天，范尔和还是来。

范尔和成了蓝婷的影子，她走到哪里，他跟到哪里，至于蓝婷，在范尔和看起来，她成了他的灵魂，没有她，他好像在梦中，永远不会醒，虽然他醒着的时候也是惺忪。

那一晚，从某公馆的晚会归来，照例范尔和用车子送她回家，半途中，汽车抛锚了，僻静的马路上，又叫不着街车，望夜的月色，银光洒了一地。

蓝婷说："这样好的月亮，就走回去吧！"

附近人家的灯火熄了，偶然有一两处窗子里还有光辉，隔着橙红的或是翠绿的窗纱透出来，令人起甜醉的幻想。那个俄罗斯女人的店门早就上了锁，橱窗中红绿黄蓝的小电灯也不亮了，在迷蒙的月光下，玻璃里面的布置像一张美丽的圣诞卡。真的，再过几天，圣诞节就要来了。夜已经很深，马路上没有车辆，连行人也极其稀少，显得比白天阔许多，好像路是他们两个人的；他们从左边的人行道上走到右边的人行道上，一会儿又从右边的人行道走到马路当中，好像路是他们两个人的。

蓝婷的高跟鞋子走到电车轨道里，身体稍微有些倾斜，于是范尔和又扶着她走到左边的人行道上。

“蓝婷，对着这样好的月色，美丽的夜，你有什么感想么？”

“没有，要么就是‘故国不堪回首月明中’，但是现在战争不再，河山已还。”

他笑起来说：“你这样崇拜李后主？那么你为什么不想起虞美人的第一句？”

“春花秋月何时了……”

“是的，往事知多少？蓝婷，你记得不记得凌园的月色和夜莺？”他带着诱惑的音调说。

“我不记得。”她沉下脸，“请你也不要再记得。”

“我不能够，看见美丽的花和月，我不能忘记，我相信你也不能忘记。”

“请你不要再谈这些了，先生！”

“蓝婷，你为什么这样固执？你的眼睛告诉我你没有忘记，你的眼睛告诉我你仍是爱我，你为什么一句甜蜜的话也不肯说？这几天来。”

“……”

“是不是你还在生我的气？因为那天我不认识你了。我想不是的，你早就原谅了我。”他停了停，“是不是那年老嫉妒的周医生，你的丈夫——”

“你胡说，他是个光明磊落的君子人。”蓝婷觉得对方太“以小人之心度君子之腹”，她大声地不问情由地说下去，“他完全明白，并且还劝我离开他，跟着你走，他是那样的不自私，他太好了。”

“什么？”范尔和睁大了眸子，“他劝你走？和我？”

她点点头。

“和当年黛华的说话一样？”

“和黛华一样的善良。”想起好心肠的表姊，蓝婷呜咽了。

“那么，蓝婷，你为什么不早告诉我？”

她怔住了，向他投了一瞥，很快的却是深刻的一瞥啊，他的那双眼睛，叫她记起凌园的夜，于是她笑起来，长睫毛上的泪珠还在。范尔和从来没有看见过如此甜蜜而诱惑的笑，他醉了。蓝婷低低地说：“现在告诉你也并不晚啊！”

“你愿意走么？”他挨近了她，握着她的手。

“我愿意走……”她的眼睛里带点痴痴的情意，她的声音是细细的；但是这细细的声音在时间的回廊里生了反响，“我愿意走！”九年前的夏末，蓝婷在凌园大宅说过这句话，那时候，她是那样的天真、纯洁，热恋着他，他不愿意带她走！现在，他倒欢喜一个青春转眼即逝的有夫之妇么？世界上也许会有罗曼蒂克的傻子，却还没有发现过这种有奇怪爱情的人物；九年后的蓝婷和九年前的蓝婷到底不同了，她想起许多名利场中的事，她想起许多繁华世界中的人，最后，她的眼里的那点儿痴痴的情意没有了，她使劲地撒开了他的手。

走完一截长路，他们拐了个弯，快到家了。

蓝婷说：“你记得从前你告诉我的那个故事？”

“罗密欧与朱丽叶……”

“不是，是那个《复活》里的女主角，卡秋莎曾经怎样拒绝了公爵爷，宁愿被流放到寒冷辽远的西比利亚。”

“怎么这一刹那，你换了主意？”他失望地叫着。

“是的，不但改变了主张，并且希望以后你不要再来见我。”

“连见面都不可以，你不怕伤我的心吗？”

“先生，你自己就没有伤过人家的心么？啊！范尔和，你为什么要来，要再看见我？”她叹息着，“否则，我只以为你虽是爱情的弱者，还是人情的勇士和英雄；然而现在我明白透了你，你不但是爱情的罪人，还是人情的奴隶，你把我的偶像给打碎了，虽然那偶像就是你自己……对不起，我到家了……”

“蓝婷，我们就这样分手么？连亲爱的话也不说一句。”范尔和拉着她，不让她去揿电铃，“你何必做得这样过分呢？”

她回过身来，背倚在门上，月光下的脸，美丽而又忧伤，她笑着，凄凉地微笑：“范尔和，那时我多年轻，人比现在漂亮，而且我又爱你，可是一个孤苦伶仃的女孩子的爱情，是算不了什么的；你就那样丢弃了我，像赏花的人丢弃了一朵玩腻了的花。现在，赏花的人为什么忽然又会注意起那朵花呢？是不是因为它被插在碧玉的瓶中了？你为什么步步地跟着我？是不是因为我现在有了钱，成了‘上流社会’的有名人物，受着欢迎？”她的笑容没有了，“但是在我，这一切的财富，这豪华的奢侈生活，富丽的花园，热闹的宴会，全觉得虚空；我愿意抛弃这一切，换得一间朴素的小屋，几册爱读的书，和你住在一起，在九年前的时候；但是在幸福逼近你身边的一刹那，你放弃了机会。”她含着眼泪请范尔和离开：“我不能接近你，有爱心可以成为情人，有信心可以结为知己，但是你既非情人，又不是知己；而且我已结了婚，我尊敬我的丈夫。”她揿了揿电铃，然后伸出手来和他握着，“忘记我吧，在我没有忘记你之先。你会快乐的；祝福你的一切……”

话没有说完，大门开了，她走了进去，挥着手，回了一回头，门又关上了。

她觉得有一个看不见的门，也永远关上了。

今夜，那数十级的扶梯显得分外的长，好容易才走完。

芳云在卧室里整理床铺，她看见蓝婷，天真地说：“太太，今天晚上的月亮太好了，我没有拉上窗帘。”

窗子外面果然好月亮，像暗蓝的幕帷上挂了一面团圆镜，寒天里的月色，分外的清辉皎洁，虽然不是秋天，但是月亮到底还是那个月亮……

蓝婷微蹙着眉：“芳云，你还是把窗帘拉上。”

这天真的小婢不解她主人的心意，觉得颇为无趣，拉上窗帘，快快地走出去了。

周医生在此刻走进卧室，他的手里拿着两支绛色的蜡烛，蓝婷看见日历上的日子，想起明天是周末，她连忙走过去，接过那两支绛蜡，插在烛台上。

今夜，她的心里又充满着感谢……

一九四五年十二月

三　年

他又站在这瑰丽的大厦——“圣琼娜花园剧场”的前面了。

那绿色的垂柳还在，暮春的斜阳照着朱红色的屋顶，依旧是那么辉煌，像镀上一层金。有紫燕双双，在软语呢喃，设若是似曾相识，它们也会轻轻地道声“别来无恙”么？

绿柳，紫燕，金色的斜阳，朱红的屋尖……什么都没有变；只是“圣琼娜剧场”已成为过去名词，现在它是一所私人的花园了。

想起三年前，那幽暗的舞台，那紫色丝绒的帘幕，广大热闹的观众席，波希米亚的艺术气氛，那多少悲欢离合的动人名剧……啊！梦一样的……

梦一样的“圣琼娜”的黄昏……

梦一样地轻叩着黑色的铁门，门开了——真没想到会惊了园里的人。

“先生，贵姓？”看门的朝他打量。

“我……”

“请问您找谁？”

找谁？他找谁？他能告诉人家“我来找我自己”吗？不，不行，谁都会疑心那是疯话，于是他跑开了，茫然而又萧然地。

听得铁门被重重地关上，那看门人，准生气了吧？疑心这生客在故意跟他找麻烦，可是看门的又怎么知道，他的眼睛里已满是泪水，眼前的一切都模糊了，泪光里漾出三年前的往事……

三年前，这“圣琼娜花园剧场”，门前“车如流水马如龙”。

那是古装剧《花蕊夫人》上演的第一日，白天的戏散场之后，他和黎萼在附近吃了晚饭，回到“圣琼娜”，时间犹早，因此在喷水池边，一同背诵着戏里的台词。

“原来你们全在这儿！刚才叫我好找！”盈盈打棕榈树那边跑过来，一脸紧张表情。

黎萼问她：“又出什么新闻了吗？瞧你忙得这份儿德行！”

“我猜准是明儿个盈盈要请客。”他笑着说。

“我请客？才不哩！”盈盈一扭脖子，“该请客的是你，柳翔！”

“我？凭哪门呀？”

“凭……”含着娇嗔，瞪上一眼，用手比画着，“凭你的那份儿桃花运呀！喃，花篮这么大，这么高，把你都美死了。”

“什么美死了？瞧你说得多没头没脑。”他不由得一笑。

盈盈却发起脾气来，耷拉下脸子，小嘴一噘：“我说得没头没脑？人家可有名有姓呀！柳翔，你这人真坏，全不想想咱们黎萼姊姊待你多好，你，你太对不起人……”许是气得太厉害，底下她连话都说不上来了，脸儿雪白，鼓起的腮帮子，像整吞了个鸡蛋的洋娃娃。

柳翔莫名其妙，不知到底怎么回事，他也没有了主意：“盈盈，你……”

“盈盈，你说点儿什么啊？”黎萼似乎很平静地笑了一笑，她瞅了柳翔一眼，然后装得若无其事地为盈盈整理发上的那个玫瑰红的大蝴蝶结。

“怎么老是缠不清?”盈盈跺脚道，“告诉你吧，刚才有人送柳翔一个漂亮花篮，是个漂亮女人送的。”

“有这样的事?”柳翔问。

黎莩却为之哑然：“是那个漂亮女人‘亲手’提着来的?”

“自然不啦!”盈盈哧的一声笑了，“是宝蔷花店送来的，绸带上写的人名，我记得，嘿！可真漂亮，叫什么司徒蓝蝶。”

“司徒蓝蝶?”他念着这生疏的人名，诧异不已，“司徒蓝蝶是谁?”

“是谁？你会不知道她是谁?”盈盈大声叽咕着，“别装蒜了，还是一五一十地招供出来的好。”

黎莩恍然一笑，心里的疑云已经冰释，她跟盈盈说：“那么，上回写满五张信纸，称呼你‘小情人’的那家伙，你知道是谁吗?”

柳翔笑了。

盈盈红了脸，扭股儿糖似的缠着黎莩，直蹦直跳，不依地叫道：“我不来，人家好心好意地帮你，倒打趣起我，不害臊，知道你们俩一条心，二位一体……”

夕阳沉下去了，暮色渐浓，人声，笑语，在迷茫的晚景中，也愈过愈低微了。

一个有星有月的晚上，骤然来了暴风雨，夏季的气候真叫人莫测。

打“圣琼娜”出来，柳翔站在十字路口等候街车，街车一辆一辆地驶过，太拥挤，停都没有停，就又开过去了。雨越下越大，风势也越恶，树叶上的水珠子乱飞乱溅，法国梧桐底下不是一个避雨的所在，柳翔没有带雨衣，满身弄得湿淋淋的。

一辆汽车打“圣琼娜”那边驶过来，停下了。

“柳先生，雨下得太大，主人说送您回家。”汽车夫从车窗里伸出头来跟柳翔说。

“这……”

“这没有什么关系。”汽车夫机灵地接下去，又开了后面的车门，“柳先生不用客气了，请进来吧！雨实在大。”

似乎没有时间容他再迟疑，也不好意思迟疑，于是柳翔茫然地“嗯”了一声，茫然地上了车，茫然地觉得车门关上了，车开了，并且正驶向他回家的路……

一阵馥郁的脂粉香，柳翔从茫然中微微醒觉，他没有想到这汽车的主人，原来是一位美而年轻的小姐，不禁感到不安，虽然在舞台上他是个熟练的演员。

这太奇异了，也太突兀了，柳翔几乎不敢朝她正视，匆匆而又偷偷地一瞥眼，只觉得这女人是夺人的美丽艳媚，看不清她的衣裳，看不清她的头发式样，大半个脸蛋被天蓝色的鹅毛扇遮住，两道斜飞入鬓的修眉底下，一双眼睛大而多姿，宝光灿烂的黑眸珠，看得出是善于表情的，此刻却表示了冷静，长睫毛下垂着，有一种压抑住的皇后骄态。

“小姐，谢谢您的好意。”柳翔对她说。

“啊！不。”她并没有转过她的脸，也不曾看他一下，还是那样骄傲地半闭着她的眼睛，“柳先生不嫌我太冒昧吗?”她的动人的嗓音里带有诱惑的沙声。

“哪儿的话，我正在想，太冒昧的是我。”

她无言，眸子闪了一闪，长睫毛更下垂了，似乎在想什么心事。

车窗上的玻璃湿淋淋的，外面什么都瞧不见，远近人家的灯火，光辉朦胧而又模糊。雨越下越大了。

在这样的遭遇之下，碰到这样一个女人，柳翔真想不出该说些什么才好；半晌沉默之后，对方仍是哑口无言，因此他不得不找点话来周旋：“小姐，您也是打‘圣琼娜’出来吗？怎么戏还没有看完就——”

“我每天都是这时候走。”她颇有含蓄地说，“除了头一天上演是看到剧终。”

“每天？”

“嗯，差不多是每天。”

“这个戏并不值得看上许多遍呀。”他奇怪地说，忘了彼此是素不相识。

“是么？”她略一回眸，表情勇敢而又懦怯，“不过……”底下的话她没有说出来，又咽下去了。大半天之后，才说：“反正闲着也是闲着。”

柳翔敷衍地点点头，心里却不由得这样想：“一个有钱的无聊人物，放浪而又神秘的女人。”然而他不能否认，私心也不愿否认，那双千娇百媚的眼睛是动人心魄的。

车子拐了个弯，稍许有些颠簸，无意中他碰了她一下，柳翔连忙说“对不住”，她摇摇头，半折起那柄天蓝色的鹅毛扇，笑了。

这女人的笑是迷人的，柔唇开处，露出小而白的牙齿，像玫瑰花中储满了雪；但是不到半分钟的时间，她又恢复了刚才的骄态，冷静，矜持，紧闭的小嘴，似熟透的红菱。

柳翔怔住了。

忽然觉得车子已经停下来，原来正是自己的家门口。

她红着脸，似笑非笑地说：“柳先生，这是您的府上么？我盼望我没有弄错才好。”

“是的，谢谢您，小姐，今晚真太感激您了，也太搅乱您了。”开了车门，跳下车，他又回过头来，“唉，我忘了一件事情，小姐，可以告诉我您贵姓吗？”

“我……”她转动着妖媚夺人的黑眸珠，神秘地笑了笑，然后，将那柄始终未放手的扇子放在车垫上，黯淡的光辉里，他看清楚那海水蓝的衣裳上，斜插了一枚极大的蝴蝶形的蓝宝石胸针……

柳翔忽然有许多话要说，但是她挥挥手，车门关上了，车子轻捷地开了，消失在黑沉沉的雨夜里。

他彻夜被那双眸子缠绵着，好像得着了什么，又好像失去了什么。

盈盈对柳翔说：“你晚一会儿走好吗？等我下了戏，咱们一块儿去看黎萼，已经三天不去瞧她的病了。”

“明儿早上去成么？”他下意识地想到什么，一个不可知的理由忽然叫他说这句话。

“我不，早上我起不来。”她拨弄着系在玉色宫装上的葱绿带子。

“懒丫头！”

“呸！你才懒哪，三天不去瞧人家，还是我先想着的。”

“昨儿个下雨，你知不知道？我的好小姐！”

“那么今儿晚上又为什么哪？”盈盈走到化妆间门口，她就要上场了。

"今儿晚上，"他沉吟着，"天色也不大好，怕跟昨天一样。"

"也好，那么干脆明儿个上半天去，你先来找我。"她翩若惊鸿地走了，一声"明天见"消失在灯光昏黄寂然无声的走廊里。

柳翔洗净脸上的油彩，换好衣服，无聊地走出化妆间，心里想：又是一天过去了。

天上星多月明，想起刚才跟盈盈说的话，不禁脸热，"为什么推托今晚不去看黎萼呢?"他在心里责备自己，一半儿惭愧，一半儿抱歉。因此柳翔决定再待一会儿，等盈盈下了戏，他们一同去。

他走到喷水池边，清风徐来，花香袭人，"圣琼娜花园"是美丽的，尤其在此刻，后台寂然了，前台正演着好戏，花园里没有一个人，没有一点儿喧哗，只有他和自然，只有他和他自己的影子，一片静，一片安宁，像神仙故事里的奇境。

奇境里又遭逢了奇遇，一个女人的声音，忽然来自他的身后："是柳先生么?"

那声音低沉，缓慢，充满了魅力，听来不顶陌生，虽然并不熟悉；柳翔有一点儿微惊，却又似在意想之中，他转过身，安详地招呼着，像对一个熟朋友似的："您好，司徒小姐。"

艳笑，媚眼表示了答话，不似昨天的矜持了，半晌沉默之后，她"嗯"了一声，点点头说："柳先生，您好聪明。"

"我不算笨？司徒小姐。"

"您真细心。"

"可是我忘了谢谢您的花篮。"

她笑起来，用最美的表情凝视着他："柳先生，您的记性真好。"

"并不太好，也只有值得记着的事情才能够记得住。"

“也只有值得记着的事情才能够记得住。”她重复了一句，沉吟着，“那么，已经记住的，会不会忘了呢？”

“我的记性不太好，可也不顶坏。”柳翔有一些迷惑了。

她默不作声，没有笑容，也没有说话，然而她的眸子像是要说出话来……如同那些可爱的眼波表示情意一样；于是柳翔完全被那双眼睛征服了。

“不好不坏的记性，是最最痛苦的。”她喟然而叹，似有感而发，“记不清楚，又不能忘个干净……”

这回柳翔没有开口。

“我说了几句傻话，您不好笑吗？”

“这些话并不傻。”

她笑了，倒像讥讽他傻似的；有意无意看了看手表，问：“等人？”

“等您。”他半是玩笑，半是试探地说。随即举手抹过额前，仿佛想驱除一种什么念头一样——一个不该驱除的念头。

她像艳阳天里一朵芍药花般的迷人……无语相视的刹那过去了，于是他们一同走出“圣琼娜花园”。

在咖啡馆里，红绡似的灯光底下，两人相对而坐；那双美而且媚的眸子灼灼地望着他，柳翔觉得有点儿赧然，较之昨夜的初见尤为不安，司徒蓝蝶的红唇上却挂着诱惑的微笑，这妖媚而神秘莫测的女人。

她问他：“柳先生，您不觉得我们的相识有点儿怪异吗？”

“不，人生也像演戏。”

“那么人生是一出悲伤的戏，还是一出快乐的戏？”

“您爱看悲剧，还是爱看喜剧？”柳翔这么反问。

“我不知道。”她摇摇头，两手托着腮，眯着眼笑了，“我就知道顶爱看您演的戏。”

“叫我怎么担当得起呢？您太捧我了，司徒小姐。”他十分不安地告诉她。

“这是真话，可不捧您。”

“越是真话，我可越觉着惭愧。”说着，他在她的杯子里放了两块糖，“还要么？”

“要的，谢谢您，咖啡虽然刺激，却带着苦味，所以我需要多的糖。”她说话时的那一种微笑，柳翔毕生也不能忘记。

他一连又加了三块糖，低声地说：“这一下子，该太甜了吧？”

“能够太甜才好哩！”

“能够太甜才好哩！”柳翔学了一句。

“怎么，我说错了么？”

“没错，‘能够太甜才好哩！’对，对，对。”说到第三个“对”字，司徒蓝蝶笑了，柳翔自己也笑了。

“您爱吃甜的？”觉得无话可说，他就这么问。

“嗯，也不一定，不过甜的总比苦的够味儿呀！”她看了他一眼，笑道，“怎么说来说去还是一个甜的问题？”

“甜的问题够味儿呀。”柳翔笑着回答。他举起杯子，有深意地说：“现在，我们该喝一口甜得够味儿的咖啡了，司徒小姐！”

她低低地“嗯”了一声，说：“柳先生的话才真够味儿。”

“也甜么？”他大着胆子问。

司徒蓝蝶轻声地笑起来，偏过头去，迷惑动人的风情。柳翔觉得自己醉了，虽然他喝的并不是酒。

忽然，她似乎有一点儿羞惭，转过脸，一本正经地：“柳先生，您……有外国名字吗？”

“他们有时候叫我 John。”

“为什么不是 George 呢？”

“George？”

“是的，George，这名字不好吗？”

“好是好的，但是……但是……”但是底下的话柳翔没有说出来，他只是奇怪地看着她的脸，她的圣母型的脸上有着不可思议的表情，他有点儿不能自主。许久许久，他们面对着，他向她目不转瞬地注视……

今夜，她的衣裳不再是海水样的蓝了。那蝴蝶形的暗蓝色的宝石胸针，在银灰的丝织品上闪着光，有一种无比华贵的美。

柳翔想着一点，顺口问：“因为您有这样一个名字，所以您有这样一枚美丽的别针？”

“不，因为有这个别针，所以我才叫蓝蝶。”她并不开玩笑地说。

“那什么是您的本来的名字呢？我可不可以知道？”

“我已经忘记……”

他瞧见那双深深黛黑的眸子黯然了，她变得冷若冰霜……

好久好久的沉默。夜阑人散的时分到了，他们离开了咖啡馆。分别的时候，她伸出手说道：“晚安，柳先生。”

“晚安，司徒小姐。”他轻声地问，“我可以说‘明天见’吗？”

“为什么不可以？我住在花园饭店七百十号，假使您来，别忘记先给我一个电话。”

“花园饭店，七百十号……”

“是的，柳先生。嗯，时候不早了，再见。”

"明天见!"

明天他们果然又见面了，在电话里，得着司徒蓝蝶的许可，柳翔到花园饭店去访她。——一连多少个明天，他打电话给她，虽然有时候也遭拒绝，多半还是接见。

她好像是长期地住在那儿，那么，她的家又在何处？她家里还有没有旁的人？这些都是谜，据柳翔的推测，她或许是什么富人的外室，然而司徒蓝蝶的高贵仪态和举止，又令他不敢这么想，他不能亵渎了自己所崇爱的女神；无论如何，这样的女人是可爱的。她历尽沧桑，因此游戏人间，和一般娇生惯养不知天高地厚的女孩子们不同，她不像她们那样的幼稚与平凡，她什么都懂，也许懂得太多一点儿，不大好惹；然而，玫瑰之所以美丽，不就是因为它的多刺么？

司徒蓝蝶不再每天到"圣琼娜"去观剧了，因为由相逢而相识而相熟，他们有别的相见的地方。

演戏的时候，柳翔每有一种空虚之感。当绣幕拉开，台下多多少少观众用紧张期待的目光向台上注视的时候，也无法填补他心中的那一点儿空虚，他觉得这些观众没有一个是为他而来；绣幕下垂了，热烈的鼓掌声音带给演员们无限兴奋，可他觉得没有一下是为他而拍的，他惆怅。盈盈还有那些好心的朋友们，常常取笑他说："瞧，柳翔这副没精打采的样儿，整天像只斗败了的公鸡，别病只病了一个黎荨，瘦倒瘦了两个人。"他苦笑着，不否认，也不承认。

这些多情的误会给予他不少矛盾的苦闷，他内愧，因为自觉良心上对不起黎荨，但有时他颇有点儿憎嫌，以为他们好意的取笑是无聊而且多事。

事实上，柳翔并没有忘记黎萼，每当黄昏时分，日场戏散了，在“圣琼娜花园”的池畔漫步，他老会想到她的轻柔的笑语，一朵长在空谷间的温静的幽兰。她如今病了，柳翔不时地去探望她，还带给她最心爱吃的东西。有时候她睡熟了，他静静地回去；有时候她醒着，清瘦的脸上漾起一朵温婉的笑容，疲乏而又喜悦地谢道：“唉，John，你真好，我不知怎样感激你。”

“甭客气。”他总是这样回答，再加一句：“今天你气色好多了，比上次好多了。”

“是么？我真盼望能快点儿起床哩！”

“一定的，你安心等着我们来接你出去玩。”

“他们都好？”

“他们都叫我问你好。”

照例是这些话，虽没有成为刻板文章，总是大同小异。柳翔常常这么想：他们之间，有的仅是兄妹式的温情，却缺少热烈的爱恋，她对他温柔，体贴……然而，男女间的关系难道必须用爱情联系么？像司徒蓝蝶那样的女人，才有奔放的热情；黎萼，她将永是他的坦白无私的知己，却难成为浪漫热烈的情人。可是那些人，那些好心肠而又不懂事的人，干吗老爱将他们拉扯成一对，叫他心里不好受？柳翔觉得他们既不懂事，却又偏欢喜管闲事，真是岂有此理。——他忘了从前他们“管闲事”的时候，自己并没有什么不好受。

有一次，连司徒蓝蝶也管起这桩闲事来了。

也是一个下雨的晚上，他没有夜戏，到花园饭店去看她，她的屋子里暗沉沉的，只有壁角龙柱上的纱灯，透过绿幽幽的轻纱，散出凉郁的微光。柳翔忽然觉得自己是第一次到这地方。司徒蓝蝶从浴室里姗姗地走了出来，丝质的暗蓝的睡衣长得遮住了脚面，袖子盖着绝美的膀子，长长的秀发统统散开来，垂在双肩。她不施脂粉，嘴唇却涂得无比的红艳。谁也没跟谁说话，彼此用默默的微笑打着招呼；她走到靠纱灯的沙发前，他走近了她，绿幽幽的光辉射上她的石像似的圣母型的脸，像“神秘女伯爵”，像《湖上悲剧》里的女主角，尤物中的尤物。她美得令人蚀骨销魂，柳翔情不自禁地吻了她，她没有抗拒，微仰起头，以一种冷冷的淡漠的神情相迎。再端详她的脸时，他好像今天第一次才看见她。

“对不住。”良久，他低声地说，“你能饶恕我吗?”

“没有什么，不能饶恕你的是另外一个人。”

“谁?”

“花蕊夫人。”

“你是说黎萼?”他问，一边小心观察对方的脸色。

她笑得极其自然，现出长于交际的表情：“除此还有谁呢?”

“也许是某先生……”

然而她抢着问道：“她病了不少时候，现在好点吗?”

“比以前好多了，但是还不能起床。”停了停，柳翔问：“你知道关于她的事情?”

司徒蓝蝶点点头，肩上的垂发像水波似的漾了开来，一双骄矜的眼睛，射出迷人的光：“知道，关于她的，关于你的，关于你和她两个人的，我都知道。”

“我们只不过比较说得来，在工作上很接近罢了。”他说，略带一点儿弦外之音，“其实别的没有什么。”

“没有什么?”她的唇际失去了笑容，她的双眸里藏着难言的情绪，“可是她不会饶恕你，并且更不会了解我。”

“如果她认识你，她一定会欢喜你的。”

“如果她知道我，她一定会恨我的。”

“为什么呢?”

“为什么不呢?”说着，她微昂起头，将散乱的长发掠到脑后，当她举手之际，露出丰艳的双腕，这轻敏优美的动作，有一种娉婷的风度。

柳翔挽着她的手，摇摇头说：“你没有被人恨的理由。”

“先生，那没有理由的理由，就是最充足的理由。她一定会恨我的，除非她不爱你。”她接了下去说，“听说她在台底下也是个温婉的好女孩子，和她在台上一样。你们真是很理想的，我想我是太自私了，她一定要恨我的，世人都要非议我，有一天，连你也不会原谅我……”她说，眼睛瞧着窗外老远的地方，这时候，雨下得渐渐地小了。

“啊，不，蓝蝶，”他第一次唤着她的名字，“我要永远，永远地爱你。”

“永远，永远地爱我?”她的笑声里带着淡淡的讽刺，像对一个不懂世故的孩子似的，“你以为这也像在舞台上扮演爱情剧一样的简单么?”

“我并不是在做戏。”他觉得对方有一些不了解自己。

“我并没有这样说你呀!”

“那么是你……”

“你忘了你说过的话了，人生根本像演戏。”

这是一种无名的荣幸，凡是他说过的话，常常被她记得，他试验过多少次了，因此柳翔觉得高兴。他跟她说：“你记得的，我也不会忘记，就算是戏吧！我真希望这幕戏永远演下去哩！相信我，蓝蝶，相信我不是逢场作戏……”沉吟了半晌，他又说：“然而我却看得出你是游戏人间。”

“嗯，你既然看得出……你就愿意牺牲了诚挚的情感，来换取靠不住的爱？……”

“我却十分相信你的爱情，并不以为是靠不住。”他像背剧本似的告诉她。

她摇摇头，幽幽地说：“先生，你弄错了，我有的只是回忆，我根本没有爱情。”

多么奇怪的话，没有爱情？像她这样富有魅力，富有青春之火的女人会没有爱情？一株灼灼的桃花会开在凄恻的秋风里么？柳翔越发不了解她了，然而也越发地爱她了。

他断定司徒蓝蝶是个别有怀抱的伤心人。

“一个失去青春的人，才靠回忆过日子。”隔了许久，他告诉她，“你，正是应当被千万人欢喜，并且是有爱情的时候。”

她没有说话，略一凝眸，在沉思里泛起微笑。

“啊！你的这一笑为什么那样特别？”他说。

“我的爱情早就没有了，我的过去早就忘怀了，可是你，触动了我的记忆，这些时候，我真正地靠回忆过日子。”

“回忆些什么呢？”

“永不再来的往昔。”那声音是细细的，稀有的纤弱，与平日热情而又诱惑的声调不同。明亮多姿的眸子里似乎藏着泪，又藏着笑。她垂下了头。

“蓝蝶，你有什么难以排遣的愁怀么？我的事你都知道得那么仔细，你的事为什么绝口不提呢？告诉我，蓝蝶，我愿意分担你一些惆怅。”

她悄然地走到窗前，有意无意地赏鉴那细雨蒙蒙的夜景。

柳翔跟了过去，频频地问道：“你为什么不说话呢？”

“我有什么可说呢？”她背过脸，细声地，像是回答，又像是发问。

“说说你从前的事，从前的那些……”

蓦地她回过头来，脸上的惆怅消失了，眼角眉梢现出不怀好意的笑，神秘地说：“傻孩子！一个劲儿叫人说过去，从前的已成陈迹，你就不想着现在吗？”

“现在？”

“嗯，现在。”她花枝招展地笑了起来，“现在外面的雨下得很大，是吗？”

他会心地笑了，拉长语调：“是的，雨下得‘很大’，‘很大’……”

“你爱下雨的晚上么？”

任凭柳翔是一个怎样高明的演员，这一句“你爱下雨的晚上么”，再也学不像；他轻轻地拉上窗纱，狡狯地说：“我爱下雨的晚上，如果我不是一个路上的行人的话……”

司徒蓝蝶说，她的过去早就忘怀了，但是她又说，自从看见过柳翔以后，她是靠回忆过日子的；忘了过去的人还有什么可回忆呢？多矛盾的说法！然而恋爱中的人往往欢喜不合情理，柳翔就爱上她这一点儿神秘。

从那个“下雨的晚上”之后，他已经学会不再对她提“从前”了，她自己也绝口不提。人生最美的一刻就是现在，现在他们寻快乐，找刺激，狂欢，爱……为什么一定要念念于从前呢？为什么一定要念念于从前呢？

只是有一次，他们在人静的路上散步，街灯初明，有着迷迷蒙蒙的小雾，整个的世界，似罩上一层轻绡，将人带入幻想的幽境里了。她稍许有点儿与平日不同……

一片梧桐叶从树枝上飘下来，这是第一片落叶吧？秋天，是怀人的季节，黄昏乍去，是回忆的时候；世界上有谁真能够毅然决然地将过去和现在隔绝呢？只怕往古来今没有一个。

他们沉默地走完一截路，拐了弯，灯火明亮处，对过一家人家的楼上，从屋子里一直到外面的阳台，全都是人，一群俄罗斯的男男女女，带着醉意地在唱，在笑，在欢呼，在跳舞；歌声咿咿呀呀地充满了阳台，笑语也充满了阳台。或许是俄罗斯的什么节日，他们才这样纵情地狂欢。

柳翔笑了，略带点嘲讽的意味："你瞧，他们真会作乐。"

"他们真的快乐吗？"

"他们现在是快乐的。"

"但是狂欢过了，酒意消了，他们将要感到痛苦。"

"是不是为了酒阑以后，继之人散，那凄凉的况味叫人觉着难堪？"

"不。"司徒蓝蝶摇摇头，"当他们想起了俄罗斯的家时，他们将痛苦了。"

"是的，一群可怜的异国流浪者。"

"一个人怎么可以没有家哪。"这是她第一次为了无家而叹息，"如果再添上一重往昔的豪华的记忆，那就分外的不堪回首……"

"蓝蝶！"

"……"她的眼眶湿了。

"我们去找一个地方玩玩吧！你赞成哪儿？"

"哪儿都不去，今天晚上，我欢喜就这样走走。"

"你不觉得太累么？"

"一点儿也不。"她告诉他，"你绝不会想到，我是顶爱散步的，从前。”

啊，“从前”，这是她第一次向他提起这两个字，今晚，她是何等的不同？……

然而柳翔故意装得镇定而又漫不经心地听她说下去：“从前，在家乡的时候，我欢喜南国的海，因此无一天不走上好些路到海边去玩。”

“你一个人？”他试探着问。

她“嗯”了一声，眼里略含一些少女的温情：“不，有的时候……我一个人。”

关于这一点，柳翔不好意思深问，怕她说自己小气而多心，于是他说：“你的家乡是一个可爱的好地方。”

“不一定，但是，谁不知道‘长安虽好，不及故乡’哩！”

“那么，你为何不回到南国去？”

“先生，说这话的确很容易，可是……”她似乎有点儿嫌他多事，“你读过‘杜鹃休向耳边啼’的诗句么？”

“对不住，我问得太冒昧了。”他抱歉地说，“我没有想到会引起你的不快。”

“没有什么，我并不觉得不快，只是慨然于华年如水，往事若梦。从前的那些好日子统统过去了，现在什么都完了，没有了，回去又有什么好处呢？”

“蓝蝶！”

“George。”她摇摇头，“啊，不。”叹了一声，“你到底是另外一个人，不是George，不是George。”

“蓝蝶，我愿意我能够代替你的George。”柳翔靠近了她，轻声地，“只是，不知我可能有他万分之一的好？”他的声音里含着嫉妒。

司徒蓝蝶笑了，惨然地，凄然地，回眸一笑：“也许他比你好，也许你比他更好，但是那又是一个问题；即使从今以后，我唤你作 George，你也像 George 一样地待我，或者更好一点儿，然而，亲爱的傻孩子，你总是你自己，除了面容长得相似以外，你总是你自己……”

柳翔现在才明白了，司徒蓝蝶为什么这样出奇地一见倾心地迷着自己，原来她将他当作旧时的情人，原来自己的面容像她的 George。

“我可以知道吗？George 现在在什么地方？”他问。

“不在什么地方。”幽幽的，声音似从天外飘来，“他死了。连墓地也没有。”

“那真是太不幸的事情。”柳翔不知道说什么才好，停了一刻，他道：“我很想知道他是怎样死的。”

“战死的，他是那样光荣地完成了一个空军战斗员的任务。”

“他和我们许多兄弟的鲜血，写成了中华民族辉煌的历史。”柳翔肃然起敬，“对于这些民族英雄，我们应当致最大的敬心和尊崇。”他的声音也激动了。

“……”

“你……们结婚了吗？”他忽然问。

司徒蓝蝶摇摇头：“没有，那时我还年轻，正在学校中读书。看见报上载着他殉难的消息，起初我还不信，后来他的同事打电报来，我再也没法子哄骗我自己了。”

“他家里还有别的人吗？”

“什么人也没有，他是外祖父家养大的。一个无亲无友的苦孩子。”

“那么，蓝蝶，恕我冒昧，你为什么要一个人在外面呢？你可以回到你自己的家，或是……”

“不瞒你说，我早已离开我的家了，不，是我的家先不要我的。”她微笑，可是极其勉强，“他们一定要我嫁给后母家的表哥，但是我偏不，就这样，我只好逃出家门，谁知道 George 又……唉，一转眼，就是几年。这几年我简直忘了我自己，忘了我的过去，忘了我还有将来。我过的是些什么日子，那些人……先生，不提也罢!”

“怪我不好，我不该，不该引起你的愁怀。”除此，他还能对她说什么呢?

又是一片落叶掉在地上，他们彼此不约而同地打了一个冷战，这寒意是季节的，还是情感的?

夜更短更凉快了，九月的玫瑰落叶了。

周末的夜里，柳翔演完晚场戏，从“圣琼娜”回家，刚走进大门，房东太太朝他和气地打着招呼，说：“快上楼去吧！太太候了好久啦！并且还有客人哩。”

柳翔笑了笑，没有说什么，匆匆地上了楼。他心里猜测着客人一定是李微萝，于是柳翔脸上的笑容就无法收敛了，感谢而又满足的笑，不是李微萝，蓝蝶能够整个地完全地属于自己么？想到这儿，他虽不信宗教，也不由得祷告上帝降福给她。

果然不出所料，楼梯上就听见了李微萝银铃样的笑声。房门虚掩着，有灯光打里面射出来。柳翔走进屋子，现在，他用不着像从前那样，每次掏出钥匙来自己开门了。

李微萝看见他，扬起眉毛，带笑地嚷道：“柳翔，你看我待你们多好，刚一下火车，把箱子放在‘金门’，连陈主任请我吃饭，高太太找我打牌，顾行长约我跳舞，全都一概谢绝，立刻就光临到你们这儿来了。”

“谢谢你，微萝。”他高兴地说，“怪不得我进门就觉得屋子一亮，原来因为有你‘生辉’……”

“缺德，就数你们演话剧的人爱贫嘴。”李微萝瞪了他一眼，“一见面也不问个好，或是像外国人来句 How are you，开口就打趣人。我在北京白惦记你们好些日子。”

“微萝，我可没怎么你呀!”蓝蝶笑着责问她。

“喔，可不是，我冤枉了你这小宝贝，你还是那样听话，到底咱们是老朋友了，没把我这现成媒人扔过墙；你瞧他呀——”

“你瞧她呀，那么爱贫嘴。”柳翔抢着说，“也该演话剧了。”

“缺德!”

“好，来点不缺德的，咱们寒暄一番。”他问，“北京近来怎么样?”

“北京还是那个老样子，东西拼命涨价，但是戏园子老客满，跳舞的人还是那么多，那么高兴，就跟上海一个毛病。我来一百次，还是一个样儿，永远也不会变。”

“别人来一百次，也许还有点儿改变，你可与众不同，一年十二个月，你至少来十三次，没几天工夫，怎么看得出不同来呢?”柳翔说。

她笑起来，告诉他们这趟来可不是无事忙，有正经事要干，来吃徐先生的姨妈的侄小姐的喜酒。

“徐先生——你们老爷好么?”

“好的，谢谢你。他还是那样地不爱说话，看见了谁，都是那么一点头；人家说十句，他说两三句，人家说两三句，他干脆就一句也不说了，给你个闷声大吉，叫你免开尊口，把我的朋友都得罪光啦。那天连我妈也火起来，气得老太太直叫我跟他离婚，再嫁别人。”

说到这儿，蓝蝶和柳翔全都笑了。他道：“太太能说，不也就补了老爷的不足吗?”

“还提哩！跟外人没言语也还罢了，现在变得跟我——他的内人，也是一问三不响的；有时候，我想想真恨。这辈子算认命，来生要还是女人的话，再也不嫁这种不开口的丈夫了。”

“万一来生真嫁了个爱说话的丈夫，你自个儿倒又是不爱开口的女人呢?”柳翔问。

“缺德，柳翔，你总是跟我找麻烦，留神我叫蓝蝶打你。”

蓝蝶笑着走了过来，然而她不是来打柳翔的，她给他们端来了热热的咖啡，搁了糖之后，又去忙着切面包，再亲自涂上果酱。

柳翔说：“蓝蝶，我今天晚饭没吃，你把第一片给我，别给微萝。”

“这是微萝爱吃的杨梅果酱，你又不吃酸的，待会儿我替你涂 Butter。”

微萝叹了口气，对柳翔说：“蓝蝶待你真好，连我也嫉妒。”

“怪不得她说你爱吃杨梅果酱。”

“要是刘经理，潘医生，还有那整大群的人，知道了甭提要多难受，他们赔了多少小心，多少钱财，低声下气地侍候她，恭维她，谄媚她，还讨不着一点儿真的欢心。他们要知道她这样对你……”她故意咳嗽一声，“柳翔，杨梅果酱大概要比金子还贵了，我要买点囤积起来。”

蓝蝶直皱眉，没奈何地笑着：“微萝，你好不好不再提这个?”

微萝指着她的脸，咯咯地一笑：“我奇怪我们往日的司徒小姐哪儿去了，怎么不多几天工夫就变得这样拘谨？不要紧，我告诉你，柳翔不吃酸的，你就别那样多心。”

“微萝，你误会了我的意思。”她垂下眼皮，口问心地，像跟她自己说话一样，“我不是怕他多心，只是自己觉得刺心而已，那些年，那些事，那些人……一提起就……唉，不提也罢！”

是的，不提也罢，现在她不是已经有一个可爱的新生了么？从前的那些放浪迷醉的生活，浓郁的酒气，猛烈的烟味，靡靡之音，疯狂的跳舞，赌博，一切讨厌的虚伪与假装，全离开她很远了；还有那些人，刘经理，潘医生，以及许多许多可厌可憎的人，再也无法找来和她纠缠了。现在，她丢弃了那形形色色的“花园饭店”里的各种风光，走进这间朴素的小屋子，开始她的可爱的美妙的新生。司徒蓝蝶，像一个从糊涂梦昧中醒来的孩子，极清明极自得地莞尔一笑，柳翔的眼睛正谛视着她，这双眼睛不同于梦昧中那些所有男人的眼睛，就是这双眼睛，使她已逝的情爱复活，重又觉得人生和世界是有意义，安安分分地做柳翔的妻子。自然，她得感激微萝，使得她的情爱复活的是柳翔，但是没有微萝为他们计划新生活，她的灵魂也不会再生。

一个何等可爱的周末的夜晚，他们这样喜悦地度过，永远，永远也忘不了。

李微萝走了之后。

在灯明人静的屋子里，他们谈论着刚刚离开的这位洒脱而好心的朋友。蓝蝶说：“我要永远地纪念她，像爱我的母亲一样。虽然我刚一出世的时候，母亲就不在世，但是我相信我是知道应当如何去爱。”柳翔也道：“我由衷地感激她，如同对一个女神，因为她使我能够占有你；从前，我以为只要能够老远爱着你，能够看到你，就是天大的幸福了。”

柳翔躺在那张半旧的藤椅上，吸着烟；她为他送过睡鞋，又去清理桌上零乱的茶杯和碟子，梳妆台的圆镜里反映出窈窕的身影，她穿着素净的蓝布衣裳，从前那些绝顶豪华的打扮与装饰，全都摒除了；柳翔端详着镜里的不施脂粉的脸，好久，好久，他道："蓝蝶，你怎么这样的美？你穿得朴素的时候，竟比浓妆的打扮还要来得好看！"

"我的天，你又在练习哪一个戏里的台词了？"她转过身来，朝他极俏皮地一笑，这一笑，只有天上的仙女才有那样的笑法。

"练习吗？不，告诉你，这是创作。"

"好一个新鲜的，惊人的创作。"她说，随手拉过一把椅子，面对着他坐下，"翔，好好地回答我一句话，你现在快乐吗？"

"我快乐极了。"

"好的，那么让我们来商量一些事情，在最快乐的时候，一定会商量出很好的结果，我相信。翔，我打算去教书了。"

"教书？你？为了什么？"他叫了起来。

"是的，我要去教书，一个小学四年级的教师，我想我还能够胜任。"她安详地说下去，"为了什么？说得好听一点，为了我还年轻，应该找点事情做做，人生缺少不了工作。并且，"她顿了一顿，"为经济方面打算，所得虽然有限，但是两个人赚钱总比一个人强得多。今天起面包又贵了，连热水都涨了价，所以我决定设法增加一些收入。正好房东太太的朋友，那个教会里的王小姐，她办的小学里差一个教员。"

"像你这样的人去教书，太辛苦了。"他觉得十分抱歉，因为自己的职业不能使他们的家庭过得分外美满一点。

"我不喜欢你说这样的话，翔，为什么我要和人家两样呢？为了我过去的生活太糜烂，就料定现在我没有吃苦的精神么？"说笑话似的，她竭力打消柳翔的成见，“我不怕辛苦，只怕耽误了人家的孩子，不过我一定要做得很好。”她“嗯”了一声，妩媚地朝着他，“柳，你应当鼓励我呀，我需要你的鼓励，我要你说我是个能吃苦的女人。”

“你是个……”他十分感动地说，“伟大的女人。”

火树银花的圣诞夜。

柳翔坐在咖啡馆里，等着蓝蝶，他们事先约好在这儿（他们第一次谈话的地方）度过这可爱的良宵；多少日子以前，两人就这样计划着，盼望佳日的降临，因为许久不痛快地玩了。

但是，现在已经十一点钟，为什么蓝蝶还不来呢？难道她们学校中的同乐会比剧场的夜戏还要散得晚吗？不会的。还是那些孩子们又像往常一样拦住了心爱的老师？但是，也不会这样的久。要不就是被车子撞了？这样热闹的夜晚，街上的车辆总是那样开得又急又快，然而蓝蝶不是那种不小心的人。

他耐心地等着。

时间一秒一分地过去，期待中的辰光是多么的难过呀！

乐声起了的时候，一对对的男女步入舞池，脸上现出得意的欢天喜地的笑——笑他的寂寞，好像是。

柳翔等得有些不耐烦了。

十二点钟。

他猜想蓝蝶不会再来了，没精打采地回家去，心里觉得失望与扫兴，可一点儿也没有想到其他。起初他以为这一个圣诞节将是最快乐的一个圣诞节，现在，他觉得是最扫兴的一个了，但是，他绝没有想到会是最伤心的一个……

好容易才到家，今天这一截路程似乎比哪一天都长。抬起头来，他的屋子里，没有灯火，窗帘似乎也没有拉长，显然蓝蝶不曾回来，啊？蓝蝶不曾回来，这个辰光她在什么地方？他忽然下意识地想到将要有什么不幸的事情发生了。于是，急急地进了门，急急地走上楼。楼梯上，房东太太像往常一样地向他和气地打招呼，柳翔可不似往常那般彬彬有礼了。

心慌意乱，费事地开了门，屋子里和他早上出去时一样，收拾得纤尘不染，然而，他的睡衣被搁在床上，拖鞋也端正地摆在床前；蓝蝶为什么这样做？是否表示她今晚将不回来？……他的心很乱，乱到极顶。……他走过去，打算将窗帘拉起，忽然，看见梳妆台上，那只蝴蝶形的蓝宝石别针压着一封信。这只别针，柳翔以颤动的手指拿起来，他知道预感的不幸真实地降临了，他的头沉到胸际，肩胛叉起，好像准备抵抗这刺心的打击似的。

终于他鼓起勇气，一下子扯开信封，在一张便笺上写着几行字：

饶恕我，亲爱的翔，我永远不会忘记这些时日，我们生活在一起的美妙辰光，但是却不能再继续下去，我要离开上海，到哈尔滨，刘经理的太太死了，我陪他去关外一次，暂时不会南来。这好像是命运了……不可挽回，也不可避免，我们中间的一切都完了，不要来找我，我是不配你的；忘掉我，你曾经说过：只有值得记着的事情才能够记得住。

蓝蝶

柳翔读了这简短的信，慢慢地倒在椅子上，好像被谁当胸打了一拳。他让这信纸从手中滑到地上，再拾起来，重读一遍，轻声地自言自语：“到哈尔滨去，刘经理的太太死了。”复又让它掉下，完了，真的“我们中间的一切都完了”，接着，他心里却来了平静的感觉；他想：“自然，每一个爱虚荣的女人都要那样决定的，一个银行经理的夫人，当然强似清苦话剧演员的妻子，女人……”他叹了一口气，好像全世界的女人他都试验过了。

但是他记起了她的微笑，她的充满了魅力的声音，记起了她那双永远也忘不了，永远也看不到的眸子，那半是妖魔半是天使的眼神——于是他流下了眼泪。

“不成，不能，难道一个堂堂的男子为一个女人流泪吗？并且是那样一个朝三暮四的无耻之尤的女人，这水性杨花的爱情，即使一滴泪水也是多余的。只配一个冷笑，就轻轻地扔在脑后了……”他叫着，然而却不能以一个冷笑，就轻轻地扔在脑后；司徒蓝蝶的每一个微笑，凝眸，极小的动作，都锁在他的记忆里了，虽然她请他将她忘记，可是她又狠心地带走了那钥匙；因此，那些记忆，再也不能忘掉了。

他细细地在想，温习着记忆中最近的事情，较远一点，再远一点儿，更远一点儿……于是另一个人的脸，在她清瘦的脸上有着温婉的笑容的，复从深处浮起……

忽然，柳翔戴上帽子，关上门，神经质地走下楼去。

大街上冷清清的，不知什么时候开始下了雪。他将头藏在衣领里，打定主意要去看一个人，在这冰冻寒冷的深夜……

像浪迹他乡的游子归来，柳翔轻叩着那扇黑色的门，那个会笑的老妈子还认识这位久违了的昔日的熟客，眼里含着惊奇的表情，目送他上了楼。

他心里盘算着，怎样对她表白呢？第一句应当说什么？……

屋子里有说话的声音，有客！他停住了脚步。刚才，极度紧张慌乱的情绪之下，在如此的深夜，走出自己的家门，连她是否已经睡觉这一个问题都未曾加以考虑，当然更不会想到这样夜深还会有客人。他怔住了，似有些进退两难，但是“既来之，则安之”，又轻轻地叩了一下门。

“请进来。”里面应着，带笑的活泼的女人的声音，是盈盈。柳翔放心了。

他推门进去，屋子里什么都跟几个月前一样，白色墙壁上还是挂着那张牧童和羊群的一幅油画，朴素的白窗帘，灯光透过半旧的橙色灯罩像是黄梅雨季的太阳，五斗橱上，桃红细瓷的果盆，景泰蓝的烟盒，梳小辫子的小黑奴与无锡泥娃娃一同坐在中央……和几个月前一样，连这满屋子的药的气味也是一样，床的位置也是一样，只是，半卧在床上的人不和前时一样，她瘦了，憔悴了，淡淡的脂粉掩饰不了娇怯的病容。

“John，原来是你！”她咳嗽着，但是表情很平静，眉目间却又止不住现出喜悦。

柳翔反而觉得腼腆起来，低下头，他道：“是我，你……没有想到吧？”

黎莩点点头，微微地一笑，她没有说什么。

“我想到的，我知道你会来此地。”盈盈慎重地说，一点也不像讽刺和挖苦人的样子；但是这句话却似一枚小针，刺在他的心上；两小时以前，柳翔自己也没有想到今晚会要到这里来。盈盈，她倒会这样想么？

一大阵沉默，从难堪的沉默到轻松的沉默，终于他们彼此相视地笑起来。虽然柳翔心内还是不安。

在这时候，盈盈借故跑开了。

他拉着黎萼的手，亲切而又抱歉地："你瘦多了……这些日子，我真对不起你……"

"过去的事，别提也就算了。"微笑着，装出不甚介意的样子，那微笑是凄凉而又安慰，"还好，并不太瘦，许是你心理作用。"她否认自己的瘦，怕他疑心是为他而瘦的。但是她没法止住那剧烈的咳嗽，枕和被一震动，床上有什么东西掉在地上了，柳翔弯下身体捡了起来，是两粒木头的棋子。

"刚才你们下棋来着?"他问。

"闷得慌，和盈盈来跳棋。"她疲乏地笑了笑，咳嗽渐渐地平了。

"你身体不好，别来这个动脑子的玩意儿。"颇为关心地。

"难得玩玩，盈盈来了，又没什么消遣。"她解释，"反正我和她都不钩心斗角。"

"我也下了一盘棋。"他自言自语地；黎萼莫名其妙，她"嗯"了一声。

"然而走错了一着，于是全盘都错了。"

"全盘都错了?"黎萼问，她渐渐明白了他的意思。

"是的，全盘都错了。"他告诉她，"我真后悔啊，要是能够有一个重新开始的话，我就不会再轻举妄动地走错任何一着。"

"重新开始……"她又咳嗽起来。

"你说这是可能的么?"他问。

"你说这是可能的么?"盈盈推门进来，她的脸上满是快乐得意的笑……于是，黎萼笑了，柳翔笑了，就在这笑声中，他们忘怀了半年来的疏远、冷淡、隔膜和芥蒂。

圣诞夜的笑声犹在耳畔，曾几何时？柳翔却又怀着无限伤痛悔恨的情绪，在黎萼的坟前献花了。

斜风细雨的清明节，柳翔和盈盈骑了车子到郊外的公墓去，墓地里有一座新坟，就是黎萼——他订婚还不满五十天的未婚妻，永久长眠的所在。此时，此地，此情，叫他何以为怀？此时，此地，此情……

柳翔没有说话，（他还有什么话可说呢？）默然而又惨然地将一束白色的康乃馨放在石碑前，他记起第一次赠花给她的时候，也是这样的一束。那时候，他们在名剧《闺怨》里合作演出，分饰剧中的男女主角，当自己以劳勃·白朗宁的身份走进巴勒先生的家里，美丽的女诗人伊丽莎白在病中接见他，她穿着墨绿色的宽大的衣裳，鬓发下垂着一朵白色的花，白色的康乃馨，是刚才他在后台赠给她的，她折了一朵插在发上，是多么的优雅呀！柳翔心里的快乐，比劳勃·白朗宁看见美丽多病的伊丽莎白还要更甚……现在，还是白的康乃馨，但是这一束花何其太不幸？伊丽莎白已经魂归离恨天了，劳勃·白朗宁将它来献祭那寂寞的灵魂……

另外是几枝黄色的郁金香，盈盈的一束，那是黎萼生前最爱的。这些日子来，盈盈是多么的难受啊，她失去了那样好的一个朋友、知己、姊姊，全世界最温良贤淑的人。她哭了，顾不得公墓上还有别人，拿出手绢来使劲地擦着眼泪。

南风吹动着青青的杨柳，有几丝细雨，“路上行人欲断魂”……

“盈盈！”柳翔想说什么，却不知语从何起。

盈盈抬起头来，无言地闪了闪泪光晶莹的眸子，无言，无言，语言和文字真是世上最没有用处的东西，因为不能表达他们此刻的心情于万一。

天色更暗起来，好像将有大的风雨降临；扫墓的人们，看见天色不大好，渐渐地少了。只有他们还迟迟地不肯离去，似有无限的依依。

一只蝴蝶飞在郁金香的花心里，停住了，粉蓝色的；它也知道风雨将至，飞到这儿来躲藏的么?

盈盈像触动了什么心事，她想起一个人来，于是问柳翔道："你现在想念另外一个人么?"

"谁?"

"司徒蓝蝶。"

"盈盈，"他请求道，"别提她了。"

"为什么不?"

"为什么要?"柳翔说，"我的心一直在责罚我，你觉得还不够么? 盈盈，你是一个好朋友，饶恕我吧！别将那个魔鬼的名字挂在嘴边上了。"

"魔鬼?"

"是的，她是魔鬼，没有她，我不会对不起黎萼。"

"那么，你觉得她对不起你了?"盈盈问。

"她骗了我一阵子，我受了她的蛊惑，不能醒悟，盈盈，你年纪还小，不会知道。我现在追悔无及，即使将生命中所有的余年，换取那半载背信的光阴，和黎萼在一起，也太晚了……"

盈盈要想说什么，但又止住；风渐渐大起来，她道："大雨要来了，我们到附近找个人家躲躲吧!"

于是他们戴上雨帽，扶着车子，走出这一带坟地。

乌云四合，倾盆大雨就在眼前了。

他们得到附近一个果树园的园丁的允许，在园中的茅亭上避雨。茅亭是一个居高临下的所在，看见园中的桃树全开了花，远远地像一片桃红色的海，风过处，桃红海水上起了微微的波浪。

“你恨她吗?”欣赏了一会儿园景之后，盈盈忽然又关心地问。

“怎么你今天老是忘不了她?”柳翔极不自然地笑了一笑，“一个洁身自好的人应当恨他自己，在原则上，我不必恨她。但是，盈盈，我不能不告诉你，我恨她，恨透了的恨。”

盈盈转过脸，眼里带一点儿孩子样的表情，天真地问：“你永远都不能饶恕她么?”

“是的，盈盈，我永远记着仇恨，正好像我不忘记恩典和爱，我是一个气量狭窄的人。”他咬着牙说。心里觉得十分奇怪：为什么盈盈今天几次三番地要提起司徒蓝蝶?那个她自己曾经也反对、攻击过的坏女人。

下雨了，极目四顾，茅亭外面的房屋，树木，桃花，桃红色的海，远处礼拜堂的屋顶……什么全看不见了，只有一片白茫茫的雨景，像烟，又像梦。

“柳翔，一件事情的错与对，你以为应当看它的动机呢，还是结果?”盈盈试探地问。

“不可一概而论，不过动机自然是更要紧的。”他说，“怎么，你有什么故事吗?”

“有的，但是在未发表以前，你要原谅我。”

“什么?”他怀疑地问，“我不懂你的话。”

“你答应我原谅我，我再说。”

“好的，你快说吧!”他催着。

“你还记得去年的圣诞夜吗?”她怯怯地问。

他点了点头。去年的圣诞夜，他自然不会忘记，司徒蓝蝶离开他，和那个有钱的刘经理到哈尔滨去……然而，这些可憎的往事与盈盈的故事又有什么关系呢?

“全是我不好，从那时起，你恨透了她，但是柳翔，你要原谅我，我没有恶意，一切都为了黎萼……”她说了些不连贯的话，情感极其激动，从皮包里拿出一张纸，说，“这是她的信，你看，她真太好……”

柳翔渐渐地明白了，接过那张纸，上面写着：

盈盈小姐：

我思虑了一个早晨，又一个上午，感谢你宝贵的指示。我不能这样自私，占有了别人的情人，在他身上找寻自己往日的回忆。这一点，也许你还不知道，但是也没有关系，反正我已打定主意，离开他了，并且我今天就离开上海。到西，到南，到北，还没有定；总之，他今晚一定会回到你的朋友的身旁。请为我向你的好朋友黎小姐致歉，并祝福她的健康！我不再写下去，我的心乱极，但是我很快乐。

司徒蓝蝶

信中最后几个字写得很大，很草率，几乎看不清。柳翔的手颤抖着，他的心里有一种无法形容的滋味，酸？甜？苦？辣？都有点儿，又都不是。三个多月来，他是怎样地在心里咒骂她，用最恶毒的话骂她，原来她还是为了他，他曾经歌颂过小仲马笔底下的《茶花女》，称赞玛格丽特·戈吉耶的伟大，可是当他自己也遇见这样一个人物的时候，为什么就盲目地疏忽了她的美德？为什么戴上那一副世俗的眼镜去观察人？抱歉，永无休止的终生的抱歉……

“她真是太好了。”盈盈的眼里全是泪，“你……要怪我吧？我太鲁莽，那时候……”

柳翔摇摇头，好久，好久，才慢慢地说：“不，这不怪你，谁也没有错，只是生命的错。”他凝视着茅亭外，这时候，雨势渐小，乌云后隐隐地现出青天来，他继续说道：“然而我自己，不可原谅的地方却太多，抱歉的事也太多，我对谁都是对不住，已死的，已走的，一样地应该忏悔。我也要走了，今天，明天，最晚也就是明天。逝者已逝矣，但是还活在世上的人，我必须设法找到，再看见她一面也好，就是找不着，我也要去试着找，不管是天涯海角……”

他的声音一点儿一点儿地小下去，最后没有了。之后。茅亭里的两个人，一直是默默的，无言相对。直到雨后晴云里现出一弯彩虹的时候，他们才走出果树园。

……就这样，他整整漂泊了三年，哈尔滨去过了，北京去过了，李微萝的家里去过了，她的南国的故乡也去过了，大多数可能与不可能有她行踪的地方全都去过了；从北到南，更南；从东向西，再西；从大前年，前年，去年……没有，没有。

她还活着么？三年的日子就这样过去，又像是一刹那，又像是几千年……

他叹了一口气，孤独而凄清地徘徊在黄昏时的“圣琼娜”旧址的门前。我们必须原谅他的多事，他的这一次多余的造访，试想：在我们的屋檐下，有一双南方回来的燕子，尚记得它们旧年的窝巢，何况柳翔？人总是人哩。

“……一直朝前走，不要回头……”

谁在说这话？柳翔怔住了，他从茫然中醒觉过来。暮色苍茫里，街上有一个十三四岁左右的孩子，正在学骑自行车，那个大人，小心地在后面扶着他。试踏了几步，他松了手，在后面叮咛着：“一直朝前走，不要回头，朝前走，不要……”

柳翔忽然觉得自己就是那个学车的孩子，在生命的道途上，是的，应当不要回头，一直朝前走。这些梦，这些爱，这些美丽忧伤的过去和回忆，应该藏在七宝盒里，永远不再打开的，他为什么要旧地重来呢？为什么……

一九四六年春

苏　州

记忆里的苏州，不管那印象是何等样的亲切和鲜明，将永是一幅轻描淡写的中国山水，难成为艳丽夺目的五彩西洋油绘；因为苏州只是苏州，它不是香港、巴黎、维也纳或是好莱坞。

从前我一直怀恋着北国的风沙，也神往于南海浓郁美丽的热带风光；因此，似曾相识的椰子林，别来无恙乎的红墙碧瓦，频来入梦。对于这山温水软的苏州，却从不曾有过一点儿憧憬、半丝闲情。

去年春天，为了某一点儿小事情，我到苏州住了四个月，就是这四个月，可留给我四年——四十年的回忆。

单说抵苏州的那个晚上，就叫人永不能忘。早春的望夜，月色皎然，护城河里映有圆圆的月影，夜风吹过的时候，月影也摇漾了；远处有野狗在吠；车子经过石桥，河旁的人家有人在唱《苏三起解》，苍老的崇公道的嗓子和玉堂春娇滴滴的声音，随着胡琴，一句句送进人的耳里，也许唱得并不好，但到车子进了城门，什么也听不见了，我还是要听。

从那时候起，我立刻欢喜起这个地方。

在车子上，我像一个好奇的孩子似的一心一意地注视着那些街道、房屋、店家、荒场……月光下的苏州有一种朦胧的情趣，像年深日久渐渐模糊了的照片。

昭明指着遥远的丛林里的灯光说："那儿就是亢子的家了。"

亢子的家远看像神仙故事里公主住着的小屋子。当我怀着读童话的心情进去的时候，我发现那屋子是够美的，尤其是那盏系着浓紫色流苏的绢制宫灯，我也喜爱那有鹅黄穗子的门帘，还有那幽幽细香，似词中所写的"瑞脑销金兽"……

第二天，我觉得太阳光里的苏州实在并不比月光下的苏州少几分朦胧；路上没有过分拥挤的人群，行人全很悠闲自得，车子从不开得横冲直撞，呈现在眼前的极其安详、迟缓、淡定；不像上海的街上，急匆匆的行人，乱糟糟的车子，那么多的声音，好像开足了马达的机器，又似坏了的电铃一揿之后响个不停。苏州有一种旧世界的舒徐的美。

然而，却并不因此就改变了固有的成见，我们还是不喜欢那些温软的苏州山水，于是和昭明、亢子约法三章，谁也不许提议要游山玩水，弄得连名胜古迹也因此不去拜访了；现在想想，颇有些"悔不当初"的样子，所幸我们并非君子，一言既出，也不必说什么"驷马难追"，忍不住的时候就去了些地方，然而却仍有遗漏，例如狮子林我就至今未去观光过。

黄昏的观前街，是我们去得最勤的地方，除了下雨之外，几乎是一日一观前，不知道观前街到底有什么引诱人的，但是总习惯地要去。我们爱在古董店的橱窗前徘徊。跑报摊，翻阅上海新来的书，看见熟朋友的作品或是消息时，笑了，不由自主地买下一本，好像看见了人一样。卖鞋面的小姑娘，十六七岁年纪，含着笑容告诉你这双天蓝缎子上头绣玫瑰红梅花的多好看，那双银灰底子紫蝴蝶的绣工怎样的出色，爱她那楚楚可怜的模样，我们每人买了好几双，却又从来也不做了穿。

玄妙观，有各色各样吃不腻的点心之外，还有一点令我喜欢的，就是附近那些卖玩意的摊子，木制的馄饨担，涂了银粉的木刀，有红穗的长枪，玻璃小马，洋铁皮的小锣……这些粗劣的玩具常常要引起我孩子时候的回忆，玄妙观太像北京的隆福寺了，只有在这种场合我还能做一个童年的梦，我爱拉着昭明和亢子在那儿流连。

苏州并不家家泉水，户产垂杨，桥比别的地方多是真的，河水有的干涸了，有的则极污秽，但是远远地看来，颇有点儿诗意；日暮的时候，公园附近凑巧人不多，有人牵着这弱不禁风的老马走过断墙残垣，我忽然想起马致远的《天净沙》，可惜那匹马大概是敌人军营中的，未免有点儿煞风景。

然而那斜阳古道毕竟是可爱，它为我们省下不少车钱，我们出奇地欢喜在薄暮的街上散步，虽然苏州的地极不好走，但是一边谈话也就忘记了脚下的不方便。东拉西扯地聊天，谈风所至，上下古今，无所不有，我们读着每一个留在记忆里的人，好的，坏的，亲爱的，讨厌的，近在眼前的，和远在天边的……全是一样的关怀。

大风吹起的时候，街上尘土飞扬，人们诅咒这样的坏天气；昭明说："领略过北京风沙的人，反而觉得这装点了多少古色古香的京派。"亢子和我全都会心地笑了。

为了《浮生六记》，对于沧浪亭不禁心向往之，一见之下，觉得沧浪亭果然极尽怆凉之能事，就是亭前的那几树弯弯的垂杨，和一片满是浮萍野草的流水，似乎也与别处的不同，真是诗中的画，也是画里的诗；我不禁羡慕起沈三白来，这个落拓不幸的才子毕竟是幸福的，在沧浪亭附近这种地方读书作画，已是难得的清福，何况还有陈芸娘那样美而且贤的妻子做伴；那是真中的梦，还是梦中的真？即使浮生真个若梦，沈三白的梦也应是一个含泪的微笑。我爱沧浪亭。

下雨的日子，出不了大门，坐在小窗下，听外面点点滴滴春雨声，读唐诗消遣，那两句“姑苏城外寒山寺，夜半钟声到客船”，引得我真想到枫桥去走走，可惜此愿至今未偿。

有时候，随着俞老伯到西园古庙里去听那个有道的老僧讲经，深奥的禅理我无从悟解，但是我欢喜那清磬红鱼香烟袅袅的寺院情调，我神往于那低眉善目的佛像，以及那曼长悲紧的经声，一种何等诗意的生活！栊翠庵真该是大观园里最美的所在。

逛虎丘，九个人分乘了两辆马车，蹄声嘚嘚中，从石板的街道渐渐走到青青的原野，多么可爱的江南的春天啊！那路旁早开的野花，田间嫩绿的麦禾，黄色的蝴蝶，清溪里倒映着蓝天和白的流云，坟头上一群大大小小的孩子们放风筝，牧童唱着山歌倒骑在牛背。这情景，你能不将它描在你记忆的图画里么？你能不将它写入你回忆的诗篇里么？

是不是由于既有的偏见，不欢喜这山温，与水软？我并不觉得虎丘有什么出奇动人的地方，值得让许多诗人吟颂，旅客流连，自作多情的人们在白粉墙上留下他的大名，还注着年月日来此一游。然而那漂满了绿色浮萍的剑池，漾着多少春天的颜色，和人生的凄凉；你曾试想过要找寻一个春天里的秋天么？这一个冥想的美丽的季节，就在剑池，那凝而不流的无波的水面上。

那边，断墙，残垣，蔓生的野草，陪伴着倾斜的古塔，像一群义气忠贞的臣民拥护他们渐已日暮途穷的主人，愿意与这衰微了的英雄，患难相守，死生共之——我起了极大极深的感慨，站在破了的石级上，徘徊，徘徊，不已地徘徊，在春天的淡淡的太阳光里。

“它要像雷峰塔一样地倒了，这样年深月久的古老建筑。”亢子说。

“那么，”昭明的声音，“为什么你还不快点儿肃静回避呢？”

“用不着，我永远迷信着死生有命，富贵在天。”带笑地回答。

“并且，也没有那样的巧事。”婕娜，那个忠厚老实的女孩子说。

“不，”她的姊姊改正了她的话，“你应当说没有那样不巧的事。”

“巧也罢，不巧也罢，设若虎丘的塔真的在此时此刻遭逢了雷峰塔的厄运，我们自然不能幸免于死亡，但是，无论如何也是值得的，因为将是一个千载难逢的死。”说这话的是佳德，我们当中唯一的沉默不多言笑者。

多么奇特而怪异的想法！无声无息不明不白地死在这虎丘塔底下，会是一个千载难逢的死？除去赚得几点亲属友好的眼泪之外，这样的死会有人纪念，有人称道，有人一辈子也不遗忘么？然而，她这话不是在那轰轰烈烈惊天动地的大场面之下说的，却是在满眼颓废凄凉，斜阳古塔的背景之前；因此我们谁也没有异辞，一致同感，大家心悦而诚服地点头，并不以为太“英雄气短”。

虎丘之游，像清明白日里做的飘忽的梦，梦中也曾留下一点儿纪念的影子，就是那张在庙前石阶上合拍的照相，除了我们九个人之外，还有两位海上的“电影明星”，一个朋友的朋友，美得使我们暗中称她为“尤物中的尤物”，这三个全都是临时参加的。拍完了照相，亢子就说：“人生何处不相逢？”我却又无端想起刚才的“千载难逢”的话来……

在小玩意的摊上，昭明买了只绿玉的小马，一个牛角的凤是我喜欢的，亢子却挑选了一尊白瓷的观音菩萨，妮娜说："也像你自个儿哩！不过你是飞了金的。"大家全都笑了，因为她有棕色皮肤，似南国的佳人。

这样"声势浩大，堂堂阵容"的出游，是我在苏州四个月中仅有的一次。——虽然只是一次，不也就够你怀念一辈子么？

大家全都冷落了胥门的伍相国祠，我们因为住得较近的缘故，却常在那儿走过。小时候读《列国演义》，我对于伍子胥有着极大的崇敬，看到他为了度昭关急得一夜白了头，我也跟着为古人担起心来，直到他平安地出了楚国，才松了一口气；然而这个可怜的英雄，毕竟是一世郁郁未曾得志，他永远也没有遇到一个真能了解他的主人。现在，当我每逢在那颓坏的，已经断绝了香火的伍相国祠门前徘徊的时候，我深切地觉得悲哀，人们只知道在玄妙观烧香拜佛，祷告他自己美满的未来，谁还到此地来呢？来了又有谁在此地稍一停留驻足呢？

那褪了色的朱红油漆，被风雨剥落了的泥金的字，正像人们的记忆，一点儿一点儿地淡了，一块一块地腐蚀了，原来时间是这样的无情，历史是残酷的。

从伍相国，我又想起了许多许多别的人物，亡国的夫差，复兴的越王，谈起范大夫，亢子说："他是聪明的。"还有那个苎萝村里生长若耶溪畔浣纱的西施姑娘，这薄命的红颜，她的美究竟是为她造福，还是找来了不幸？那将是一个千古永不能决的谜。

端阳是一个可爱的节日，火红的石榴花替温软的苏州增添了热情，洞庭山的枇杷甜得叫人永远记得这地方，不想离开；街上有十龄刚过的童子叫卖着端午索、红绿绒的小粽子、黄布缝的小老虎、紫色绫绸制的茄子，是出于他的母亲还是姊姊的一双能干的手？为了柴米油盐，无不涨价，她们不得不挖空心思设法赚得一些过日子的钱。我想起了“蓬门未识绮罗香”的诗句。

据说农历七月里的苏州还要更可爱，可惜夏天没有过完，我就到上海来了。

现在，只有在回忆里去想念那逝去的四个月辰光，那些快乐的时日，惆怅而又喜悦的生活，和梦……

想起苏州，像忆起少年时候的知己，有一种无限的依依，淡淡的神往，却不是缠绵悱恻的分离。我曾百千次地怀念这地方，无论那儿的一草一木、一山一水，全刻在永生的记忆里。但是，我对于苏州并不竭力赞扬，只不过是由衷欢喜，欢喜它的朴素和舒徐；有雄心壮志想做大事业的人对它不会欢喜，因为在那儿住久了会降低你对工作的热情，对生活的热爱。然而我没有海阔天空乘风破浪的志愿，我爱在那恬淡的小城里流连，度过平淡无奇的一生。苏州是个好地方，难怪人们说它是天堂。

没有去过“天堂”的人，应当去一次；去过“天堂”的人，不妨再去一次；因为苏州实在是个可爱的好地方。我要十分热心地告诉你，去玩一次！去住几天！那儿虽然我没有家，但是我的朋友们会招待你，她们都有虽不富丽却也明窗净儿的朴素的客房，让你舒适地写字，看书……安排旅行的生活，不会将你挤在主人一间屋子局促不安地做客，乘着这风和日丽的春时，良辰美景的好天气，你为什么不去一次呢？我为我的朋友们在此欢迎每一个风雅不俗的嘉宾。

一九四六年

凤仪园

一

“小光，我到这儿来三天了。”康平写信给他在南京的未婚妻，“在这古色古香的凤仪园，我像走进一百年前的岁月。你知道，那些富丽而又陈旧的东西，我不喜欢，因为太易引起童年时节的想忆。这褪色的朱红油漆，斑落的泥金楹联，断了的雕栏和石桥，古柏苍松，修竹老梅……描绘了一个豪华门庭的兴亡，每一个徘徊是叹息，每一个踯躅是惆怅。我猜想这峨奇的门第是衰微了，但是人家说并不，只是冯太太，凤仪园的主人，酷爱这种荒凉寂寞的美而已，一个多么奇特的人！我还没有看见过她，她正病着，不能够下楼，那个多嘴的女管家告诉我，冯太太是多病的，不过仍是一个很能干的主妇，她心地善良，虽然有时不免性情乖异；男主人去世多年了，他有一对双生的遗腹女，大概十二三岁光景，就是我所教的两个学生，她们相貌一样，服饰一样，几乎使我无法分别。我的学生天资似乎都很高，长得极其斯文，字也写得娟秀整齐，像是大家的女孩子……女管家知道我是工学院的学生时，显得十分高兴，原来冯太太最不喜欢她的孩子将来对文学有兴趣，尤其反对她们读诗；我真不能想象：一个反对女儿读诗的母亲居然又能欣赏凋谢的凤仪园。但是这有什么关系呢？我只依着她的主张去做好了。也许我太自私，只图这三个月的优厚待遇，可是假使不这样，暑假后我就无法读完大学最后的一年。母亲太苦了，弟弟又那样年幼，她的十指忙不过来……我不能来京看你，虽然只有几小时的火车路程，反正有的是天长地久的未来，要什么紧？教书之外，我有足够的时间翻译那部关于土木工程的书。……我的卧房是楼下一间幽静的小屋，朝西月牙形的小窗，可以看到园里的石榴花开得火一样的红，我想起你家后门口井边的那一株。现在外面可什么也看不见，只有初夏夜的风吹进来，很凉，很凉……”

是的，很凉很凉，因为今年的夏天来得特别的迟；也许是古旧的凤仪园根本没有夏天，夏季太热艳鲜明了，不适合这里的单调寂寞的人们，这儿是永久的暮春；也许连暮春都没有，季候在凤仪园是不被关心的；也许……

康平将信封好，又写了一封家信，给他在上海的母亲——他的可怜的母亲，十六岁嫁到谢家，一个太仓的首富，不到三个月公公去世，婆婆骂她是“扫帚星”；康平的父亲是最小的儿子，上头有四个哥哥和两个姐姐，顶幼的孩子应该是得宠的，康平的父亲却是个例外，因为他是庶出，按理姨太太的光辉可以普及到她的子女身上，不幸那女人跑了，于是这留下的孩子不但是母亲的眼中钉，就是父亲也“恨屋及乌”，他成了全家的出气桶。在大家庭里，他们这一房老是受着白眼和欺侮。一年又一年地过去，据说家道中落了，虽然别房过得都不坏，但那是他们自己挣的钱。康平十岁那年，他的弟弟乐平出世还只有二十天，老太太吵着要分家，大房二房三房和四房一致赞成，一下子就将家给分停当了，原来公账上欠下不少的债，偿清积欠所余无几，那时候五房光景最难，义气的兄嫂们让康平的父亲占了许多便宜；他得着一所太仓的民房、两件细毛皮衣、三样首饰。老宅归老太太名下，弟兄五个全搬了出去，两位姑太太不时回娘家与老太太作伴。康平的父亲将分来的房子卖掉，现款带到上海放利——他死也不要回太仓了，在上海一家商店里找了个事，因为受的教育不及几个哥哥，所以职位很小，月入有限，幸得有利息贴补。气恼加上辛劳，康平十二岁那年，他父亲撒手离开人世。这之后是康平的母亲做针线维持家用，起初两年也还将就得过。民国二十六年，康平十四岁；中日战事爆发，他们闸北的家变成一片平地，匆忙中总算拿出一个存折和一只金镯子，随身衣服也来不及要了；母子三人像水上的浮萍，没有根，也没处靠。还是康平的舅父看不过去，匀出一个亭子间，让他们容身。“只要我们有饭吃，总不会饿了你们娘儿三口，康平今年十四岁，再熬几年，妹妹也就苦尽甘来有个出头之日了。”他们感激涕零地谢了舅父；舅家也不是顶宽裕，凭空添了三张嘴，舅母心里自然不大舒齐，一起头只是脸色难看，日子一天比一天不好过，冷言冷语的，不是话中带刺，就是笑里藏刀，“在他檐下过，怎敢不低头?”母子三个一味忍受，幸亏舅父是明白人。就这样，一转眼工夫十年了。康平今年二十三岁，高身材，有好的相貌，因为不爱说话的原故，显得老成；他的本质是高贵多愁，坎坷的境遇，和炎凉的世态却是最好的磨炼，康平渐渐明白那一点儿飘忽的心情是年轻人的莫大危险。“生命不只是一个彷徨的影子，谁都是一个王，只要他肯做一个王。”小光，他的朴实英明的未婚妻在忧愁困苦中常给他这样的鼓励。舅父的看待，尤为可感，好几次都要失学，全凭他老人家设法和张罗；康平明年夏天就要大学毕业了，这最后一年的求学费用，又是没有着落，失望中他赌气不想再继续，索性找个职业，也省得母亲辛劳；但是，“瞎子磨刀好容易见到个亮”，舅父以为那张功亏一篑的文凭，虽然没有大用，却也“食之无味，弃之可惜”；竭力托人为他在暑假里找个短事，正好同事中有一个在苏州的远亲，写信来说她的东家需要一位家庭教师，不要文科生，如果是男的最好，条件合适，待遇可以尽可能提高。这样，康平就到凤仪园来了。

一个人刚到一处陌生的地方，最容易失眠，最容易想起从前的事，夜已经很深，他仍不想睡觉，反复地思量他的过去、他的现在、他的未来；从他小时候刚懂事起，一点一点的回忆，一个一个的旧梦，像小学生默书似的，一句一字，甚至一个标点也不肯放过。

窗子外面，有杜鹃的叫声，凄迷而又哀婉，有人说它是客死异乡的游子的精灵，所以声声唤着“不如归去”“不如归去”……康平摸黑走到园子里，他不敢开灯，怕惊了别人。凤仪园在五月无星的夜里更显得荒凉，再加上一声声“不如归去”，听来有一种镂心刻骨的悲怆。园里只有一间屋子里还有灯光，在二层楼上，大概是冯太太的，她还没有睡么？这样深的夜了。康平心里直觉地以为她是个可怕的怪女人。她屋子里的灯光是紫的，美丽而又忧郁的颜色，不知是悬了紫色的窗帘，还是用的紫色灯罩？

苏州是天堂，凤仪园是天堂里的天堂呢，还是天堂里的地狱？……

二

渐渐地，康平觉得这凤仪园确是有一点儿什么，可以令他心向往之。是那杜鹃的哀啼么？是那荒芜的庭院和杂生的青草么？是那从早到晚刻板单调的生活么？还是那一双受着奇特教育的小女孩？那个爱说话的女管家？或是二层楼窗子里，那一点深夜不灭的紫色的灯光？……他觉得什么都不是，却又好像什么都是。

半个月了，康平还没有被凤仪园主人冯太太接见的光荣；听见的可不少了，他能想象她是属于什么典型的，但是却无法为她造像。

这里是康平的时间表：每天六时起身，译书，八点钟在餐室里用早膳，十二点午饭；上午教数学和科学，下午是中英文和史地，四点钟吃点心，七时半晚饭；餐桌上经常是四个人，师生三个和女管家程师母。晚饭后，译书写信，有时也干点别的。

凤仪园里每一间屋子都收拾得纤尘不染，和外貌大不相同。他们在听雨轩上课，一个清雅无比的书房，朝南的前窗外栽了芭蕉，朝北后窗的小院里种有翠竹，屋左通小客厅，屋右走出花瓶式的门，是荷花池，这时节已经莲叶田田了。

那两个女孩，盼回和望回，两个有眼泪的名字，程师母说："一叫她们的名字就伤心，可怜冯太太一直不相信冯先生死在外面，她想他总有一天会回来，然而人死了什么也没有了，魂也招不回来，盼望到今，十三年了……"两个孩子也十三岁了，聪明而听话，样样不用人操心，康平在这儿感到的唯一困难就是国文教材问题，虽说现在已经言论自由，但是冯太太对于国文教材的认真，一如法西斯政府采取了最专制严格的检查制度，每天都要将孩子叫到楼上去询问，甚至请程师母预先调查；诗和词是绝对禁止，抒情的小品和散文，也在取缔之例，故事和小说都得经过批准方能给孩子们阅读。——康平心里不高兴，但是程师母的措辞既委婉又客气，也只得算了。他原是为经济才来的，不是为了神圣的教育而做“万世师表”；但是到底也在给小光的信上讽刺了几句：“……这个古怪的女东家，她要她的孩子将来是怎样的人呢？……还是名医？大律师？再不就是有鉴于国家财政支绌，希望她的千金们有一天对经济方面加以良好的改善？哦！是了，一定是响应战后‘科学建国’的口号；然而一点儿有限的艺术情感也不许有，未免太矫枉过正，……一个道学的寡妇，也是科学的母亲。”

小客厅里有一架钢琴，却从来没有人弹，康平问那两个孩子道：“你们会么？”

她们摇摇头。

“为什么不学，家里摆着现成的。”

“妈咪不许学。”望回抱怨地说。

“妈咪自己可弹？”

“不，可是，”盼回道，“听说妈咪弹得很好。”

“听说？”康平觉得太奇怪了，“听谁说？”

“程师母呀！她说的，妈咪的歌也唱得好极了。”盼回的眼睛一亮，但立刻就没有光彩，“我们可从来没有听见她唱过。”小嘴嘟了起来，“也不许我们唱。”

康平点点头，又摇摇头，有意无意地掀了掀琴盖，其实他并不会弹琴。

“锁上了。”望回用手比了一比，“我这么点高的时候，第一次要打开，就是锁着的。”

“锁了那么些年？该生锈了。”

盼回道：“不会的，程师母常叫阿亭他们，在锁的窟窿眼儿里抹上点机器油，所以从来也不生锈。”

“琴的锁没有锈，但是妈咪说，她的弹琴的手指锈了。人的手指怎么会生锈呢?”望回睁大了眼睛，朝着他，“谢先生，这是什么意思?”

这是什么意思？康平怎么能够知道？他心里想：“在你们这儿，没有意思的事情实在太多太多了，但是无论如何，我仍旧愿意尊重这个至今尚未见过的女主人的意见，她是不合情理，然而不合情理之中或许有极好的意思，我不能因为不了解，就不尊重……”

是的，对于冯太太的不合情理的意见，康平虽不以为然，却至少愿意做到“尊重”两字，可是这位怪僻的太太，康平总觉得她有时候实在太不“尊师”。

这一天午后，吃过点心，盼回和望回做完功课洗澡去了；程师母照例要聊一会儿天，她虽然话多，倒并不讨厌；热心，和气，也许平凡庸俗一点儿，然而一个女管家，是毋须风雅过人的，康平以为这个胖胖的中年妇人一定比冯太太好得多。想象中的冯太太必然太不平凡又太不庸俗，不过，很少有人能够领教吧?

听雨轩并不热，程师母摇着檀香骨子的小折扇，额上直冒汗珠儿，她笑嘻嘻地道：“好热的天，苏州真不好，上海有海风，该凉快多了。”

“也不见得。”康平摇摇头，“上海这几年来，一个夏天比一个夏天热，一个冬天比一个冬天冷。”

“嗯，日子难过罢啦！天也跟人为难，真是天灾人祸。”觉得这句“天灾人祸”很幽默，她自个儿先笑了。康平也跟着笑了一笑。程师母用手指算了算：“初十刚交‘小暑’，今儿个才阴历六月十三，大伏天还在后头哩！我的天。”

“这花园挺凉快，晚上在池子旁吹风，像秋天。”

“说起乘凉吹风，盼回和望回那两个孩子顶乐了，她们就爱跟你在一块儿。冯太太也说过：‘谢先生真是最好的一位先生。’这儿从前几位都是女的，像刘小姐她们，尽管她跟她们谈得跟自己人一样，可绝口没夸过一声是好先生。”

“那全是程师母在冯太太跟前错夸了我。”康平谦虚地说。

“哪儿的话，你别以为冯太太没见过你就什么也不知道，她才厉害哪！人家眼珠一转，她就知道那个人心里的事；你说了上半句，下半句不说她也明白；没有看见过的人，她只要知道那么一点儿，一点儿关于那人的什么，她就有法子揣摩，冯太太——真是了不得的聪明和能干；虽然脾气跟人不同些。”程师母凝了一下子神，像记起了什么，“譬如说吧，昨儿个晚上，乘凉的时候，你不是跟孩子们说天上的星星来着？后来望回不知怎么告诉她七月七天河配的故典，我就没有留神，冯太太立刻就说你是一位好先生，随时随地都给孩子们长见识。你瞧她细心不细心？”程师母真是一个好的管家，漫不经心地从天气、乘凉、冯太太的聪明，东拉西扯地托出了主题，轻描淡写，一点也看不出，够多自然。

他知道那个牛郎织女的神话又犯了冯太太的忌，程师母尽管说话含蓄，康平到底年轻脸嫩，他讪讪地一笑道：“我说冯太太真是个好母亲，她随时随地都注重孩子的教育。”

程师母连忙接着说：“她是好的，我在这儿十四年了，我没有什么学问，不过好歹还分得清，冯太太是个好太太，又是个好母亲，她说话行事，有时候我会不得意思来，可是我总相信她是有道理的。”

康平很想知道：冯太太有什么本事能够赢得她的管家这样由衷的敬爱？他以为这样不同的两个女人，就是不格格不入，至少也落落难合。

程师母嫌小折扇不够风凉，换了一把粗芭蕉使劲地扇；康平生性不多话，刚才的事使他心里有点儿不快，于是更加一言不发，只是默默的。——默默地，他顺手拿起程师母的小折扇，玩弄着，赏鉴着，檀木的扇骨，镂空的细花，白绢的扇面。康平心里想："那些妇女运动的前进妇女，嚷着要争取女权，男女平等，但是像这样精美灵巧的东西，就是她们的专利了，男人没有权利使用，再有权威的男人也争不来这一点……"

忽然，程师母问道："谢先生想起什么事情这样乐?"

他一时答不上话，原来想得好玩了，脸上不自主地透露出笑容；被程师母一问，觉得挺不好意思，正了一正脸色，说："我在看这扇面上的画。"

"是了，你一定是笑我这个人跟我的名字太不配。"

扇面上的画——白色的细绢上，弯弯的一钩斜月，绿得泛黄的疏柳掩映了纱窗，窗脚下种着雁来红，秋天的庭院，秋天的窗，窗里一个素衣古装的美女在抚琴，也许是卓文君，也许是林黛玉，也许无论谁都不是，只不过一点儿秋天的心情。左角上落款是"秀竹贤妹清玩，冯姚应华学绘"。字体妩媚而有力。

"这是你的扇子?"康平真的笑了。

"是呀！你看我这个样儿哪能叫秀竹?"程师母举起她的胖手撩一撩额前的短发，"我央求她给我改个名字，她不肯，说什么旧的总比新的好，值得纪念，到底还是拿这个不像我的名字给写上去。"

"她？谁？冯太太?"

"一点儿也不错，她娘家姓姚。"

"这是她画给你的?"明知是多余的，康平还是问了。

“自然啦！这上头不是写着的吗？”程师母觉得他问得有点儿古怪，“你没瞧见？”

“我瞧见的。”他低低地说。——既然瞧见的，为什么要问？不相信自己的眼睛么？不相信冯太太有绘画的才能么？不，他完全相信的，十分相信；相反，倒是他希望自己能够不相信。冯太太，深夜不灭的紫色灯光，荒凉的凤仪园，长年锁着的琴，生锈的手指，能书会画的才情，绝代聪明，凄凉的身世和病……这一刹那，康平完全原谅了她，原谅了她那不合情理的怪僻，奇特的心情，这一刹那，他心里半个多月来的不快、怨厌和歧视，都变成了怜悯，变成了同情，甚至——变成了好感。

三

“怎么今宵的月色这样的淡？淡得惨白。”

“今儿个才十三哩！十三的月色自然赶不上十五。”

“又是六月十三了，不知不觉地过去了十三个六月十三……日子说慢并不慢，一转眼工夫，孩子都十三岁了，说快可真不快，过一天就像是一百年。”

“你又伤心了，全怪我不是，不该告诉你今天是什么日子的。”

“你不说我也记得。”

——谈话到此地中止了。有轻而且缓的足音从屋外通二楼的石级上走下来，越走越近。康平听得出其中一个声音是程师母，另一个人的嗓子，本是动人的，只是非常伤感，而且充满着渴望和不平，听那说话，想必是冯太太了。她不是病着的么？

康平原先坐在荷花池畔那个蓝瓷的花鼓凳上，一棵石榴树在他身后，脚步声渐渐朝这边来了；他不愿意让她们看见（因为刚才已经听见她们的谈话，虽然他不是有意偷听的），可是又无法回避，只有藏到假山背后。那假山傍池而筑，从东蜿蜒向西，倒也曲折有致，尽头是映月亭，映月亭三面临水，像一个半岛。

她们在他刚才坐的地方停住了。

“程师母，请你把那一个瓷凳找着搬过来，我们坐下聊一会儿天。”

康平闪在假山洞里，听见冯太太一人在叹气，低低的，幽幽的，像是在几百年前，又像在几千里外，这是人的声音？还是鬼的声音？

池畔有倒垂的杨柳，康平从假山那一边钻了出来，浓密的枝条遮住他的身子，冯太太看不见他，他也看不见冯太太，他看见的只有凄凄惨惨的天上的月，隐隐约约的池中的月，远处几点流萤闪烁，像半明不灭的鬼火，荒凉的凤仪园，这是人的世界？还是鬼的世界？

程师母气咻咻地来了，嘴里咕噜着：“准是阿亭，把它搬到园子顶顶东边去，害我找上半天，又累得半死。”她上气不接下气的，好大一会儿，才渐渐平静下来。

池塘里的青蛙叫了，一呼百诺地咯咯咯，咯咯咯……响成了一片；她们谈些什么，康平就听不大清楚；偶而飘过来几句，全是程师母响亮的嗓子：“看开点吧！孩子也这么大了。世上哪得件件事如心如意……”，“……我的好太太，别跟你那身子过不去……”，“倒退一步想，你可比我有福多啦！不愁钱，又有这么一对水葱儿似的姑娘，我要像你可就一天也别想活，什么都没有，只有一个‘弃妇’的名儿，还是个赌棍的弃妇，那个没得好死的……”——康平现在明白了为什么像冯太太和程师母这两个绝对不同的女人能够在一块儿相处十四年。她们的地位、教育、个性、思想、才情……没有一样是相同的，除了只有一点相同：一个死了丈夫的孀妇，一个被丈夫丢了的弃妇，就凭这一点儿同病相怜的情分，两个不同的人，在一块儿住上十四年，成了知己。女人真是可怜的，不管是聪明绝世的冯太太，或是好心和气的程师母，全是一样的可怜。康平越想越远了，想到自己的母亲，想到小光，想到势利的舅母，以及学校里那些漠不相关的女同学；他的狭小的生活天地里有限的几个女人，康平觉得她们都是些可怜虫……

不知道什么时候，池塘里的蛙鼓没有了。她们还在那里谈心，这一回是冯太太的声音："我不该要他去的，他原不情愿，他恨那些钻门营路的勾当，看不惯那些庸庸碌碌的愚蠢的人；全是我太要强了，我不赞成我的丈夫把他自己跟这个世界分开，才竭力鼓励他去。去，谁知这一去，他就跟这世界永远分开了，也跟我——"

"过去的事情，提它干什么呢？说到天亮还是——"程师母叹了口气，"不如意事常八九。"

"六月十三，船沉在海里，这会是真的？我总不信……程师母，你还记得么？他临走的前一个晚上，你问的那个课？"

"我忘了。"

"我记得的……那个课……'朱纶绣盖坐华堂，转眼浮云梦一场，听尽笙歌樵唱好，看完花草稻芒香'……当时不相信这个，现在想想真的很像，尤其是'转眼浮云梦一场'……梦一场。"

"你不是还劝我别那么迷信吗？"

"不，我现在愿意迷信，我信神，也信鬼，我盼望有一天就是他人不回来，至少魂灵回来一次。我盼望了十三年，可是，这个园子里没有鬼，没有鬼。”她哭了。

“我的好太太，你静一静吧！”

“这个月亮怎么这样凄惨？我不要看——到假山洞里去——快走！”

康平听见她站了起来，程师母也跟着立起：“小心点，我扶着你。”

她们走进假山洞了，他只好连忙退到亭子里。

……

“去睡吧！时候不早了，你又生病，这儿寒气重。”

“不，我要在这儿等着，六月十三，他总该显一次灵。”

“不成，该回屋子了，我也要去睡啦！盼回下半夜总归要醒一次，看见我不在，她会吓哭了的。”

“那么你先走，我到亭子里坐着。”

康平一听这话，觉得真是糟糕，要是她走进来，自己可再没有别的地方退避；映月亭本来虽有一座石桥通到对岸，但是桥已经断了。

正在着急的时候，只听程师母道：“到亭子里坐着？那怎么成？不招凉等请。你不回去，我也不回去，要是盼回醒了，就让她一个人哭去。”

这一来，冯太太才说：“好，我就去睡。”

“让我送你回屋子……”

……

好一会儿之后，外面什么声息也没有了，康平才走出映月亭，也不知道此刻是什么时辰，只看见西天的月亮，很偏很偏，大概是不早了。自己原是乘凉的，想不到被她们闹了大半夜，现在不禁有点儿倦意，又觉得有点儿寒意。他急急忙忙地穿出假山，走过石榴树，要回到自己的卧室里去。

“谁？你是谁？”一个声音将他唤住了。那声音从高处而来，康平不由自主地站住，他抬起头：在长长的石级上面，幽暗的楼头，正有一个人，借着月光，康平看见一个女人，披着黑纱似的长衣，幽灵样惨白的脸。

“是我，谢康平——这儿的教师。”

“嗯，你是那个工学院的大学生？对不起，我以为……”没有说完，她头也不回地就走进去了，留下一声失望的叹息。

康平知道自己并没有遇见鬼，却也止不住毛骨悚然，一口气跑回自己屋里，开了灯，定了大半天神，才恢复常态。外面，敲梆梆的走过，四更天。他的睡意完全没有了，灯下写了一封信给他的未婚妻，他说：“……今天晚上我在园子里乘凉，看见这儿的女主人，她将我当作一个鬼。”

四

第二天，刚一吃过中饭，程师母就急急忙忙地催着孩子们：“赶快把功课做完，妈咪叫提早下课哩！”孩子们听见“提早下课”，乐得什么似的，脸也来不及洗就去念书了。

程师母又告诉康平：“等一会儿冯太太打算见你，请谢先生今天别上生书。”

他点点头，问：“冯太太的病好了？”

“好了，谢谢你。”

不知为了什么，康平忽然紧张起来，他觉得局促、不自然，见一个想见而又怕见的人的时候，往往有这种感觉，但是对于冯太太，康平为什么这样？他不知道。

盼回和望回将英文造句做好，背过国文，又读了一节历史和地理，兴高采烈地到花园里去玩了。

从小客厅那边，一个人走进听雨轩，好像随身带来一股物体微寒的感觉，一阵阴风？一阵鬼气？康平比先前更为不安了。

“这位就是谢先生。”程师母介绍道，“——冯太太。”

康平默默地一鞠躬，冯太太稍微点了点头，坐下了，没有微笑，也没有松开她那一进来就紧握着的双手。

好久，她才缓缓地说：“真对不起谢先生，这许多日子，我一直没有下楼，实在失礼，还请您别见怪。”她的声音，和昨夜一样，不过更低更慢一点儿。

“哪儿的话，您太客气了。”康平比刚才镇静了些。现在面对着他的这个苍白如蜡黑色衣裳的女人，像一个雕像：她那曾是美丽的枯槁的容颜，呈露着抑郁、倨傲，和病态的痕迹，无光泽的长长的黑发，媚丽的却是无生气的黑眼睛，与那飞扬的修眉颇不相配，眉心有两道极深的皱纹，端正的希腊型的鼻子，在秀气的唇边有一条苦命线，纤弱细长的身材，行动典雅而不娇媚。她看了康平一眼，眼里的表情并不能说是高傲，不过像一个结了婚的姐姐在看一个年轻无知的弟弟一样；在她面前，康平觉得自己只是一个浅见的小学生；他不敢正视她，这女人的无神彩的眸子，好像洞穿一切世情似的。

康平不爱说话，在冯太太面前，他更是不会说话。她的话也不多，可是已经流露出她的聪明，只寥寥数语，康平就知道她已经感到并且想到过很多了。

“……艺术的情感，诗人的气质，都是最美的。然而美的东西往往带有痛苦的滋味。”

康平点点头。

“我知道这样的教育是荒谬，可是……”她固执地为自己辩护，“人们所喜欢做的，不一定就是对的。”

“有时候，只要是对的，人们就喜欢做。”康平说，“只是教育虽然重要，情感却还是与生俱来的。”

冯太太微微地昂起了头，缓缓地说：“谢先生，您说得很是，所以，”她沉吟着，“过了暑假，秋天我原也要送她们到学校里去了，那也许将又是一个情形……”

这近乎独白的语气，康平一时无从答言。

从外面园子里，荷花池畔，听见了快乐的声音，两个孩子的尖嫩的嗓子，正在那里唱“……太阳下山明天还要爬上来，花儿谢了明年还要照样地开，美丽小鸟飞去乌云中，我的青春小鸟一样不回来……”她们玩得太高兴了，忘记母亲是禁止唱歌的。

冯太太略一颦眉，迟疑了一下，她走出花瓶门，只听见外面的歌声没有了，好像两个孩子胆怯地走过来。“妈咪。”那是盼回的低柔的叫唤；望回比较胆大一点儿，她道：“下次我们不唱了，妈咪。是我不好，我坐在假山上，跟隔壁的宝玲学的，我又教会了姐姐。我再也不唱了，妈咪，您饶恕我这次吧！”

没有声音，良久良久，才听见冯太太幽幽地说：“没有关系，可怜的孩子，你们只管唱，就是不要给妈咪听见。”

五

又是半个月过去了。气候暖热而潮湿，石榴花已经落尽了红，树叶的绿意浓郁而又茂盛，池中芙蕖放蕊，还有盆栽的夏季玫瑰；这一季园子里虽没有什么更多的好花，但是，单看那竹篱上的牵牛花，墙角的凤仙、鸡冠、洗澡花，开得也够灼灼的明艳；再寂寞的凤仪园，此刻也有了点光彩，不似那懒洋洋的暮春，康平初来的时候。

这些日子里，康平的工作时间表还是照旧：教书，译书，写信，连点心和用膳的钟点都从无改变，什么都没有变，盼回和望回并不因日久混熟而就不乖，程师母依然是好心而又哓舌，琴上的锁也不曾启开，二楼上紫色的灯光仍旧深宵不灭……什么都照常，但是有一点儿不照常了，的的确确和他初来时候不同了；是什么呢？他不知道，也许是他知道却诚心装作不知道。

冯太太自从病愈以后，每隔三五天就下楼一次；她不和他们一起用膳，有时却在一道吃点心。康平发现她虽然怪僻，其实也喜人之所喜，恶人之所恶，她只不过是寂寞孤独地打发日子，心底却蕴藏着同情和爱。世界上正有另一种人，生活在千万人的热闹生活中，实际上却与人家隔绝了千万里路遥远的距离。冯太太恰巧与这种人相反，她和康平很说得来，正好像最初一样，一个懂事的长姐和一个无知的幼弟的谈话；她也知道这个弟弟虽然年轻而并非浮浅。冯太太在爱说话的时候，十分健谈。康平早知她多才博学，还是免不了惊异这个终年关在凤仪园的女人，比他所认识的任何一个女人都知道得多，比他自己也知道得多，而且多得多。其实这是无足奇怪的，康平没有到过二层楼，自然不知道她满屋子里都是书。程师母告诉过康平，冯太太的娘家，在天津姓姚，比她的夫家还要显赫，因为早婚，所以没有读完大学，在学校里她的成绩是过人的优良。至于如何的优良，康平最近才从她的谈话中细心地听出，她曾是文学系系主任的得意高足，从小就被图画教师称为天才，音乐教授奇怪她为何不入音专，校长室里至今还悬着的大幅圣母像，是她的刺绣成绩；这样美中之美、尤中之尤的才情，要是不断地努力下去，谁也无法否认她的前程是不可限量的辉煌。可惜结婚将一切都中止了，断送了，甚至埋葬了。更可惜的是，她在大学里所受的那种出色的教育，并不适宜来料理家庭琐事和杂务。尤其可惜的是，这样多才的人竟这样无福而有钱；假使她没有学问，她不会这样的多感？假使她有一个较好的身世，她纵然多愁亦不致如此受苦？假使她不幸薄命而又无钱，为了生活她将不得不献出自己的才能？但是，现在，她的音乐，她的文学，她的画意与诗情……一切的才气和聪明，只给了她无穷痛苦。

然而这又与康平何干呢？一个短期的家庭教师忽然对他的女东家关心起来，感伤她的身世，惋惜她的才华，“吹皱一池春水，干卿底事”，再多的理由总觉得未免可笑。

康平每隔两天写一封信给小光，在夜晚的灯光下，他告诉她白天的事情，心里的意念，像记日记似的。实在，这些信，也就等于是他的日记，因为他写信给小光，就跟和自己的良心在说话一样的坦白；不过最近有点儿不同了……“没有不同，一点儿也没有!”他的理智在向他的情感辩护，他的情感也在向他的理智解释，但是——但是他往常写信从不似这般的踌躇。

现在，他想着白天的事情……

白天，盼回和望回上完最后一节生书之后，是写字的时候。康平和冯太太下象棋，程师母在一边看。

“我输了。”康平说。

“本来可以不输的，只是您走错了一着。”

“您说的就是那个‘马后炮’吗？”程师母插言，“不就是您教谢先生的？”

“可是我真没想到他就因此一败涂地。”冯太太说。

康平笑着道："然而您还是脱不了这个嫌疑。"

收拾起棋子，程师母出去吩咐仆人端点心。孩子们写完字，望回笑眯眯地拉着康平问："谢先生，猜猜看，等会儿吃什么？"

康平随口说了两样，都不是。盼回道："绿豆汤，您顶爱喝的冰凉绿豆汤，搁多多的薄荷……"

"不要青丝红丝，加一个罐头樱桃。"望回抢着说，"是我们俩央求程师母叫弄的。"

冯太太道："这两个孩子，假公济私。"

"妈咪，一点点儿也不是，谢先生自个儿说过的哩：'苏州的绿豆汤与别处不同！'谢先生，您不是夸过的？您告诉妈咪，不然，妈咪要说我们是馋嘴的妞儿啦！"

"是的，我是夸过的，谢谢你们，好学生。"康平一手拉一个，和气地笑着；他告诉冯太太："我的意思是，苏州的吃非常艺术。"

"不止吃而已，苏州的花特别好看，苏州的绣货全国驰名，苏州有的是才子，出过多少状元，苏州的女孩子比别的地方爱娇，她们的手指特别能干，这儿各式各样的东西无不小巧玲珑，连风景都是山温水软，所以苏州人对于生活的艺术最能欣赏，也最会享受。"

"苏州是个好地方。"

"可是人在这个好地方住久了，会变成一个懒人，一个得过且过的懒人。"连得冯太太的声音都带点懒洋洋的调子。

"这么说，您不觉得这儿好？"

"也无所谓，不过，假使谈欢喜，就说不上了。"

"冯太太一定是爱天津。"

"那是情感上的眷念而已。"她摇摇头，"正好像我对苏州也是一样，认真说起来上海就比苏州强。”

“上海有什么好?”康平不赞成，“整天的车烦人吵，活像个开足了马达的机器，直冒烟的火车头。”

“上海也有静的美，‘八一三’那年，我们逃到上海，住在贝当路，每当黄昏，我靠着楼窗口，看太阳落山，远处龙华的塔，和工厂的烟，还有马路上那些欢天喜地的行人，这就够动人的了。”她的眼里略有一点儿回忆的光。

康乎仍旧摇摇头：“贝当路只有一条，诗意的地方也不太多，自然您不曾到过那穷苦肮脏的所在——上海只是有钱人的天堂。”

然而冯太太却说：“天堂不一定是属于有钱的人。”门外有一阵脚步声，她道：“不提那些个吧！艺术的绿豆汤来了。”

……

冯太太似乎比哪一天都有兴致，虽然她今天还是像往常一样穿着黑色的衣裳，虽然她今天像任何一天似的没有笑容，但是康平看得出，她是从未有过的健谈，今天，连走路的脚步好像也活泼了。

太阳下山的时候，他们在荷花池畔，阴历七月初，满池的花全都开了，红荷带着含羞的酡颜，白莲妩媚地娇笑，西天的云霞，金黄，淡紫，浓红……从不曾有过的美丽，从不曾有过的绚烂。啊！太阳下山的时候……

“那是怎么说的?”她忽然问。

“什么?”

“就是那个歌儿，盼回她们唱的。”

“您问这?”康平有一点儿惊奇，“那个太阳下山……”

“明天还要爬上来。”她“嗯”了一声，“挺好玩。”

“一个可爱的西康民歌。”

“今年的荷花开得真好。”

“您的意思是怕它要谢，是不是？”康平觉得自己很聪明，“不要紧，花儿谢了明年还要照样地开。”

“不，您错会我的意思了。”她垂下眼皮，“有时候，我欢喜凋谢了的东西，甚似它在茂盛的时候。”

“例如这荒凉的凤仪园。”

“因为凋谢和荒凉，有一种神韵的美。”

一种神韵的美！他不禁看了她一眼，这苍白而枯槁的女人，在盛开着的红白荷花前，在七月的巧云彩霞的天空下，在金碧辉煌的太阳下山的时候，瑰丽的黄昏，这神奇的一刹那，墙角的凤仙是兰蕙，蝉声是音乐，白开水是葡萄酒，石块是金，荒凉的园子是琼宫仙境，这黑衣的憔悴的女人有一种难以比拟的孤清，凄凉的华贵，神韵的美，那是康平从未感到过的……

“你怎么不说话？是不是觉得我有点儿异想天开？其实不呀！那李义山的诗——”

“留下残荷听雨声。”

“嗯！多么诗意的想法。你欢喜他的诗么？”

“我很惭愧，说不出欢喜和不，因为我没有念过太多的李义山的诗。”

“那么，谁的诗你觉得最欢喜？”

“我欢喜白居易，浅近易解而又有深意；还有陆放翁，他的悲凉豪放的风格，令人感动。”

“你欢喜写诗么？”

“根本不会。”康平说，“诗是灵感与情感的结晶，一个读工科的学生，连平仄也弄不清楚。”

“你太谦了，不过平仄和韵律的确是一种束缚，也许……”

她放低了声音，“最好的诗是没有韵律的。”忽然，像考小学生似的，她又问：“关于词一方面呢？你欢喜谁的？”

“李清照与李后主。”他天真地笑了笑，“我曾有个荒唐的想法，他们两人实在应该……是极好的一对。”

“你的意思，李清照嫁给李后主？”

康平点点头：“不好吗？彼此都将写出更美的诗文。”

但是冯太太却说：“那是不好的。”

“为什么？是不是那个亡国的皇帝配不上才情横溢的易安居士？”他想了一会子，“的确，他是有点儿哼哼唧唧的病态。”

“不尽然。我只觉得两个才情仿佛的人结婚只管相配，但是并不很好，尤其是他们两个。”

“为什么呢？”

“因为他们都是梦想多于现实，他们能创造绝美的海市蜃楼，却很少有丰功伟业，他们具有生活的艺术，却没有生活的常识，他们都会‘闻弦歌而知雅意’，却不能‘闻鸡起舞’……”

康平默然了。这番话是泛然的谈论，还是内心的隐衷？他不能够明白，纵然不敢说自己是“闻鸡起舞”，可是他绝不能“闻弦歌而知雅意”。

于是他们又从诗词谈到小说，冯太太说写小说像人生一样，原来的安排，在开头写了几行之后，就逐渐放弃，因为写小说是创造，不是安排。她又说最欢喜屠格涅夫的作品，那忧郁的风格，淡淡的感伤情调，她最欢喜；但是她最爱的一本书，却是《冰岛渔夫》。——《冰岛渔夫》，那是《菊子夫人》的作者罗逖的另一伟著，康平也曾读过，他因此想起那动人的故事：尧恩·高沃，那个出色的冰岛渔人葬身在海洋里，和他的船；家乡留下新婚六天的妻，可怜的歌忒，是怎样地期待着，盼望着，一个惨淡的黎明，又一个寂寞的黄昏，许多年……

啊！可怜的歌忒，可怜的冯太太，那是罗逖创造的小说，这是谁创造的凤仪园里的人生？

康平不自禁地又看了她一眼，她觉着了，问："什么？"

"……"

"我明白，你想起了一句话，在心里批评我。"

"是吗？您猜是什么话呢？"

"只许州官放火，不许百姓点灯。——对不对？"

康平爽朗地笑了。

"为什么做官的父亲往往叫他的儿子去经商？教师不让孩子读师范，一个女演员在自杀之前写下她的遗书，不要她的小女儿上银幕；缢死煤山的崇祯皇帝也曾说过'愿生生世世毋生在帝王家'。你懂得这些心思么？这些无可奈何的心思。"

"我懂。"

"只有尝过莲心滋味的人，才知道那是苦的。"她用一种黯淡而自信的口吻说。

一阵嘻嘻哈哈的笑声，从映月亭那边传过来，盼回，望回，还有她们隔壁邻家的小朋友黄宝玲，三个孩子拍手顿脚地嚷着，叫着，跳着，吵成一片。宝玲说："谢先生，您也教我做算术、蜗牛爬墙和鸡兔同笼。""不，谢先生讲《苦儿流浪记》。""嗯，我要听《天方夜谭》。"

康平含笑告诉她们："要是你们有本事不从假山石那边走过来，我样样都依。"

宝玲噘着嘴："谢先生就是不肯哩：明明知道这个桥坏了。"

盼回瞪着一双大眼睛："这就是报纸上常说的，叫'并无诚意'。"

他们都笑了。康平说："这孩子聪明。"冯太太却道："那座石桥，是应该修筑了，这回我要叫工人重砌一座曲折的。"

"直的也好，这荷池不算太大，怕不能曲折得有致。"

"不，曲折的比直的好。"

说着，那三个孩子过来了，盼回和望回一人手里一封信，举得高高的。

"妈咪，天津来的。"

"谢先生别眼红，您也有一封。"望回道，"南京孟寄。"

冯太太一边看信，一边沉吟着："就是后天。"她告诉孩子们："八姨要来了。"隔了一会儿，她问康平："南京怎么样？天热么？一切可都好？"她问得十分十分的自然。

但是这个二十三岁的大孩子可不大自然："很好。嗯，天……很热……"又加了一句不必要的解释："南京的，一个亲戚。"

"嗯？一个未来的亲戚。"

康平觉得自己的脸有点儿发烧，他真窘。

……

这些白天的事情，在他的心里，像平静的湖水上一朵一朵的小涟漪，不住地漾开，放大，放大……最后是没有了，没有了，但是康平往常写信时的平静心也不复再有了，因为起了涟漪的水毕竟不似原先的平静；康平没有将白天的这一切告诉小光，即使一点点也没有写，他觉得羞惭，闭上眼睛，要排除那些杂念，却似乎连屋子里的灯光都幻成紫色的了。

六

康平在朋友家里坐了一下半天，又逛了"观前"才回来。程师母一看见他就嚷："好呀！谢先生，我真怕你要开小差哩！回头冯太太又得找上我去陪啦！"

"我见了生客不会说话，还是程师母先行。"

程师母把个头摇得像拨浪鼓似的："不行，不行，我只会招待招待那些个三姨娘六舅妈，今儿请的全是新派人物；不过就是像姚八小姐胡先生那么新，我也会陪他们聊个天，唯独那两个怪物，我可不敢奉陪，得啦，谢谢你谢先生了，可别让我活受罪。"

"两个怪物？"

"是呀！可不两个怪物？你待会儿一瞧就知道了，黄家宝玲上的那个学堂里的校长和训育主任，我的天，那两个人的嘴脸啊！就像吃过恨人肉似的那么凶。秋天盼回、望回也要进那个学堂了，这会儿听见那两尊活阎王驾到，吓得三个小鬼晚上躲在映月亭里单开一桌饭，我情愿陪她们三人。"

康平瞧她说得这么神乎其神，不由得笑了。程师母看了看手表："六点二十分，不早啦！你快去吧！客人全在二楼，等会儿饭也开在楼厅里。啊！我倒忘了，你还没到楼上去过哩！让我叫月季领路，月——"

"别呀！"康平笑着止住她，"我问你，客人到齐了没有？"

"没有，不过只差一位刘小姐，还有那两个怪物。"程师母又叫月季，然后说："黄医生黄太太带着宝玲刚到，姚八小姐跟胡先生三点钟一下火车就来，今儿夜车上上海。"

"来了就走？"

"原说呀！可是胡先生要到上海接洽什么要紧事情，姚八小姐也要赶去见外婆，老人家顶爱这个外孙闺女了。他们全是抽空来苏州看冯太太的。"又看一下表，"可真的不早了，您快去陪客人吧！"程师母挥着扇子，大声叫月季，催她赶快领谢先生上楼。

楼厅里的布置和楼下一般的古色古香，紫檀家具，中国字画，古式瓷器，月洞形的圆门，有流苏的帘幕，宫灯式样的绢制灯罩，色彩以富丽的鹅黄为主，没有紫色。

那个中年的西装男子，康平见过两次，就是宝玲的父亲。风趣诙谐的黄医生，他给坐在一旁的太太介绍了康平。黄太太是个温静的中年妇人，不多说话，脸上一直堆着笑。

冯太太为他介绍其余的两位远客：“我的堂妹，黛思。——胡南如先生，现在只不过是我的表弟。”

主客全都笑了起来。——这是康平第一次看见冯太太的笑容，他来了一个多月了，她的笑这样难得！程师母说得不错：只有在姚家人的面前，她才装出愉快，因为她不愿意让她们看出自己的伤心。

然而她这轻轻的一笑是多么动人，几乎减轻了十载年华。康平这才发现她今天大大地修饰过了，她的薄施脂粉的脸上容光焕发，一点儿也寻不出枯槁憔悴的痕迹，蓝灰色的绸衫，蓝耳珠，蓝灰色的缎鞋上绣着深蓝的兰花，是她自己绣的么？康平禁不住心里这样想。坐在冯太太旁边的，就是她的堂妹，姚八小姐黛思。她们面貌仿佛，大概都是像父亲的；看起来似乎黛思身长一点儿，肤色微黑，比她丰盈，比她美丽，却没有她潇洒和飘逸，给人一种温暖愉快的感觉。她的粉红底子上印着玄色燕子的衣裳，更显得她是活泼而年轻。

康平和黄医生、胡南如谈了一大阵气候的热与凉快，天津与苏州，国际动态和国共问题之后，黄医生指着那一封梅花形的嫩黄瓷盆子：“谢先生，您是急性子呢？还是慢性子？”

“我自己也说不上来，只是，与这个有什么关系呢？”

“大有关系。”黄医生慢条斯理地告诉他，“这一个盆子里是苏州采芝斋的松子仁，那一个盆子里是杭州的土产小胡桃，谢先生，您……”

康平瞠目不知所云。

胡南如不耐烦道：“刚才我们说，急性子的吃松子仁，慢性子的吃小胡桃，您瞧黄医生，真是个小胡桃专家。”

“那么，所有的松子仁该归南如包办了。”冯太太掉过脸来，“谢先生，我想你是吃小胡桃的。”

“这么说，您觉得我是个慢性子？”

“不，我的意思是——”明快地一笑，“小胡桃的构造十分‘艺术’精巧。”

“并且‘曲折’有致。”他看着她的时候，她也正看着他，彼此都忍不住笑了。冯太太解释给大家听，南如道：“你们都爱这么曲里拐弯，我就欢喜大刀阔斧，单刀直入。”大家又都笑了。

黛思说：“要是你当初念医，准是个外科医生，只会开刀。”

“我不会开刀，你倒在班门弄斧，请注意，此地有大医师在。”南如做了个滑稽的手势。

“瞧这股子劲儿，倒像我是黄太医似的。”

南如摆了摆手，叹口气：“想不到西医黄大夫，头脑封建如冬烘，阶级观念若是之深，当今已是民主时代，而且，太医又何足为奇？不过给皇帝诊诊脉，多识得个把达官显宦罢了。”

“说得是，我从善如流，收回刚才那句话。”

南如却又说：“这个医生意志不坚强。”

冯太太唉声叹气地笑：“可见得做人不容易。”

一句话引起南如不知什么感触，他变得一本正经起来，说医生旨在救人，不像他读了政治，将来要是在官场里一混，“做人”才真不容易，“做事”倒是其次。“现在的人，”他说，“只要脸皮厚，手段辣，心肠狠，就会得平步青云，节节高升；像我这样不会吹，不会拍，心直口快，什么也不成……”

“除非吃松子仁。”冯太太很快地接了一句，大家都笑了；然而诙谐的谈风到此刻已转为严肃，黄医生摇摇头：“说救人，那真惭愧万分，前两年，靠西药发财的没有医生么？现在，对于无钱的病人置之不理的，不是大有其人么？丢开这些不谈，就是有仁心的，又觉得缺乏仁术，例如肺病、梅毒、麻风、癌……这些病我们也无能为力。”

“然而无能为力中也还有点儿能力，倒是有些人，可以说是大多数人，他们的思想患了肺病、梅毒、麻风、癌，那才没有办法。”——这话是黛思说的。康平觉得惊奇，他只以为她是活泼而单纯，原来的确有其姊必有其妹。

月季在外面屋子里喊：“王校长、朱先生来了。”

冯太太迎了出去，黄太太跟着站起；黄医生告诉黛思：“来了两位教育界的人，你说的那些没有办法的病，可以请教她们了。”康平打起精神准备看程师母口中的“怪物”，南如在吃松子仁。

两位太太陪着两位客人进来，招待介绍一番，重又坐下。康平定下神来瞻仰她们的丰采：那王校长，约莫四十左右年纪，天然短发，国字脸，浓眉，大眼，一脸咄咄逼人的正义感。朱先生年纪稍长，竹竿似的身材，瘦骨脸儿，后面梳了个面包头，前额又留了一排刘海。这就是王校长的亲信，训育主任。也许是管教学生成了习惯，那一双没睫毛的眼睛老是在近视眼镜后面狠巴巴地看着人，好像在心里批着分数。康平不知怎么忽然想起《正在想》里的丁老师：她穿的是清一色的上下一身白，右手挟着一柄晴雨两用的黑洋伞。如果王校长的黑衣白鞋白手套是“乌云盖雪”，那么朱先生的打扮正是“雪里拖枪”。

当下只听得黄太太没口子地称赞她们学校教导有方，宝玲现在比以前知道用功了，也有礼貌了，冯太太也在接二连三地感激她们两位鼎力帮助盼回和望回的入学事宜。

还有一位缺席的客人刘小姐，冯太太道：“怎么刘小姐偏不在苏州，我以为她跟我们八妹一定要一见如故。唉，真是不巧。”

“就是今天早晨，刘先生和几位同事到无锡去的。”王校长说，她的口音是现在最时髦又最显得风光的四川调子。

“现在的年轻女子，”朱先生掏出一方小白手帕，直擦鼻子，她的嘴里好像在炒白果，“一旦有一个异性追求，这世界就是她的了；要是成大堆的男子一捧，她就更美得受不得，好像连天王星海王星也成了她的属下似的。”

冯太太含糊一笑，黄医生夫妇司空见惯，黛思不开口，抓了一把瓜子在嗑，康平和南如闻所未闻，少见多怪，都在洗耳恭听。

王校长一径儿摆动她的头，一会儿摇，一会儿点：“年轻的人，少修养，只知道及时行乐，不懂得及时努力。”

“这样的人根本不配当教师。”训育主任下了结论。

康平觉得屋子里蓦地冷起来，因为这刚来的两位客人脸上满是秋天的霜。

月季打起帘子，报告饭开好了，在外面一间屋子里。

大家喊着“请，请，您先请”。一个也不肯动。南如嚷道：“别扭死人了，我先请。”入席时又是一阵子推推让让，好容易才坐下。康平想起映月亭里单开的一桌，程师母说得不错，“怪物”！合唱队里有了个重伤风的人，好嗓子也会不自觉地闭住了气。真是别扭死人了。菜很好，是凤仪园的厨子的拿手好菜，船菜，苏州的艺术的吃；酒也是诗意的，冯太太怕喝了烈性的酒黛思、南如不能上路，所以早就吩咐下来，要香甜的青梅酒；除了校长先生和训育主任是涓滴不饮，大家全都喝了。康平注意冯太太时，觉得她很有点儿量。席上黄医生和南如还是像先前一递一句地说着玩，谈笑只管谈笑，却不能“风生”了；黛思不开口。两位太太在跟“怪物”交际，但是只看见黄太太和气地笑，冯太太微带醉颜地俏皮地笑。训育主任在和有骨头的东西拼命，对付那些不易入口的菜肴，也像对付一个不听话的顽皮学生；王校长发言独多，满口“建国，教育第一”或是“我们妇女界优秀分子应该联合起来”。康平忘了给她计算一下，共说了多少次。这两个怪物，程师母一些儿也没有冤枉她们：王校长的紧张和严肃达到登峰造极的程度，好像在命令人马上到前线作战，如果不壮烈牺牲，便算不得前进分子；那一个训育主任则如同举着照妖镜，在那里作法，要把任何人都看出原形。康平不愿意，也不敢和她们周旋；好在她们倒也不要和这乳臭未干的年轻小伙子讨论“学校教育与家庭教育应如何合作”的问题。

南如道：“黛思，你怎么不说话？问女何所思？问女何所忆？”

“老这么爱贫嘴，谁理你！”颇可爱的讨厌表情。

黄医生说：“八小姐，南如这可毕业了，到上海指日就是走马上任，你不叫他来个三喜临门吗？让我们也喝杯喜酒。”

“早哩！订婚也得等我自个儿大学毕业。”

“南如他是爱吃松子仁的呀！”黄医生幽默地说。

“不，黄医生，”南如笑着，低声道，“一个女孩子嫁了人之后，就是放弃了多少男人对她的追求，而她自己去追求一个男人。黛思多聪明，她不会那样傻！”这话说得声音很轻，却不知怎么被朱先生听见了，训育主任的耳朵里怎容得下这种“非礼之言”，两道眉毛立刻连在一齐，想起对方不是自己的学生时，只好摸出她的白手帕，使劲擦鼻子。

黛思鼓着腮帮子：“姓胡的就会胡说。”

南如道：“姓姚的就会摇头。”

冯太太正在和王校长说话，也抬起头来道：“谁要是说姓姚的什么，我可不依。”

黄医生双手轻轻一拍：“啃，姚家人向你挑战了。”

一桌人都吃完了，用人送上毛巾，南如一面擦，一面跟黛思说：“提起姚家人，你快把夏令会唱歌的事告诉二姊。”

“有什么可说的。”

但是冯太太执意要听，南如故意卖关子，等人都离了席，大家回到原来的里边屋，才缓缓地道：“二姊，你总还记得，我们学校的夏令会，刚取的新生照例没份儿，然而黛思——”

黄医生连忙说：“因为胡南如学士的关系，得以参加，是不是？”

“岂但是而已，并且又‘托福’出了出风头。”

“不害臊。”黛思刮着脸蛋儿羞他，“净朝脸上贴金。”

“有一晚，夏令会在森林里野宴，所有的师生都在，余兴的时候，黛思唱了一个……一个什么的？”他问黛思。

“不知道。”

“对了，根本用不着知道，反正是 Solo，博得全场的叫好，喝彩、鼓掌、赞美不算外，音乐教授，就是那位比利时的老先生，还握了她的手说：你真是姚应华小姐的妹妹，一点儿也不错。”

“嗯，他还记得姚应华么？”冯太太淡淡地一笑。康平注意她的脸时，觉得她的眼里有一点儿光，不知是喜悦的光，还是泪光。

黛思看着她的堂姊：“他当然不会忘记你。”

“姚应华，十五年了，姚应华离开她的学校……”

“但是，十五年来，就我所知道，那儿的老教授没有一个忘记你，姚应华。”南如交握着自己的双手，微微抬起头，做了一个舞台上独白的沉思表情，“在所有爱她的人们心里、记忆里，连一刹那也没有离开过。”说到最后，连他自个儿也憋不住笑了。

“南如，我听说学校里每年圣诞节演戏，”冯太太说，“你是个最出色的演员，今天才晓得名不虚传。”

“你打算请我当场表演吗？”

“你的刚才已领教过了，现在要请八小姐表演。”黄医生提议。

“黛思，Solo！”

“赏脸，八小姐！”

“不，不，南如你喝醉了，我们还要赶火车。”

冯太太走过去，站在黛思的身后，两手搁在她的肩上：“黛思，唱一个吧，为了我的缘故。”黛思点点头。康平惊奇地用眼睛望过去，这一对堂姊妹，假使冯太太像清淡而有味的菊花茶，那么黛思就是一杯甘芳甜美的巧克力牛奶；冯太太如同她家里的淡写轻描的山水古画，黛思是色泽鲜明的刺绣。然而她们还是很像，她真是她的姊姊，她果然是姚应华的妹妹。

“唱什么呢？”她回过脸，再一次地谛视她的堂姊，像刚才一样。

南如抢着说：“唱，唱那个‘拿起你的枪，快快儿赴前方’……”他看了王校长一眼；康平忍不住笑，南如和自己抱有同感。

“你这是存心开玩笑，”黄医生不赞成，“现在上下左右都在祈祷和平，你偏要‘拿起你的枪’，这是什么意思?”

“在二姊这古色古香的屋子里，唱那些外国歌曲太不相称了，我唱《茶花女饮酒歌》吧!”

“茶花女也是外国人。”王校长铁树开花似的说了句趣话。

“好在那个歌是国货。”冯太太笑着，“黛思，就这个吧！我欢迎。”

黛思站起来，掠了下头发，微偏过身子，说：“我唱得不好，请大家原谅——”

那《茶花女饮酒歌》的歌词是绝妙好词：

这是个东方色彩的老晴天，
大家及时行乐吧!
嗬，若要有了这明媚风光
才行乐，
那又是糊涂极顶太可怜;
我们是什么都不提，
只要是大家舒舒服服笑嘻嘻，
也不管天光好不好，
只要是笑眼瞧着酒杯中，
杯中的笑眼相回瞧。
天公造酒又造爱，
为的是天公地母长相爱;
人家说我们处世太糊涂，
算了吧!

要不糊涂又怎么？

你们爱怎么说就怎么说，

我们爱怎么做就怎么做！

你便是一个最厉害的检查官，

请你来瞧一瞧

我们酒杯吧！

嗬，包你马上——

心回意转，意满心欢。

康平很是感动，他不懂音乐，连欣赏的能力也有限，但是这歌声，这歌词，他知道和那逼尖着喉咙唱的“真——善——美——”大不相同；他静听着，黛思的嗓子真是无双，姚应华的妹妹，可惜他没福听到姚应华的唱歌——永远也听不到。此刻，他的眼睛一直没有离开过她，鹅黄色的灯光，像艳阳天的太阳，她看起来是年轻多了，微红的双颊，不知道是胭脂，还是酒意？他觉得不该如此失礼地看她，但是又管不了自己，好几次她的眼光和自己的视线相逢，冯太太朝他极自然而又潇洒地一笑，康平红了脸，心里对她无限地感谢，却又不明白要感谢的是什么。

十点钟了，两位怪客已经是第三遍告辞，两位远客要赶火车，两位近客也唤了宝玲要回家，冯太太吩咐叫车，开亮楼梯上及园子里的灯，程师母照应盼回望回睡觉去了，康平陪着冯太太送客。

一大串的“谢谢”“简慢”“请留步”“走好”“再见”“顺风”……客人各自上了车，忽然月季性急慌忙地奔出来，冲到车子旁边，原来训育主任忘记了她的伞。

园门关上了，冯太太低着头，默不作声地朝里走，康平在她的身旁，月季走在他们的后头。她一句话也不说，什么事也不提，她的动人的笑颜，她的愉快的脚步，她的俏皮聪明的谈话，她的潇洒若仙子的神韵，都没有了，刚才的一切，一切的刚才，是做戏？是做梦？好神秘的人。

他望望天，——这是夜晚独行人的无聊消遣，天上无月无星，只有阴暗的乌云，大概要下雨了，好黑的天，好静的凤仪园。

七

十一点了，康平还没有睡。他用“纸短情长”结束了一张给小光的信，觉得歉仄和抱愧；但是，另一种难言的欲望，和不可思议的情爱，使他更为不安；这种欲望，这种情爱，怎么能有？怎么可以产生？然而，现在的确是有了，产生了，并且像惨淡不熄的火焰，潜燃他的心，他不能思想别的事情，只有苦痛地绞着双手来复地走着，一刹那像一世纪，一小时像几千万年，好彷徨的心，好长的黑夜，好热的屋子……

他模模糊糊地走到园子里去，带着比酒意还浓的醉意，醉，十分的醉；沿着荷花池，过了石榴树，无意地——也许是有心，他自己可不知道，走到长长的石级前，通二层楼的石级……他想起六月十三日的夜……那站在幽暗楼头的女人，穿黑纱的女人，在等待，等待，她曾将他当作那个回家托梦的阴魂……康平徘徊了一些时候，走上石级，起初很慢，犹豫的，欲前又退的步子，像算术题目里爬墙的蜗牛，后来想是下了决心，越走越快了，一级级地往上走……

康平敲了门，故作镇静地走进那间紫色灯光的屋子，紫色的灯罩，紫色的窗纱与帘幕，怪不得那灯光里有这许多忧郁。晚香玉的芬芳，白铜炉里的沉香末，混和着药的气息，柔美的憔悴，诗的极致……

冯太太奇怪他深夜来此，神情却并不慌张，康平的镇静没有了，期期艾艾地向她背了一大套新文艺腔的诉白，又像是将他自作的情诗在朗诵。

冯太太一言不发，恼恨而又心烦，末了她以极高傲的轻视目光看了他一眼，按了按铃，月季进来了，她说："送谢先生下楼，楼梯上的灯开一开。卍字架上那一大叠书，捧到谢先生屋子里。"

康平迷糊地跟着月季走出去，走下楼，走进他的卧室，像被催眠过一样他完全不知道自己做了些什么。

好久好久以后，他的意识才渐渐清明："完了，我明天就得离开此地……她一定要把这事告诉程师母，那个多话的女管家一定要逢人为我宣传，还要写信告诉她的亲戚、舅父的同事，一个荒唐愚蠢的家庭教师，母亲，小光，舅父……全不会再把我当人，无耻，下流……我是掉在自己安排的陷阱去了，我……"

然而这个二十三岁的大孩子，正在热情得发傻的年纪，他仍是憧憬那美丽的陷阱；康平试翻弄着月季捧来的书，有佛经，也有《新旧约》《浮生六记》《漱玉词》，原文本的 *All This, And Heaven Too*，中译本的巴尔扎克和屠格涅夫的小说……这些书，让他在较自然的情形下下了楼，不太难堪；何等高贵的做法？何等聪明的机智？要是换了别的女人，将怎么样？一声"滚"？一顿责骂？甚至一记耳光？她恨他，他还是要爱她，冯太太的逐客令也比别的女人会心一笑来得风雅，只是——这样风雅的人，为什么这样无情？有一天，当她年老了的时候，当这迟暮的芳华和憔悴的美丽也逐渐消逝的时候，她会后悔今天的道学举动么？会的，一定会！因为她是人，有情感有诗意的人，她有卓越的明智和过人的才华，不错，然而才华也是情感的升华，她为什么不后悔？在那未来的一天，只是——为什么不就是今天？今天，此刻……康平又醉了，十分的醉。于是又一个意念乘机袭入他的心里："反正明天我是要离开了，虽然二并不等于一，但是两次犯罪也不是和一次是同样么？总之，我已经不是今晚以前的那个我了，在人家的嘴里、心里、眼里……"康平随手拿起一本书，算命瞎子常是人们山穷水尽时候的先知，失却清明神智的人往往要用最无意义的方法卜一下命运。他的命运，那本屠格涅夫的《罗亭》为他决定了，他闭上眼睛，莫名其妙地却是虔诚地在心里祈祷，然后翻开一页："……你高兴么？我想不到碰到你，只有上帝知道我们将来是否再得相见，我不能像这样地离开你。"

是的，我不能像这样地离开你，我不能像这样地离开你；天赐的机会不易受人重视，错失的因缘最易惹人眷念，为了省得有一天要"悔不当初"，康平决定再冒一次险。这一次他从餐厅旁边的扶梯走上楼，因为园里的那石级是不幸运的。

康平再一次地敲开她的门，冯太太正在灯下沉思，看见他来吃了一惊，但是脸色却温和多了。

"还是你？"她红着脸，眼睛望着别处，"我以为是月季……"

"我忘记了一样东西，在这屋子里……"他讷讷地说。

"是什么？"她回过脸来，半疑半信。

康平不说话，怯怯地望着她，讨饶的孩子似的眼神。她明媚地一笑，伸手从桌上拿起一件东西："是这个吗？"康平接过去，一枚金质的小别针，象征了幸运的马蹄形。他点点头，心里充满了无限的，无限的感激和幻梦，向她道谢，却不走开。

"还有什么事吗？"她的眼里带一点儿怜悯的神情，大多数的爱不都是由怜而生的么?

“我想……和你讨论那天所谈的，曲折的桥，没有韵律的诗，像人生的小说，像艺术的人生。”福至心灵，聪明和幸运往往是俱来的。

冯太太笑了，甜蜜地赞叹，温柔地责备：“你不想一想这是……的，还是不应该?”

他大着胆子回答：“我没有想到应该和不应该，我只知道……应华……”

你读过《森林睡女》的故事么?那发怒的神仙使用了魔法，公主拿纺锤碰了自己一下就睡着了，连马房里的马，屋顶上的鸽子，广场上的狗，以及厨房里正在打小孩耳光的厨子，宫庭里的国王、王后、大臣全都中了妖，整个的城堡，整个的森林全都昏昏入睡了，昏昏地睡了一百年，直到一个远方的吻才救活了那美丽的公主，以及她周遭的一切。

你不会因此而流出快乐感动的泪水么?连那多刺的荆棘篱笆也为了这睡着一百年而复苏的公主开放过美丽的鲜花。现在，天下雨了，是那不可知的若有若无的命运之神，在为凤仪园的主人流泪么?

八

这雨到第二天黄昏还没有停，并且越下越大，苏州虽然潮湿，这一阵却少雨，干燥的花木与泥土，被雨水冲洗过了，花的气息，树的气息，泥土的气息，别具一种可爱的风味。

康平愉快地吹着口哨，不成腔的，随心所欲的短歌；他的心，像刚从烘箱中取出的刚做得的小面包，又轻松，又热和，又香又甜。外面的雨虽大，可下不到他的心里去，不，应该说就是下到他的心里，只有更好，增添了回忆的甜蜜，和欢情的美妙，因为雨是思想的珠玑。啊！可爱的雨，这嗞嗞的响，这滔滔的白，像浓密的雾阵，多可爱！此时此刻，他是自私的，希望独处一室，除了一个人——那个人他今天还没有见过，谁也不能够来侵犯他，谁也不可以来打搅他；今天，这美酒也似的辰光，是他独有的，谁也不应该分享——除了一个人。他真弄不懂人在患难当中还能够相助，为什么快乐的时候却十九这样自私？不近情理的自私。但是，难得的一次。不过一次，都不可以么？

然而，盼回开口了："谢先生，瞧外头。"

"是的，天下雨。"他并没有瞧一下窗外。

"下了雨不能到花园里去玩。"小孩子也那样调皮。

"嗯。"

"谢先生，你做做好事，"望回忍不住，直说了，"讲个故事吧！"

"我要听梅力老人和他的猴子，还有狗。"

"不，《苦儿流浪记》已经讲完了，谢先生讲《三国演义》，诸葛亮的空城计。"

"不，我要听阿里巴巴……"

这两个磨人的孩子，今天不似往常乖，康平只管不买账，也被她们你一言我一语缠得没了主意，他只好说："你们已经听过不少《天方夜谭》里的故事，现在让我问一个问题。"

孩子听见了"问题"，愣住了，上牙齿咬住了下嘴唇，你瞧瞧我，我瞧瞧你。

他笑起来："在《天方夜谭》里，有许多神奇的宝物，假使给你们一人一样，你们挑哪一件？"

望回道：“我要音乐树，种在我们家的花园里。”

“不，不，妈咪要不快乐的。”盼回摇摇头，“我要那个魔术灯，我是灯神的主人，我要命令他到大海里去寻找那只沉了的船，我要他找着爹爹，我要他想法子吹一口仙气，爹爹就起死回生——”

“那我也要魔术灯。”望回羡慕起来。

“不行，我先要的，是我的。”

“我的。”

“我的哩。”

康平连忙给她们劝架：“不要‘你的我的’了，我问你们，灯在哪儿哪？”

她们这才不响了，满脸又是失望又是难为情。盼回讪讪地笑了笑：“谢先生，您哩？要什么？”

“我？”他想起了不久将来的一天，他要离开这里，并且没有再来的理由，于是他黯然地说：“我要那个月宫里的万能眼。”

“做什么用？”

“等我去了之后，我想起你们的时候，我还可以随时看见你们。”

“但是我们看不见您，谢先生，不许走。”

“秋天，你们就要上学去的。”

“我们不要上学校，像从前刘先生教书的时候一样，像现在暑假一样，谢先生别走。”

“不，要走的。”

“嗯嗯。”她们急了，“谢先生，我们情愿不上学校，要您，不要九怪跟阎罗王。”

“九怪跟阎罗王？”

“就是昨儿晚上的两个客人。”盼回说。望回解释道：“宝玲偷偷地告诉我们：高中的学生给她们提的外号，王校长叫阎罗王，九怪是朱先生。”

“九怪是什么意思？”

“她姓朱，所以起先叫她猪八戒，但是人又太瘦，所以就改成丑八怪，后来又说她比八怪还可恶，所以再加一怪。”

康平觉得现在的女孩子真刻薄，但是当他想起昨天晚上的情形，他自己也笑了。

“您答应我们不走。”盼回又言归正传。

“好的，你们这会儿不叫我讲故事，我就不走。”

望回说：“好，我们这会儿不要您讲，明天您可还要讲的。”

康平点点头，她们这才满意地算了。

两个孩子无聊得只好做室内游戏，下了三遍“五子棋”，厌了；再来几回“十六个小兵围将军”，又腻了；不知从哪儿找出一副扑克，望回眯着眼，赔小心似的：“捉乌龟，三个人玩，热闹点，谢先生肯么？”

这个不费心思的玩意儿，他可以奉陪。在“机会均等”之下，三人轮流各做一次乌龟；第四回，他一边洗牌，一边假作漠不关心的样子：“玩完这一次，你们应该上楼看妈咪去了。”

“我们中饭前去过啦！妈咪生病哩！”

“病？什么病？”

“不知道，怕烦得很，月季说连程师母进去，妈咪都没有跟她说话。”

“嗯……”

这一次，没有一个人是乌龟，原来洗牌的时候，康平忘记预先取出一张，盼回和望回咯咯地笑起来，她们的先生也笑：“小傻子们，别笑了，上楼去吧！别忘记替我向妈咪问好。”

“还有别的吗？”盼回说。

他想了一想：“就说我要去找《天方夜谭》里的苹果，给她治病。”

“什么时候可以找到那苹果呢？”望回睁大了眼珠问。

康平顺口告诉她明天。“好的，明天，您拿着苹果，我们一块儿到妈咪屋子里去。”那孩子天真地告诉她的先生。

九

然而，明天康平的苹果还没有找着，程师母却给了康平一个白色的信封，这个会说话的女管家一走进听雨轩的时候，脸色就与平常不同，说话也是几番欲言又止的：“今天上午来了一个电报……天津打来的，冯太太的哥哥要请冯太太带了孩子们到天津去玩，逛逛北戴河，所以……这儿的功课……只好停止了，这一点儿小意思请谢先生收下……”

康平的脸变了色，这虽不是突如其来的当头一棒，却也是冷不提防的心上一箭，他怔了怔，细味程师母的话：天津的电报，北戴河避暑……呸！天津昨天还有人来，拍什么电报？还有程师母这尴尬的神气，这吞吐的言辞，鬼才相信这是真的。他没有说话，冷笑了两声，瞧着程师母。

“冯太太叫我跟您说，她在生病，不能下楼跟谢先生送行了，她实在抱歉。”

连送行都说了出来，当然就是明白地轰他立刻就走，好聪明的鬼主意！康平狠狠地看了程师母一眼，程师母是冤枉的，但是她既替冯太太传话，当然应该也为康平代表致意。冯太太，太聪明能干的冯太太，康乎心里的恨和怒一点儿一点儿地加重：“是了，她想起我是个穷小子，没有钱，在有钱人的眼里，无钱就是无赖，他怕我向她借端要挟、敲诈，所以要设法赶走我，她作践我像踏着地上的虫。其实人穷未必志短，高贵的太太，你未免太不会看人了。你玩弄我，欺骗我，我太年轻，上了当……”康平越想越气，忘记了程师母还在身边。

“这儿是三个月的薪水。”程师母又误会了他的意思，“三个月……”

康平更生气了，三个月的薪水！好慷慨的东家！是的，见钱眼开的穷教师该感激涕零地离开凤仪园了，他将永久念念不忘于他东家的大恩和大德。

他冷冷地告诉程师母：“请你转告冯太太，我不去告辞了，这就去收拾东西，我马上走，今天还有两班车可以赶到上海，不过这个——”

程师母插言道：“怎么马上就走了，真的，”她由衷地抱歉和挽留，“明儿个也不晚呀！”

“要走还是早点好。”康平说，“我只教了一个月零九天，用不着这许多，请你把那多给的扣下。”

“这是冯太太的意思。”

“我很感谢她的意思。”他冷笑道，“不过没有这个道理。”

程师母一言不发地讪着走了出去。

康平将自己应得的钱点出来，其余的仍然留在信封内；他将孩子们的课卷改好，望回在她的日记上写着：“……妈咪又不下楼了，要是谢先生真能够找到《天方夜谭》里的苹果，那是多好呢？……”底下没有完，想是看见天晴了，她急着要到花园里去玩，就不管了；康平用红笔勾去，然而他心里的七上八落的各种情感，却无法用红笔勾去。他从孩子想到母亲，又从母亲想到孩子，每一件小事，每一个小动作，每一句话……一个多月来，她们待他如家人，想不到今天……他不能不生气，又不能不感谢；他不能无动于衷，又不能莫逆于心，康平像所有的青年人一样骄傲，受伤的自尊心将他变得小气而又偏狭，他不肯有一点儿原谅人的意思。爱是不能在瞬息之间就变成恨的。然而它是能变的，现在也果然变了。

改好课卷，他回到自己卧室里收拾东西，根本没带行李，夏季衣服简单，一个小提箱，顷刻就整理好了，他忽然想起一件东西，那马蹄形的幸运别针，曾经带给他幸运，现在，它已失却它的意义了；留着么？在将来，回忆的时候，无论如何，他爱过她的。但是，有时候，往往我们最不肯原谅的人，就是我们最爱的人。康平决定还给她："如果因此引起她一点儿难受，我总算报答过她了。"一激动，那别针断了，他顾不了许多，匆匆忙忙地将它丢在那白信封内。提了箱子，去找程师母。

"这个请她收回，告诉冯太太，我不要额外的报酬。"

程师母看看他的脸色，将信封接过来："这就走了么？唉！真是的，我叫孩子们送一送，她们还不知道呢。您等一下，我去吩咐阿亭叫车。"

"算了，别给她们知道。"康平摇摇手。程师母想了想，点点头。

阿亭提着箱子，程师母送他出去，雨后，花草长得更泼辣了，树叶子绿油油的，金色的落照，在西边园子里，墙头上一抹，这晴美的黄昏，太阳下山的时候，回忆的时候，那荷花池，秋天就要来了，“留下残荷听雨声”，他不能在听雨轩里享这般浓福了。原是要走的，想不到是这样地离开，想不到……

康平上了车，程师母站在门口，一句话也没有说，爱说话的人在不说话的时候心里有最多的话，他朝她点点头，她跟他挥挥手，别过脸去，大门砰地关上了，是凤仪园的门。一个月零九天，凤仪园，永不再来的往昔，永不再来的人。原是要走的，想不到是这样地离开，想不到……

他坐在洋车上，不像要回家的人，倒像被家里逐出流浪的人，心里充满了彷徨的感觉：“连程师母还有点儿难过，她……”他把头一昂，叫自己不许想。眼望着天，老远人家的炊烟起了，是做晚饭的时候，他设想许多现实的事情，将那些彷徨飘忽的渴念和情绪抛开，倒也似乎可以心安理得；然而，他还是无法控制自己：“连程师母还有点儿难过，她……”

他没有想到，她此刻正从床上起来，一手拿着断了的马蹄别针，一手拉起西边窗口的紫帘子，西天的太阳映着她的苍白憔悴的脸，她的眼睛有点儿花，因为对了阳光的缘故；眯起来，看着街上的每一个人，每一辆车，她要在楼上的窗户里再看他一眼，这最后的一眼是一个生了气的大孩子，坐在破旧的洋车上，昂着头，噘着嘴，没精打采地望着天。她的眼睛又花了，这一次是泪光，她没有拭去，难道连流泪的勇气都没有么？她要流个痛快。

晶莹的泪光中，洋车渐渐地快要走到街的那边，快转弯的地方，康平仍旧昂着头，不朝这边瞧一瞧。他不是不知道这楼窗可以看得见大街的，他是生气了，所以连朝这儿看一眼都不愿意。啊！要是他愿意，她将要怎样？也许会招招手，叫他回来，至少她要跟他解释一番，然而他没有！他的头一动也不动，目不转睛地看着天。

“可怜的孩子，他气得这样，以为我玩弄了他，他哪里知道，我玩弄的只是我自己。”但是康平不能了解，这个太年轻的情人，需要解释，他只生气她丢了他，却不去思索她为什么离开他，因为他只有二十三岁。当然有一天，不用解释，他会了解的，会明白的——那时候他至少是四十三岁了，说不定还是五十三。那时候……她自己？就是明白了又有什么用？不解释也罢！就像一团乱了的丝，理清楚了也还是要剪断的，不如索性一下子剪开，还省去许多麻烦。

洋车拐弯了，他始终没有朝这楼上看一眼。

放下帘子，冯太太还站在窗口，“凝眸处，从今又添一段新愁”。她想起多少年前，在天津，她只有八九岁的时候，父亲将她最心爱的洋娃娃送给姑姑家的表妹，她要哭，但是忍住眼泪，母亲问她：“小华，你舍不得？我重买一个给父亲送人。”她咬着牙回答：“我舍得的，我要让给表妹的。”——从小她就爱做这么一个牺牲自我的英雄。但是这一回，她到底哭了，流下她的眼泪……

太阳已经下山了，点灯的时候。康平大概正坐在京沪车上，余怒未息地还生着气，凤仪园的女主人，冯太太，正打开那锁了十三年的琴，在灯光暗淡的小客厅里弹着 *In the Gloaming*，她反复地奏着那几句：“It was best to leave you thus，best for you，and best for me。”于是刚刚大哭大闹过的盼回和望回转悲为喜了，暂时忘记要她们的谢先生。但是，她们的妈咪却在心里想：谢先生会不会听见呢？……

当然，有一天，谢先生会听见的，冯太太也知道他会听见的，在那遥远的未来的一天，当一切都完了，当热情像灯里的油干了，灯芯在那里冒烟熄灭了的时候，他会听见的。他会记起她，像在古旧的储藏室里，打开一瓶陈年的被遗忘了的郁金香酒。——只是，到那时候，也许芬芳的郁金香已经走了味，变成白水了。

一九四六年

紫色的礼赞（外六章）

我曾经爱那朝霞似的娇红，在朝霞似的美丽童年，因此到现在，那芬芳的桃林里，还藏着几许天真而难忘的旧梦……

后来我渐渐喜欢素静的蓝色，蓝天，蓝色的海水，不时地被我歌颂，我还祈祷着最好有一位蓝天使，将绿叶红花都抹上轻轻的、淡淡的一些微蓝，我盼望着绝美的大自然界里有一个可爱的蓝的国。

不知道从什么时候起，我忽然觉得紫色的可爱，这美丽而忧伤的色彩，像抒情的乐章、黄昏时节的斜阳、蒙了尘埃的五彩西洋油绘、艳如桃李而又冷若冰霜的美妇人、声声唤着“不如归去”的杜鹃。

紫荆树，紫色的丁香，淡紫的藤萝花……全来入梦，只是全能的造物为什么不让每一朵郁金香也幻作紫色？我总觉得只有紫色才配这有郁金香名字的花朵。

假使有天方夜谭里神奇的魔术宝戒，那么，只要一朵永不凋谢的浓紫色的郁金香，就满足了我当前的想望。

灯

我爱灯，因为它是黑暗中的光明。

尤其是那盏在阴暗十字街头的路灯，只怕除了海洋中的灯塔以外，再没有其他的灯火比这个来得更有价值，令人生敬；上元节的走马灯诚然可爱，但是最多博得孩子们的欢欣跳跃而已；华筵盛会时的灯彩虽是美丽，也不过为有钱的绅士淑女们装点了旖旎的风光。但是，十字街头的那盏路灯却是伟大的，虽然它的光辉是十分微弱，半明半灭，在秋夜的凉风中微颤……

每天，当它亮了的时候，附近没有时钟的人家因此知道该预备晚餐了。

邮差送完了这一天最后的一批信，依然还能认清每一家的门牌。

扶着手杖的老公公省下叫车的几个钱，粗心的孩子不至于走到泥坑里或是垃圾旁边去，卖炒白果的小贩可以借了这模糊的一点光，点清楚买白果的人是否少给他一张钞票，算一下今天的收入有多少。

路上的行人无有不得着它的恩惠。它告诉你，前面是什么路，后面是什么路，向左是哪儿，向右又是哪儿。

它照着有家的人回家，没有家的人身边也多一个他自己的影子，不显得孤单寂寞……

默默地歌颂这晕黄的半明半灭的灯吧！当它每次亮了之后。

烛

在上海，蜡烛这样东西，代表了某一种典型人物，通常没有人爱接受这不可爱的称呼；实在我对于蜡烛却有着出奇的爱好，如果将它拟人地描写起来，则可以说它有诗人的气质、英雄的怀抱、宗教家舍己为群的殉道精神；除夕夜的守岁烛尤其不同平常，如果我也是蜡烛的话，我就希望人们挑选了我作守岁的用途，守岁烛比生日蛋糕上的寿烛、洞房里的花烛全都幸福，因为它能亲历到一切旧的结束和一个新的开始，别的蜡烛的寿命最多不过几小时，它的一夜却等于两年，守岁烛及时而光亮，及时而灭亡。

荆棘和玫瑰

一个名叫汉森的美国园艺家，发明了怎样种植无刺的玫瑰；玫瑰没有刺该是奇迹，然而现在奇迹实现了，叫人死心塌地地信着“人定胜天”。

这奇迹对于我们有什么好处呢？是不是无刺的玫瑰比有刺的来得更美丽？还是因此可以避免赠花的时候刺痛了情人们的手？

我爱玫瑰，胜似一切的桃李牡丹、孤芳自赏的菊、空谷的幽兰以及寒天的腊梅，不是为了它有动人的娇红，也不是为了它吐露着馥郁的芬芳，乃是因为它有刺。太美丽的东西是该有刺的，也正是因为有刺，才更美丽。你不信么？

叔本华，那个大哲学家早就告诉了我们：“没有玫瑰的刺很多，但是无刺的玫瑰却没有。”多么深刻而耐人寻味的话！

汉森是个绝大的智者，在园艺学上。但是，如果他再多懂一分哲学的话，也许他将后悔这一个伟大的贡献。

因为没有荆棘，玫瑰的价值将要平庸了。

从玫瑰我们想到人，我始终迷恋着那句话：“能够担当痛苦，才是最美的人。”最美的人生仅有在痛苦中可以看见，一切的富贵、荣幸、过眼云烟似的幸福与欢笑，均算不得最美的人生，万万算不得。

基督教的伟大，并不在于今日世界各国全有他的教徒，以及教堂之多，而在于当初的受难，那艰苦的被压迫时期。革命并不因成功才光荣，光荣的却是志士仁人的流血和牺牲、孤儿寡妇的眼泪哭声、铁索锒铛的狱中囚、永不归来的战地征魂……

我们并不提倡失败论，然而却必须相信苦难是伟大的、有荣耀的。

就以最显明最人所共知的例子而言：梅兰芳的崇高与光荣，绝不是在今日上海最华美的戏院里唱《费贞娥刺虎》，有成千万的听众观众，曾受到过蒋主席的赞扬，中外人士的一致拥护，他的最值一提的美事，却是在抗战八年中蓄须辍唱，将艰难的八载清苦地度过。

荆棘是好的，它是生命的刺，也是生命的试金石，我们因此知道了好的与坏的、英雄和弱者、超人和平庸，更辨别了美丽和丑恶。

牡丹和凤凰

记得小时候，一位老师说过："富丽堂皇的牡丹不见得强似水上的那些青萍，而一只司晨的鸡的确比百鸟之王的凤凰来得高明。"我不懂得像寓言似的谜语，但是我真心诚意地崇拜那位老师，所以他的话一直谨谨地记在心里，直到今天。

我不敢说现在是比以前聪明了，但是至少稍为解事一点儿，比小时候。参观过化学实验室的人，将不会再惊奇一张树叶如何能变成美丽的书签，二十几岁自然比十岁左右时知道更多一点儿社会上的情形。为什么这社会是那样的不如人意？是呈现着极端的畸形？一面是冷落与黑暗，没有亮；一面却是异样的热闹、体面、风光。为什么呢？也许这是个谜，但是有一点却必须承认：当前的社会上，大人物实在不少，而所成就的大事业却实在是太不多。“要立志做大事，不要做大官。”国父说过这样的话，一个多么语短情长的教训！我想起我们所处的社会里，牡丹和凤凰实在是太多太多了。

距　离

即使几何考零的人，也还知道两个点之间那最短的距离是一根直线，除此，一切的曲线连接这两点的时候，都比那直线长。有一次，我们谈起了人与人之间的距离。

那么，什么才是人和人之间的距离呢？是地位么？是智慧么？是财富？身份？或是荣名？再不就是那谁都无法控制的时间与空间？……

然而这一切全不是，这一切都不能影响了人与人之间的远近：深奥的哲学家觉得愚夫蠢妇一样有值得思考的价值，相国千金的彩球曾经抛打在那个寄食的乞丐身上，圣贤会和强盗携手，有缘千里能相见，隔着时间的河岸我们想起活在几千年前的所欢喜或崇拜的人，在沉思中，不妨朝他做一个会心的笑。

人和人之间的距离，也正如同几何学上的点和线一样，那根线是用“了解”画成的，当了解成曲线时，咫尺如同天涯；成直线时，远在天边也像是近在眼前。

孤　独

人生是友谊，人生绝不可能孤独，骄傲的人以孤独造成他的悲哀，然后再悲哀他的骄傲造成的孤独。

在寂寞的冬园里，松的坚贞，竹的虚怀，梅的皎洁，他们成了岁寒三友；菊花并非不能耐寒，但是它太孤芳自赏了。友谊的花园中，那些骄傲而悲哀的人正像菊花一样，他的孤独绝非环境使然，乃是自己造成了特殊的癖性。我们固然不必“千红万紫”，但是过分的“孤芳自赏”也不是顶好的。你不信我的话么？

托尔斯泰死了，高尔基追忆他：“当这个人在着的时候，我就不是一个独个儿活在世界上的孤儿了。”显然地，有托尔斯泰，高尔基就不孤独。

诸葛亮祭周瑜文，有“……魂若有灵，以鉴我心，从此天下，更无知音……”我们因此明白，虽然周瑜曾那样好几次地为难他，但是诸葛亮却用至诚的眼泪哭他的知音，因为有周瑜在，诸葛亮不感觉孤独，他希冀知音永久地活着，宁愿敌人不死。

那样伟大的高尔基，那样绝世聪明的诸葛亮，还有他们不孤独的辰光，难道我们倒更不容易碰着一二个所喜欢的朋友么？难道就真的不曾因了一封至诚的信，几句由衷的话，而流过眼泪么？难道从不被一些可爱的事情感动过么？难道，在记忆里，就真不曾有过几个影子让我们缅怀终生么？

走江湖的好汉，他们知道“出外靠朋友”，绿林里讲究的是疏财仗义，在异乡的风尘中，即使陌不相识，一旦萍水相逢，也会哈哈一笑，唱个肥喏，大声叫着“四海之内，皆兄弟也”，三言两语之后，于是撮土为香，纳头便拜，结为生死之交。——人间事还有什么比这更快人心的呢？如果说“一见倾心”是缘定三生，那么“一见如故”又何曾不是三生有幸？谁不向往于白居易的名句“相逢何必曾相识”呢？

你还要说自己孤独么？那么，想一想那句老话吧！“这世界是一面镜子，你对着它笑，它也对着你笑；你哭，镜子也在哭。”我不敢嗔你是独善其身，但是我在想，想象你是那么落落寡合，使人家难于接近。其实，与其用太多的辰光在思量自己，何不稍微欣赏一下旁人呢？你会快乐的，假使你肯。

那些孤独者，我管他们叫作“骄傲而悲哀的可怜人”，是他自己自作聪明地走上了高峻的无人的危楼，极目四顾，却又莫名其妙地嚷着：“孤独呀！这个世界抛弃了我。”天知道是这个世界抛弃了他，还是他抛弃了这世界？

这个世界，友谊为它铺染了悦人的色彩，假使没有朋友，那么，这些山，这蓝得叫人想飞的天、瑰丽的黄昏、书与诗、典雅的乐章，又有何用呢？

一九四六年

巢

一个皇帝同着他的战士围坐在火的边旁，在一个暗黑的小屋子里面，是夜里，是冬天。突然一只小鸟从打开着的窗户飞进来，又从另一个窗户飞了出去，皇帝说这鸟好像世上的人，从黑暗飞进来，又向黑暗飞去，温暖与光明是短暂的啊！……“陛下，”最老的战士回答，“就是在黑暗中小鸟也不致迷失，它找到了它的巢。”这样，虽则我们的生命是短暂而无形迹，但是伟大的一切都是人类造成。要成为这种高等职务的执行者的一种自觉，衡诸乎其他人的享乐，当比较为重；就是在死亡中，他也找得到他的生命，他的巢。（屠格涅夫）

那圆月形的小窗打开了，香石别墅的墙上缀着碧绿的爬山虎。大卫站在树林子里，从远的地方瞧见高高的楼头，恍惚看见绿叶丛中开了一朵淡白的蔷薇，他认得那是婉华的脸。大卫朝她招招手，小圆窗里淡白的蔷薇消失了，于是他静静地徘徊在树林中，有意无意地吹起口啸……

香石别墅，门前有垂着紫玉璎珞的藤萝架，婉华从花棚下姗姗地走了出来。仲夏时午后的骄阳，酷热难当，她撑起那柄小巧玲珑的遮阳伞。

他们默默无声地走着，往近水的方向走着；大卫不时在吹口哨，婉华玩弄着伞柄上的流苏。眼与眼相逢，又相逢……他动情地微笑了，那一个带羞地半闭起双眸。

八月的午后，该如榴花样的火红；然而，那海水绿的发结，海水绿的耳星，海水绿的衣裳，海水绿的遮阳伞……他的眼前遂也变成了一片海水绿。大卫陶醉在恋情之梦里，想记起一点儿什么来，但记不起，极端重要而不能舍弃的一句什么话，他忘了……

高枝上有知了在叫，是八月的蝉声。

“水边到啦！不能再往前走。”折拢了小伞，婉华倚在一株有清凉绿荫的大树底下。

他若有所忆，却不知所云地问道：“为什么不得再往前走呢？”

“往前走？”她笑了，水上风来，清美的嗓音因此更动人得似一串小银铃子，“你没看见？前头是一片汪洋大海，要走也没个走法……”

“应该学习能够飞翔的海燕，”大卫沉吟着，停了停，用试探的口气说：“婉华，你不信的话，跟我走，即使在大海里，也不会随波逐流，因为我会带着你泅过惊涛，与骇浪。”

“又来啦！大卫，你老是这一套。”

“嫌我说得太骄傲么？”

“倒没有，”摇摇头，朝他温柔地瞅了一眼；忽然，她又笑起来，那笑声永远是清脆而又俏皮，“我记得你是学工程的，怎么说话却满不是那回子事？大卫，你好像一个诗人，一个文学家。”

“不，不，我只是一个工程师，一个为高贵绅士们设计豪华住所的工程师……”他忽然沉默了。

什么地方有缥缈的钟声……很遥远……但又似在耳畔……

他们本能地朝丛林那一边望过去，远远近近，有几处古色古香的红墙碧瓦，有几处美轮美奂的崇楼大厦，那些，许多是大卫设计和打样的。

大卫低低地慨然而叹，为他自己？为那些美丽而辉煌的房子？还是……

清凉的海风吹过，婉华的衣衫和长发都飘了起来，分外的美而可爱了。

“婉华，你喜欢海滨么？”

“自然喜欢，”她给他一个瞧不见的微笑，“因为，我在这儿……认识了你。”

“如果有一天，我们又在这儿分别呢？”

“什么？大卫，你……”

“我要离开此地了。”他沉着地说。

“真的？”抬起美丽而明媚的慧眼，她怯怯地问，“是不是你在骗我？”

“婉华，我真的要走了。”

有沙鸥三五，轻捷地掠过海面，又飞远了。

“为什么呢？”

“为了工作。”

“这儿不一样有工作么？”

“然而太轻松，也太没意义了；替有钱而又有闲的大人先生们设计几所漂亮富丽的房屋，让他们优游暇豫地过些幸福舒适的好日子，而一无贡献于社会、人群。这是可耻的，对不起国家，也对不起我自己……”

"因此你不打算留在这儿了。"她轻声地接下去；举起手，似无意义地抚弄着右耳上的耳星；凝神，悄然若有所思。

"婉华，你知道，"大卫凝视辽远的海天，提高嗓子，一字一字地说，"花开乃是为了结子，并非供人赏玩。"

她无言。

黄昏来了，天上，是晚霞的余韵，海上，是落日的残晖。婉华觉得自己心中空无所有，又似有一点儿什么，难言的、无定的、不可捉摸的情绪，不能给它一个名字。

"你不为我祝福么？婉华，"大卫不等她答话，紧紧地握着她的双手，兴奋地说，"我们对于工作的想念，应当比对于爱人的想念更要强烈，必须积极地怀着热情去追求。我要去寻找辛劳的苦工，到西北去，那荒凉的遥远所在，有多少工作在等待着我们，一个工程师能够胜任的实在是太多了，造桥、筑路、开河……在那里流一滴汗不也比在此地建造一间华美的屋子强多了么?"

一口气说完许多话，他激动得连呼吸也变快了。

婉华被他握住两手，静静地听着，她用孩子般的、眼对眼的、从内心发出的目光向他谛视。忽然，她更挨近了他，低而急促地叫道："大卫，我不愿意离开你，你带我走，我会替你烧饭、缝衣服、收拾屋子，干什么都情愿，只要……只要你带我走；大卫，你会答应我的，你刚才还说来着，要带我泅过惊涛，与骇浪。"

"好的，婉华，"他缓缓地扶起她的脸，淡白的蔷薇花似的脸，良久良久，温和的沙声里含着特别的热情，"我答应你，并且我也正如此地希望。"

大卫快乐得嗓音都颤抖了。她的浅笑的双眸里也漾着大滴的泪珠。

今夜，香石别墅的长廊上没有银样的光辉，月儿沉没在正刮风的天涯。

婉华从小圆窗里望出去，只觉得一片昏暗，暗沉沉的窗外的丛林，暗沉沉的丛林那边的海，暗沉沉的海上的天，暗沉沉的全宇宙、全世界……

她的心也暗沉沉的……似波澜起伏无定的大海……哗——哗——风打海上吹过来，丛林发出尖锐的哀叫。她把窗户给关上了。

“外头起风了吧?”父亲坐在沙发椅子上，招招手，于是婉华走近了他：

“挺大的风，没准儿还有大雨。”

“噢！婉华，赶快加一件衣裳，当心着了凉。”

“用不着的，爸爸，一点儿也不，现在是八月呀!”

“八月，又是刮风下雨的天气，八月……”十分恍惚地，像想起了什么，老人在喃喃自语。

“爸，你说什么?”

“没……没什么……”不自然地笑了笑，“婉华，我的好孩子，坐，坐在爸爸的身旁。”父亲拉她坐在沙发的扶手上，爱怜地抚着她的手臂，极其快慰，又极其忧伤。

婉华挥着绢制的小团扇，为爸爸驱逐蚊蝇，她沉默不语，一种隐藏的希望，和一种忧虑交纠着，心中万分矛盾、不安。

远天亮着闪电。

“当心啊！要打雷啦!”老人拍着他的爱女，“别怕，别怕。”

“我不怕的，爸爸!”

说着雷响了，巨大的声音像撼动整个的宇宙；风势渐渐地紧起来，还夹杂着雨声，倾盆的、如注的大雨……

“很小的时候，还在襁褓里吧，你就怕打雷，我记得的。”老人在想从前的事，又凝视着已经亭亭长成的女儿，“婉华，你现在长大了。”

“长大了，您不乐么？”天真又爱娇。

“怎么不乐呢？你是个自小没有母亲的孩子，从小不点儿大起，就是爸爸一人亲自抚养、教育，多么辛苦啊！十几年的心血和希望，才盼到你这样大。”

“爸爸，您——太操心了，太劳碌了，”婉华呜咽起来，“妈在另外一个世界里，一定会永远记着您的。”

“一定……永远记着……我？在另外一个……世界……里？”低着头，稀疏的白发都垂下来，苍老的声音颤抖了。

“爸爸，饶恕我，是我不好，不该跟您提起妈，引得你这样伤心。”

“不，不，不是。”挥挥手，忽然他抬起头来，问，“婉华，你想你的母亲么？”

“想。”她答，目光射到对面的墙角上，那儿挂着她母亲的画像。老人的视线也跟着移过去，抖着声音又问：“你爱你的母亲么？”

“爱。”婉华正对着画中的慈母出神，她一向十分心折那风华绝代的娇艳容颜，此刻不禁嚷道：“妈真是太美了。”

父亲“嗯”了一声，没有说什么。

外面是疾风、暴雨、迅雷闪电；丛林在悲叫，海水在狂啸……

仆人们都睡去了，别墅里只有相依为命的父女俩对着孤灯而坐，各人在想各人的心事，那绿幽幽的灯罩下射出来的绿幽幽的灯光，寂寞，怆凉，好似悲剧的一幕。

于是，十几年前的悲剧，那久远了的事，在痛楚的回忆中又渐渐近了……

“是的，你的母亲很美。”大半天死一样的沉默之后，老人缓缓地说，“这张画像，要不是为了你，也许早就撕了，我总不能不让你知道妈是什么样子啊！可怜的孩子。”

“爸爸?”婉华不懂那些话。

“这是一个很久的秘密，现在，我要把这秘密告诉你了。”他勉强说得极其自然，“婉华，你当然知道我们从前并不是住在这里的。”

“我知道，爸爸，你和妈一直住在省城，后来妈在海洋上遇了难，您才带了我从省城搬到这儿来，为的是永远纪念——”

老人耸一耸肩，冷然地打断了女儿的话：“为着纪念你母亲的好处么？我的天，真是苦刑，为了她的缘故，我不能留在省城里，丢掉那些财产、地位和荣名，倒也算了，因为那根本是无所谓；只是十八年来蛰居海滨一隅，叫我刻刻不能忘怀那难堪的、刺心的打击，她留给我的实在是太残酷、无情了。”

“爸爸，这究竟是怎么一回事?”婉华胆怯地问，她怀疑的目光从壁上的画像移到父亲脸上，又从父亲脸上移到壁上的画像上。

“连我也不知道是怎么一回事，”他咳嗽着，“该打哪儿说起呢？对自己的女儿……她亲生的孩子……”半晌，在一声低音的长叹中，悲愤的记忆波浪一般涌上心头，“我好像记得，你母亲嫁给我的时候，她大约是十九岁，也许她觉得一个中年的丈夫未免不合理想，虽然我并没有不爱我的妻子。你母亲有着夺人的美丽与聪明，不久就在社交上获得成功，她结交了许多许多的朋友，而我却整天忙碌许多许多的事务。十八年前的夏天，你刚过了两周岁，我记得……”深思了半晌。

“你说呀!”

“我因为身体不大好，独自到海滨来休养，你母亲大概每半个月来看我一次，那回，我们约定八月某一个日子，她将带了你自省城里来——”

“可是母亲并没有带我，”婉华接着说，“她是独自一人，后来，海洋上起了风暴，跟今夜一样，也是八月的风暴，妈就不幸遇难了……这些，我都知道的，你告诉过我。”

“然而有一件事你至今不知道，因为我没有告诉你，那就是——婉华，你的母亲并没有死。”

“妈没死？在……在哪儿?”又惊又喜。

“在哪儿我不知道，我也不想知道，我所知道的是那天她根本没有来看我，她跟她的情人逃走了，那个替她画像的年轻人……”

“这不会是真的，爸爸!”婉华叫了起来。

“不幸这全是真的，孩子，”老人皱了皱眉，说，“我亲眼看见那个年轻画家写给她的短信——她忘了消灭掉它，我猜想。——在第二天风暴平息之后，因为不放心，我带病赶回省城，得着的就是这样一个消息。你母亲真够狠心的，她无情地离开我不算，连亲生的女儿也没有一丝顾念就走了……”

“啊！这不能是真的，你说过那回确是有一只船沉在海里。”

“那不过是一个偶然的巧合而已，也许就是那只沉舟，才给了我一个借口……”

“山那边还有母亲的墓园?”婉华似乎竭力地在找寻一点，证明父亲口中的真，完全是假。然而老人说：“墓园是假的，一个无名女客的遗骸，我胡乱告诉人家这是我的妻子，于是就埋葬在那里。”

“爸爸……”她不知道说什么话才是，也不知道心中是怎样的一种情感。

窗外的风声、雨声、雷声、潮水声、海啸声……愈过愈大、愈高、愈紧、愈急；像万马奔腾，像千军喊杀，又像回到原始洪荒的宇宙……这可怕的八月的风暴，正如十八年前……

“不管欺人自欺的谎话编得怎样逼真，我再也不能留在省城里了，每一秒钟都是讽刺，于是抛弃了那些所有的，带你住到这儿来，人们以为我这样做是为着眷念亡妻，所以大家叫我多情的人……”

婉华偷偷地看了父亲一眼，他正茫然地对着画像，好似对着一个陌生人一样。

后来，他又慢慢地对她说：“你那时只有二十几个月，一个小孩像春天苹果树上的蓓蕾，然而，可怜的孩子，没有母亲的笑来温暖，没有母亲的爱心陪伴，是一个从枝上摘下，扔在大路上的蓓蕾；你常常从睡梦中哭醒，吵着要‘妈妈’；好几次在海边上，你嚷着要乘船去找你的母亲；四岁的那一年，患了肺炎，脾气变得很坏，我喂你吃药，你把匙子摔了，推开我，要你的母亲陪你……可是，叫我到哪儿去找你的母亲呢?”

婉华第二次呜咽了，哭倒在父亲的身旁。

“你渐渐地长大了，当你天真地坐在这幅画像之前，缠着我讲述母亲的事情时，我心里是怎样的难堪呀！编造了多多少少的“嘉言懿行”，让你无邪纯真的想象中，有那么一个善良的慈母，可是，想起来，我是多么无骨气，愧对我自己。”

“爸爸，你真是太好了。”

“我……也许不应当说这些，过去的事，提它干什么呢？从来我连想都不愿意多想；只是刚才多喝了一点儿酒，十八年来隐藏在心中的郁恨，似乎在今晚必欲一吐为快，还有，这天气，这些风跟雨，太像十八年前了……”

一声巨大的雷响，接着“呜——呜——呜”的狂风把小圆窗给吹开了，大的雨点滴打进来，近窗的地方就成了湿淋淋的一片；屋子里寒意侵人，像秋天。

婉华艰难地将窗户关好，她的长发上、衣襟上，满是乱零的雨珠子。

老人回到卧室里去，婉华为他放下帐子，隔着在幽暗灯光下如云如雾的白细罗纱，她用自心底发出的声音，凄恻地说：“爸爸，你这样爱我，我要永远永远跟你在一起，绝不离开，以报答你的万全之爱和无限的恩惠。”

自卧室里走出来，婉华重新站在母亲的画像前，徘徊，坐下，沉思，最后她将灯扭熄了。

几天之后。

诗一样的夜，在画一样的香石别墅的庭园里。

大卫和婉华怀着梦一样朦胧的情绪相见了。

“……这样，因为这样，我不能和你同往。”在紫玉璎珞的藤萝架下，她将心事告诉了他，“明天我们就要分别了，大卫，希望你前途没有别的，全是幸福和成功。”

“谢谢你！”

“恨我么？大卫，”她抱歉地说，“是的，我太对不起你，当你将一切都料理停当之后，我忽然失信了；大卫，你可以一辈子诅咒我，但是别忘记珍重你自己。”

“婉华，你错了，已经爱过的人怎么会再去恨呢？而且，‘为了爱才牺牲爱’的人，不是最可爱么？只是和你分离，于心里觉得惆怅。”

她没有说话，没有笑容，双目向地，那双在低眉下的、凝视的、深黑色的眼睛里，有一种神情，不是真正的忧郁，不是真正的快乐，是……什么呢？他看不见，也说不出，但能深切地体会。于是，大卫执着她的手，问：“婉华，你不为这一声‘再会’神伤么？”

“没有别离的痛苦，怎么能尝得重逢的欢愉呢？”她说了一句老生常谈的话，安慰他，也是安慰自己。

“然而相思是太苦，剪不断，理还乱。”

大卫使劲握住她的手，用一种心思放浪的眼光凝视着她，他神秘地微笑，这是比言语更巧妙的言语；婉华垂下头，红透了双颊，不过她并未将手撤回去。

灯光从远近人家的窗纱中射将出来，透过疏疏落落的藤萝花架，那淡淡的、模模糊糊的一片光，一片影，一片朦胧，像曲终的余韵……这第一次爱情之梦的背影，美，令人陶醉，但带着几分凄凉……

他们绕过喷水池，自树林的那一边，走到海滩上。夜潮击着沙石的声响，竟似音乐的韵律，啊！一种何等诗意的误解！

繁星在天，海上有下弦月的清辉。

婉华想起前几天海上的风暴，以及那一个有风暴的夜晚，不禁恍如隔世，一缕“往事如烟，前尘若梦”之感，忽然起自内心，她似乎觉得：将有一个可悲的，却是不可测知的未来在等候着她。

大卫原有好些话要说，但是他只说了一声：“明天此刻，不知身在何方了。”

“反正一步一步地远，更远，再远。”

“纵是远到地角天涯，在某种意义上，我们仍是没有距离的；倒说，你不觉有一点儿寂寞么？当我走了之后。”

“没关系，有爸爸在，而且，”她敏慧地一笑，“在‘某种意义上’，也并不寂寞的。”

“谢谢你永远记得我，婉华。”

他们会心地微笑了，在繁星与残月的淡弱光辉之下，无语地相视，几分钟过去了，半点钟过去了，仿佛天上人间，只此一地，只此一时……

“我等着你，等着你回来……”她的声音是细细的，柔和的，那纤美的调子与海上的微风相融合；微风飘着她的发丝，拂上她的鬓角，她轻轻地用手指掠回过去，但是风又将它吹回来，又乱了，于是大卫敏捷地去替她将那几丝柔发掠到鬓角后面，如同她自己刚才所做的一样。

微风不再吹过来了，被大卫的身躯挡住，婉华的发丝没有乱；大卫正在吻着她。

“不要难受，我一定会回来，一定会平安回来的。”忽然看见有晶莹的泪珠，漾在那双半闭的眸子里，他悄声地如此安慰。

“不难受，一点儿也不，大卫，我很……”闪动着含泪的眼睛，她微笑，“我很快乐。”

“应当快乐，亲爱的，我真不想离开你哩！然而，”他挽着她走入树林，“那最重要的不是爱情，是工作；不是刹那，是永久；不是个人，是大众。”

是的，大卫是对的，他的话永远不会错。他并不“英雄气短”，她怎么能“儿女情长”呢？

年复一年的春光到来，年复一年的春光远去……

藤萝架，有似绿纱帐的阴阴，垂着紫玉璎珞，海上又八月了。

高枝上仍有“吱——吱——”的叫声，你不觉得迥异当年么？因为早不是旧时的蝉了。……旧时的人却在此刻归来，她高兴得说不出话，一个泪珠在眼内闪动——一种仿佛儿童的眼泪；半晌之后，才叫着：“啊！大卫，你到底回来了。”

“我回来了，婉华。”他笑着，一步一步地走上石阶，还是跟以前一样，穿着他去时的衣裳，没有变，什么都没有变，一点儿也没有变。

“真坏，干吗不先给我一封信，好叫人早欢喜几天呢？”她用十分兴奋的心情欢迎这来自远方的客人，又带着一分娇痴之态。

“现在欢喜，也不嫌晚哟！”他们一同走进屋子，“喜出望外不挺好么？”

“你干的，不好也得说好！”眉毛一扬，明眸善睐地一笑，婉华许久不这么快乐了。

有谁经验过这样的情感？一个久别，而又喜出望外地重逢，她将是世上最幸福的人。

在幸福的辰光中，他们谈着别后的事……

“——总之，婉华，那儿真好啊！没有梦幻，只有现实；没有虚无的叹息，只有勇敢的工作；不似在这里，我们永远彷徨、追求，追求、彷徨，生活不是生活；在那儿的人们，知道人活着是为的什么，懂得人生的意义。”

“那么，你不再爱这儿，也不爱海洋了？”

“我记得从前跟你说过，已经爱过的不会不爱，”他投了她一瞥，“我不能忘怀这儿的一切，这开花的树、海水、石子、沙地、蝉鸣与鸟语……凡是属于自然的，都是美的，我永远爱慕。可是这儿的环境太死气沉沉了，人们只知道享受、快乐，一天一天地活过去，美满地活着，然而‘活’是物质的；他们不懂得精神的‘生’的意义——”

“既然这样，为什么又要回来呢？”她有意地明知故问。

“为了你，”大卫答，“你说过的，你等着我，你等着我回来。”

“你没有失信。”

“但是我还要去的，婉华，老伯已经去世了，你还记得那个未实践的宿诺么？”

“你带我泅过惊涛与骇浪？”

“我们同舟共济。”

“啊！大卫，我太快乐了，这是我生命中最快乐的片刻。”

“不，这不是片刻，是开始，”订正地，“快乐的开始，快乐的……”

树林里隐约地有一阵歌声，似是几个女孩子的合唱，当海风吹过之际，婉华听清楚那是一首苏格兰的古歌 *Loch Lomond*，忧伤而又凄婉的调子……

那歌声，似远而实近，令她忆起多少遗忘的事，却又不能完全记得，为一种模糊的不宁所困惑，她茫然地看了看大卫，仿佛他的脸是在烟雾后边。

歌声渐渐地近了；烟雾后边的大卫的脸，却渐渐地远了，散了，什么都没有了……

只有树林里那几个女孩子的合唱，正是最缠绵销魂的末节：“……But me and my true love will never meet again on the bonnie bonnie banks of Loch Lomond！”

这歌声似为她而唱，唱得她梦醒人去，又渐渐地消失在树林里了。她惘然地听着，惘然地睁开眼，惘然地对着窗外，窗外是高亢的蝉声，是琐碎的鸟语，没有宁静，没有和美……

“啊！一个梦……然后为什么要醒呢？……”她悲痛欲绝地哭了，闭上眼，尽情地流着泪，也许她还希望真境是梦，梦境是真，然而那不可能；即使可能，梦境里的一切也和真境一样，已经游去的，永远也不会再留着，永远也不会再回来，永远只有一个叫人怀恋不舍的痕迹……

婉华在流完了她的眼泪之后，从枕下又捡起那封自万水千山之外寄来的信，怀着凄苦的心情，一再地重读：

婉华小姐：

我们十分不愿意，却又不得不报告您这样一个可悲的消息——大卫已经离开人世了。

他于上月底病故，弥留之际，叫我们告诉您：忘记他。但不要忘记他说过的话！这是大卫的遗言。

多少人用疯笑和狂哭悲悼他的死，不，大卫并没有死，只是长时期辛劳工作之后，永远地安息了。他的精神永远存在，永远活在每一个爱他的人的心中。

相信您也和我们有共同的感觉。当月朗风清的深夜，我们聚在一间小屋里谈话，想起大卫活着时的许多情景，我们觉得他仍然和我们在一起。

希望您节制悲哀，并注意您的健康！

大卫的朋友们

她知道，什么事都该有一个结束，然而，为什么是这样的一个结束呢？完了，什么都完了，一切都完了，在没有开始的时候就完了，此后，还有什么希望呢？还要什么期待呢？还有什么无限的将来可以猜想呢？……忘记他！那是可能的么？她想起临别的前夕，那海上的幽幻的八月之夜……忽然，一个声音隔着遥远的时间，在她的耳畔响了起来：

“亲爱的，那最重要的不是爱情，是工作；不是刹那，是永久；不是个人，是大众。”

那是大卫的声音，他的话，他叫她别忘记他说过的话！

于是，婉华从床上起来，艰难地努力地站起来；她走到窗口，拭去脸上的泪痕，微昂着头，抬起深思的眼，她觉得那圆月形小窗外的天空，是从未有过的如此之蓝，外面有一片辉煌的八月的好太阳……

一九四六年

绿水青山

我并不自作多情，但是天知道，没有一次，打开这蓝底烫金皮面的 Autographes 的时候，我不流眼泪的；有时候，连自己也奇怪，这些年份似乎已学得稍微有了点出息，虽谈不上坚强，至少不像以前那么既爱哭又爱笑。但是，为什么？对于这本旧了的，有着几个人名、相片和短句的小册子，要动那么大的情感？

也许读中学时代是友谊最浓的年龄，也许怀念这些旧日的伴侣还是为了悲哀自己的年轻日子，也许……然而无论如何，每一个回忆，她们都曾引起过我的最深浓的惆怅，以及难以排遣的愁怀。

尤其是宝龄，这最受人宠爱的孩子，是的，孩子，在每一个爱她的人的记忆里，她永远是这样梳着覆额的童花发，可爱的大黑眼睛，天真的笑，她永远是十七岁，因为没有到十八岁她就死了，宝龄的芳龄何其短促。世界上最宝贵的东西就是短促和匆匆，一刹那的美。也许她的名字就是个不祥的谶；但是，凭什么她会死？要是没有战争，要是没有侵略者凶残无理的暴行。

“死亡”，这骑着灰色马的可怖字眼！从宝龄我又想到月玉、培贞，还有佳佳。

翻开一页，淡绿色的纸上留着绿墨水写的字：“亲爱的同志，别忘记，我们曾在石榴树下赌吃白糖梅子，刘月玉赛过了你!”

啊，刘月玉！当初，谁能相信她会自杀呢？她自己也不能想象到的，她是那样的坚强、刚毅、向上和向前，最强的人怎会干下这最弱的事？然而她毕竟做了。我想起她严肃的却是和气的面容，她短头发工装的打扮，她苦斗的精神，她曾怎样地领导那个民众夜校，大风的秋夜亲自到一个病了的学生家去送药，下大雪的天气她将自己唯一御寒的棉鞋送给门房的女儿穿，冬天也拿凉水洗脸，付不起膳费，她啃大饼油条过日子，从不曾开口向人借钱。有一阵子我和她不好，因为她说我是暖房里长大的植物，受不起风雨；被我知道了，不管那批评对与错，总很不快，颇以为被侮辱，中学里的女孩子最爱使性子，气量又窄，动不动就不理人，两个月没跟她说话，她常常故意来没话找话说，我心里屈服，嘴上却不肯认输，把头一昂：“对不起，我不配做你的同志。”然后就跑开了。——但是后来，我们成了极好的朋友。街上叫卖白糖梅子的时候，每天放学我们总要买着吃，有人能吃一个，有人能吃两三个，有人怕酸一个不吃，我却比谁都不怕。刘月玉知道了，她自己买了二十个（刘月玉决不吃零食的），找着了我，笑着说：“久闻大名，今日打算请教。”我再也不好意思拒人于千里之外，就在那石榴树底下一显身手，一共吃了七个，再也不能下咽；刘月玉一口气将十三个都吃掉，她拉着我的手道：“我们的确是同志。”我笑起来，回答她：“我到底是不配，因为你赛过了我。”从她那里，我知道了生活的甘辛，明白了人活在世界上不似我想的那样单纯，她教会了我许多书本以外的事情，我崇敬刘月玉甚过我最欢喜的老师。刘月玉是永远不会跌倒的，她从来不哭，不摇头，不叹气；多么艰难多么困苦的时候，她也是咬紧牙关，挺身向前；她带给人勇气、力量和决心。这样的人会自杀？

谁相信呢？一匹怒马会作羔羊的呻吟么？怎么可能？

然而她真的死了，再也不活着了，民国三十年夏天，她在后方伤兵医院服务，一次大轰炸，她受了重伤，左眼瞎了，左肢断了。“一个残废对世界还有什么贡献呢？没有贡献就是死亡。”她吞服了大量的安眠药片，写下她的遗言。

噩耗传来，已是三个月之后的事，一阵狂哭又一阵疯笑，我打开这一页，她不喜拍照，所以这儿没有她的相片。但是她的一切，我永永不会遗忘，石榴树下，乍阴乍晴的黄梅天，太阳光里下着雨丝，她一口一口地吃着白糖梅子。我的眼眶湿了，当她吞服安眠药片的时候，也像吃白糖梅子一样么？……啊，刘月玉，假使你不死，现在，当这残酷的战争已经结束的时候，你将回来了，我们可以像从前一样地谈话。你一定会高兴，我因为现在懂得了许多许多的事情，再也不是以前的小傻子，你和我聊天，不会再有“对牛弹琴”之感……可惜现在这都不可能。你为什么要死？为什么？……

还有李培贞，这白面长身的林黛玉型的姑娘，是一级里的才女，国文老师的最最得意的门生，写得一手娟秀的小楷，在一张荷色的纸上，她录了李后主的词：“林花谢了春红，太匆匆，无奈朝来寒雨晚来风。”她是李后主迷，此外还爱李清照的词和李商隐的诗，她常说：“易安居士不应该嫁给赵明诚，不是赵明诚配不上她，却是李后主更适合做她的丈夫，李商隐也不错……”又道：“可惜都姓李，同姓不婚。”我们因此常常打趣：“那又何妨？顶好李清照嫁给他们任何一个，另一个娶了我们的李培贞，同日举行婚礼，由李太白证婚，是为风雅的婚礼……”我们一边说，一边跑，她红着脸过来打我们，但是没走两步，就没劲儿，笑得喘不过气，不住地咳嗽。她有肺病，并且病根很深，医生劝她休养，她不肯，说：“反正早晚一个死，干么关在家里先死了一半?”高中毕业之后，她考了三个大学，全都考上了。可是没有来得及开学，李培贞已病倒在床上。她死在四个半月之后，还差五天就过二十岁。这样的年纪，这样的薄命，这样的才华，自是人生长恨水长东。

一直到现在，我们中学里的训育主任先生还这样恨恨地说：“费佳佳死了，真是天有眼睛，该死，该死，一点儿也没有死错。她丢尽了家长的脸不算，又丢尽了学校的脸，我当了十三年的训育主任，没有一个比她更坏的学生，幸亏她死了。”言下很有费佳佳“恶贯满盈”可以大快一下人心的意思。费佳佳当过女歌手，做过不名誉的事情，她是打胎死的。除了训育主任将她恨入骨髓，恨不能到阴间告她一个“妨害学校名誉罪”以外，其他的先生同学也甚多微词。我却是衷心同情她的，并非赞成她的所行所为，亦非自己故意抱与众不同之见，而是因为事实上费佳佳不如训育主任所想的那么坏，她的一切过错，全非得已，她不见得比骂她的那些人坏些，也许还善良些，我自信说得不过火。佳佳的母亲是寡妇，还是个多病的寡妇，她是长女，底下有五个弟妹，要吃饭，要穿衣，要教育，要这，要那……这个社会不允许一个高中毕业的女孩子以清高的正当职业养活七口之家，也没有那么多乐善好施的大善士去救济她们。佳佳是美丽的，读书时候就是音乐会里最出风头的学生，这样她极自然地挑取了一个可以收入较好而又与自己能力相当的职业，于是训育主任以及一切讲体面和身份的人说：“费佳佳堕落了。”起先她哭过好几次，哭自己的命苦，哭人家不了解她的苦衷。她是洁身自好的，像肮脏的泥沼里亭亭的莲花。但是那环境太不清洁了，你自己不堕落，它会拉你堕落，想起家中六张吃饭的嘴，佳佳不能太清高，她是禁不起失业的，母亲的病，母亲的死，东西一天比一天贵，弟妹一天比一天大，要添衣服，要上学堂，佳佳一次又一次地出卖她自己。她并不曾忘记训育主任的金玉良言，但是那些金玉良言在此刻却救不了她，因为金玉良言并不是金子。她就这样地被朋友们遗弃了，连最爱她的唱歌老师，也不正眼看她一下。人们说："这女孩子多坏。"她心里想："这世界多冷。"佳佳死在三年前，那个晦暗的冬天的晚上，她苦笑着，说完最后一句话："总算挨了这些年……现在依依也能养活家了……我很放心……"她闭上眼，像走进一个没有梦的睡眠里。我奇怪她怎样会死得这样恬适？依依在她断气之后回来，她穿着柠檬色丝绒长袍，鬓边戴着大红的绢花，那是她姊姊的遗产。——人死了，即使她有一千种错，也该原谅她了，何况她也是无可奈何。但是我们的训育主任，她给在校的学生打分数，也给毕业了的校友打分数，并且，她批了活人的操行分数，还要再批死人的操行分数。"费佳佳死了，真是天有眼睛……"天真的有眼睛么？

我又想起另一个人，一样的姓费，一样的美，遭遇何其不同。在那玫瑰色的一页，费爱玛写了一句简短的老生常谈的英文格言，不见精彩。精彩的是她贴的那张风华绝代的相片，那一次学校里演 *Romeo and Juliet* 时的留影，爱玛是当然的女主角，她的动人的表情，流利的台词，爱娇的丰姿，不知疯狂了多少人。新闻记者争着为她拍照，不相识的男孩子们打听她的住址，连那些最爱嫉妒的小姐们也要到后台看一下"Juliet"的庐山真面目。费爱玛不但天生丽质，并且出身名门，她是某巨绅的女公子，学校里几位势利的先生对她另眼看待。爱玛功课平平，但是英文一科，却格外出色，那是家庭环境所致。毕业后，她当然一帆风顺地升学、出国，过千万个女孩子所梦想的生活。两年前，听说她在芝加哥结婚，嫁给一个青年美国律师。现在，隔着浩浩的太平洋水，她还记得祖国的旧同窗么？还记得她演 Juliet 的日子么？还记得同她长得一样美，同姓一个姓的可怜的佳佳么？

我再翻到一页：姚淑芬，这个长期向我借笔记抄的“老主顾”，那时候专爱梳两条小辫子，辫梢上扣着缎带的蝴蝶结；现在这打扮只有到相片上去找寻了。三个星期之前，我在路上还看见她，梳着时下上海大多数女孩子的发样，最流行的大花朵衣服，染着猩红指甲油的手，抱着贼亮贼亮的黑色玻璃皮包，正站在一家时装公司的橱窗前，一看见我就说：“今年的大衣时兴大腰身了，袖子也是无大不大的，我想做一件，你说灰色的好呢？还是米色镶咖啡的？”我道：“深青的不好么？配你这白皮肤。”她摇摇头：“今年不时兴青色的。”我问起她的近况时，她正在一家商行里任打字员，人比以前胖点了。

姚淑芬后面一张，程端君，从中学到大学，她一直和我同班，我叫她“永久的高材生”。抗战初期，我们有一个口号是“最后胜利，必属于我”。其实程端君身上该贴张标语“最前一名，必属于我”。她是奖学金的必然所有人，戴上方帽之后，又读研究院，读完又在大学里教书。她很少与人来往，无论是同学、亲戚或朋友。我和她有十载同窗之谊，却从没有过一次深切的谈话，她所谈的，我无兴趣，我所说的，她不识赏。我崇拜她，尊敬她，像对一个偶像一样，但她绝不是一个朋友，朋友之间多少该带点互相欣赏的心情。就这样，程端君和我疏远了，也和一切的人。

程端君后面是沈南，她抱着网球拍，穿着横道子的运动服，站在“冠军”的锦标前，那是一九三七年。——一九四七，十年的光阴像水一样地过去了，沈南已不似当年的矫捷和健美，她在一家女子中学当体操教员，颇不得意，谈起从前，大有“不堪回首话当年”之慨。女人的青春是短暂的，女运动家的风头尤其是昙花一现。

王若琦，这个最好脾气的小胖子，从前她是我们开玩笑的目标，一级里的笑神，虽然并不聪明，也无惊人之处，但是她的滑稽和胡闹，是我们机械生活中的安慰。现在她是四个孩子的母亲了，听说第五个又快出世，她的滑稽和胡闹全不知哪儿去了，看见人总是一本正经的，谈的、说的，不是小人衫多少钱一件，就是烧饭的娘姨太会揩油，再不就是她的先生行里那些同事怎么怎么，她生大毛头时找了几个产科大夫……我常常禁不住要这样地想：假使时光可以倒流，王若琦还能带给我们那许多笑料么？

一页一页地翻过去，翻过去……

我的心里涌起了太多太多的惆怅……我想起逝去的弦歌生涯，桃李芬芳的母校，一色的制服，冬天深蓝，夏天淡蓝，教室里的“一——二——三”，音乐室里的琴声，长长的走廊，夕阳影里的散步谈心，花间树下的少年人的梦，大考时“开夜车”，训育处的“大菜”，流泪的微笑，微笑的流泪，真中的梦，梦中的真……

一页一页地翻过去，翻过去……

年华也就这样过去了，像长流的绿水，不再回头，不再回头，但是记忆里那两岸的远山，却依旧保持着当年的青春，还有那山畔的芳草、小花和石子……也全都和从前一样，和从前一样。

一九四七年

鬼　月

大热的天，太阳落山了，天将暮，淡白的月牙挂在那棵河柳的梢枝上。弯弯的月牙像画儿里的美人笑时候的眼，细长的柳树叶子像画儿里的美人的眉。

正是纳晚凉的时候，尤家茶楼东边的空地上坐着一群人。

张老爹使劲摇着黑折扇，嘴角边吐沫星子喷喷的，在说“天河配”的典故哩，因为大后儿个就是七月七。——在这小旮旯儿地方，张老爹是数一数二通晓“文墨”的人，他有一肚子的典故儿，不嫌腻烦地说给人听，大人们听厌了，待理不理地在一边打盹，聊别的天；可是这些个陈谷子烂芝麻，倒还哄得住孩子，他们因为仍有一股子新鲜劲儿，一个个大眼黧鸡似的，傻着脸儿听。

“张老爹，”那个年纪顶幼的小黑胖子，撑摆渡船李三的儿子，怀疑地问，“喜鹊怎么好搭桥呢？”

“喜鹊怎么不好搭桥呢？”张老爹反问一句，“啪”的一下，扇子合拢了，他举起扇子比画着：“喏，就这么着，这么着，再那么一来，懂了吧？小猴儿崽子！”说罢，“霍”的一下子，扇子又打开了。

小猴儿崽子乖巧地晃了晃脑袋，表示懂了，他吮着手指头，心眼儿里可在慑估着怎样叫作“这么着，这么着，再那么一来……”

“张老爹，七月七那天晚上，南天门当真会开吗？”卖糖粥的小祥哥儿问。

“怎么不当真呢？我张老爹活了这么一把年纪，难不成和你们这班后生小子小唏溜儿？只要你的小八字里有这个福分，碰上那好时辰，南天门一开，赶紧悄没声儿地捡着什么就往屋里跑，那东西会变成金的。”

“您自个儿怎么不捡哪？”大人堆里一个花不溜丢的小媳妇儿，杂货店里娶过来刚满月的新娘子，忽然回过头来，问上这么一句。

“我……”张老爹说不上话来了，“我捡……不……捡……”恼羞成怒，耷拉下脸子，“干你个屁事。”

小媳妇儿白不赤地碰了个钉子，想发话，又碍着是新娘子，不便多开口，赌气站起身来，吩嘣二百五咧。

张老爹也自觉无趣，撇撇嘴：“年纪轻轻的妇道，说话不沾谱儿，撅头骡子似的。”

大伙儿全打了个哈哈，因为论起外貌来，张老爹可比杂货店的新媳妇更像一匹撅头骡子。

张老爹知道众人笑他，讪讪地别过脸子。那边，河沿的大青石上，坐着两个孩子，刘家的二愣子，还有一个是女的，被柳树遮住了，瞧不大清，看后影儿有点儿像陈家的小莲儿。他们在唱“石头人招亲”哩。

“我是一个石头人，你是一个肉人，咱们俩怎么会成了夫妻哩？”二愣子傻声傻气地唱，“这件事真是稀——奇——古——怪。”

接着是女孩子的细腔细调："这件事，你不应该，我本是，闺中的小女，自尊自爱——"

大伙儿又都笑了，张老爹脱口叫好，女孩子怯怯地回过头来，果然是陈家的小莲儿。

"小莲儿，二愣子，"张老爹合起黑折扇，一阵乱招摇，没口子地喊叫，"河沿上坐不得，赶紧过来呀。"

两个孩子就跟石头人一样，动也不动。

张老爹点着陈四嫂，小莲儿的妈，数说道："也不管教一下你家小妞儿，一骨碌掉在河里怎么办？石头人刚招了亲，还要来一出龙王爷招亲嘛？"

陈四嫂啐了一口："真是老狗放屁，臭不可当。"

张老爹有点儿火，可是陈四嫂这泼辣货比不得杂货店的新娘子，只好半真半假地怒道："怎么可以出口伤人？"

"谁先出口伤人？平白无故地咒人家孩子。"

"狗咬吕洞宾，不识好人心。"头一摇，扇子一挥，"我跟你陈四嫂往日无仇，近日无怨，凭什么要咒你的孩子？这都是好心哪，七月里是鬼月，我提你个醒，河里的落水鬼要讨替生，孩子他心眼儿里没数，那大青石又不稳——"

吃软不吃硬的陈四嫂心里不气了，脸上可还不肯认输，撇嘴一笑："谁叫你好话没好说，臭气往外摇。"

张老爹挥着扇子直叹气。

"喂，好糖梅水呀。"卖酸梅汤的提着竹撞走过，停下了，一边敲铜盏儿，一边吆喝，"青了个丝，玫了个瑰，又凉，又甜，喝下去生津止渴润心肺——"

陈四嫂跟卖酸梅汤的一招手，数了数空地上的人，说："十一碗。"她回过头来告诉大家："今儿个我的东，谁也不准抢。"

“板上钉钉。”挑水的冯七说。

瘦皮猴钱小二笑道：“不抢乐得。”

猪肉铺的包胖子擦了把汗：“陈四嫂，赏我个双份儿吧，胖子口干，一碗解不得渴。”

陈四嫂指着胖子笑骂道：“好一匹大水牯牛。”她关照卖酸梅汤的再添一碗。点清了钱，陈四嫂把第一碗递给张老爹，暗含着打招呼赔不是的意思；张老爹不再叹气了，呱嗒呱嗒地摇着扇子，驴喝水似的把一碗酸梅汤全装了进去，然后死七八烈地喊：“小莲儿，二愣子。”两个孩子不理他，他又扯高了嗓子叫：“小莲儿，过来呀，你妈买了酸梅汤，你不来我要喝光咯。”

小莲儿这才和二愣子手搭手地跑过来。

“瞧这小俩口子。”包胖子贼眉鬼眼地一笑，“二愣子，坐到陈四嫂跟前来呀，丈母娘看女婿，越看越有趣。”

二愣子傻不哩叽地朝陈四嫂旁边一坐，大伙儿哄地一阵笑；小莲儿臊得脸通红，揪着陈四嫂的衣裳袖子，嚷嚷着：“妈，我不来哩，包大叔欺侮人，包大叔顶坏，嗯，嗯……”

“傻丫头，包大叔跟你闹着玩的，‘丈母娘看女婿，越看越有趣’，我哪儿有这个福份？你包大叔说的是尤大娘呀，这几天她净往宋公馆跑，幸亏城门没门槛，不然真要被她走得个稀乎脑儿烂。”

“尤家海棠姐姐吗？”小莲儿抬起头，手朝西边一指，“她跟长林哥好，我知道的，她不会嫁给那个宋老头儿，宋老头儿比她爹还大一岁哩，海棠姐姐不会嫁他的，一定不会——”

“小孩家别胡说八道。”陈四嫂喝住她，“尤家老两口子都巴不得攀这门好亲哩，海棠做得了什么主？”

“可是我知道她跟长林哥好。”小莲儿把脑袋一偏。

“长林也跟她好的。”小祥哥儿说，“天天早上长林都到我摊儿上买一碗糖粥，我问他是不是给海棠吃的，他不开口。我说要是真的给海棠吃，就再加三颗枣儿，长林点点头，笑得就跟抹蜜似的。”

“就为他笑得像抹了蜜，尤大娘才砸了醋罐儿。”冯七低低地说，“她多嫌着海棠，心里头安下坏杂碎，也不是一天了。海棠一嫁，不怕长林不着她的道儿。这趟碰上宋老头儿亲自下乡收租，船来晚了半个时辰，在茶楼里瞅见海棠，那个老色鬼怎么会不着迷？这一来呀，只乐得那骚娘儿连连打跌。”

“海棠那小妮子也不是好惹的，能够容容易易地让她后娘打发吗？”包胖子慢条斯理地问。

冯七咧咧嘴：“再不好惹点，一个大姑娘家，有个屁用？”

“尤老大呢？也情愿把鲜花似的闺女送给姓宋的那棺材瓤儿么？”冯七嫂问她丈夫。

瘦皮猴抢着道：“那个见钱眼开的活王八，听见宋家要他的闺女，还不乐得屁是屁汗是汗的。再说尤大娘那骚狐狸精肯了，他牙缝里还敢蹦半个‘不’字儿？这只活王八，嘿，他老婆叫他打个滚，他不敢猴儿坐殿。”

陈四嫂“哦”了一声，笑道：“怪不得两口子这几天忙得马不停蹄哪。”

“可怜海棠，一朵鲜花儿插在牛屎堆里。”冯七嫂叹了口气，“长林那小子呢？眼睁睁地瞧着自个儿心爱的人就要做那老不死的‘小’，他就算了么？”

“不算又怎么办哪？”冯七两手一摊。

“没出息的窝囊废，这点儿血性都没有，虾子还有三根红丝哩，要是你的——”冯七嫂说顺了嘴，不小心说到自个儿头上来，幸亏打住了，但也羞得面红耳赤。

冯七涎脸一笑：“我的心爱的人就跟着我，我比长林那小子有福。”

冯七嫂重重地啐了口唾沫。没一个人不打哈哈。

包胖子到底心眼儿忠厚：“提起长林，也是个小可怜儿，他心里哪有个不难受的？我跟他们对门，瞧他这两天做事也丧魂失魄，他敢说什么呢？尤老大胆子小得树叶子掉下来怕打头，可是对长林那份儿狠劲啊，真正是赛过阎王老子，三个不来就是‘要没我，十七年前你早饿死在大教场啦，你个小要饭的，连自个儿姓什么都不知道的野小子……’吓得长林哪敢滋毛儿？再加上那不要脸的娼妇，勾搭不上手，爱不着就成了恨，抽个冷子就折磨他，给他鸡零狗碎的罪受，换了别人，谁挨得过？”

“人善被人欺，马善被人骑。”张老爹回过脸来，加了句按语。

“他干吗不三十六着，走为上着？”瘦皮猴钱小二的主意。

冯七瞄了他老婆一眼：“还不是为了海棠。”

张老爹摇着扇子，晃着脑袋，慢吞吞地一个字儿一个字儿地说：“英雄难过美人关。”

瘦皮猴眼睛一弹：“他妈的这种脓包也算英雄，英雄一个子儿也不值啦。”

“只怕还是——”陈四嫂俏皮地笑起来，“咱们小二哥的这副猴皮猴骨值钱得多哩。”

众人正在笑，撑摆渡船李三的儿子忽然指着空地那边，鸡猫子喊叫地：“尤家大妈来啦，尤大妈，尤大妈……”

一个三十开外的娘儿们，笑盈盈地打西边走来，过门不入，且不走进自家茶楼里歇歇腿，就一径来找空地上这群人。她身上穿着宝蓝夏布衫子，窄窄的袖口，黑纺绸的大脚裤。剪裁得合体，光致致的鹅蛋脸，白里透红，蛾眉入鬓，凤眼含情，乌黑的头发，在脑后绾了个抓髻，梳得一丝不乱，戴了一副翠绿的长耳坠子，越显得顾盼生姿、体态风流，这就是海棠的后娘，尤家茶楼的内掌柜的。她一步步走近，众人只觉得晚香玉的味儿一阵比一阵地浓。

张老爹抹了抹鼻子，在喉咙底小声骂道："真他妈的阎惜姣，一点儿也不冤枉，这个尤阎氏要气死古时候那个刁刘氏，可惜她自个儿不嫁那姓宋的老头儿，不然更是货真价实的阎惜姣啦，他妈的，这骚娘儿，走道儿也这么邪行劲儿……"

她走近众人，冯七嫂站起身子，和陈四嫂坐在一张条凳上，把自个儿的破藤椅子让给她。那尤阎氏连连笑着称谢，却先不坐下，一手撑着破藤椅子背，一手撑了腰，礼数周到地跟大家打招呼，殷勤问好，就跟三年六个月不见面了似的。

众人敷衍地应酬，有的只淡淡一笑就不开口，还是冯七嫂觉得过意不去，跟她有一句没一句地搭讪，装得不在意样地笑着问："海棠姑娘哪一天大喜啊？也让我们早两天知道，赶着做件新衣裳喝喜酒。"

"快啦，冯七嫂。"尤阎氏得意扬扬地告诉她，眼珠子滴溜溜地一转，扫过空地上每一个人，"刚才我在宋家商量，我们姑爷的意思，喜期越近越好，顶好就在这个月里。查过历本儿，这个月顶近的黄道吉日是十八——"

"十八？"包胖子冒冒失失地问。

尤阎氏伸出兰花手指头，扯起腋下的银红手绢子擦擦嘴唇道："是啊，今儿个初四，再过十四天，就要过门啦。"懒洋洋地打了个呵欠，"海棠她爹，什么都不在行，这几天忙得我啊，连拉屎撒尿的工夫都没有——”

“这件事真是稀——奇——古——怪。”

大伙儿回头一看，原来二愣子又在拉直了嗓子唱起他的《石头人招亲》了。

那尤家茶楼，其实并没有个楼，朝南三间平房，开间还算不小，只是破旧一点儿，尤老大夫妻将东边顶小的一间做了卧房，其余的两间打通了，摆着白木桌椅，有的靠墙，有的沿窗，有的临空，西边墙上挂着关公像，还悬着一副对联，上联是“兄玄德弟翼德德兄德弟”，下联已经残缺不全，只剩了上半段“师卧龙友……”，友字底下没有了，猜想起来，该是指的赵云，那么准是“师卧龙友子龙龙师龙友”。这间屋子白天招徕茶客，晚上大桌子拼起来，就是那个“连自个儿姓什么都不知道的野小子”长林的宿处。厨房跟海棠的屋子全在这三间后头，朝北，迎着河。

这一天午后，尤老大夫妻又到“姑爷”家去了。茶楼里买卖很清淡，只有两位茶客，坐在靠窗的座儿上，他们是等上船的，来得嫌太早。长林给他们沏了一壶茶，端上一碟子豆腐干，一盘芝麻酱烧饼；然后走到隔壁纸扎店里，跟那个哑巴小伙计招招手，打了几下手势，小哑巴会意地奔出来，代长林伺候着茶客，他抽身往后头屋去找海棠了。

长林一掀门帘子，瞧见海棠背对着门坐在那儿，正在低头做活计哩。她没知道有人进来，他也就不惊动她，只愣愣地站在门口，赏鉴她的后影儿。她今儿个穿了件半旧的白底青花夏布衫子，蓝洋纱裤，两根长辫蓬松在脑后，不像平日那样乌光油亮。“她从来不这样的。”长林心里慑怗着，“现在可连头也懒得梳了，她……”她忽然掉过脸来，看见长林，她的头又垂下了，带着哭声说道："出去，出去，我谁也不要看见。"她双手蒙着脸，肩膀一起一伏的。

长林不知怎么着才是，只怯怯地叫道："海棠，海棠，是我，连我你也不——"

"你……"海棠哭得更紧了，脸凑到衣服袖子上拭眼泪。

一样东西打她身上掉下来，长林捡起一看，是只男人的鞋底，拉了一大半，就快完工了。他知道那是给他做的，不由得一阵感激，又一阵难过，酸、甜、苦、辣……辨不出是什么味儿，又像什么味儿都有，他怔怔地说不出一句话，虽然心里头有千言万语想说。

倒是海棠止住泪，先开口道："鞋帮子早就贴好，口也沿了，就差那一点儿没拉完，今儿个怕赶不及，只好明儿个再交给小癞子去上……"

"海棠，你……"

"你脚上这双鞋早就开了花啦，天热，这些日子——"顿了顿，她说，"店里又忙。"

"海棠，你太好了。"千句话万句话并成了这一句话，他重复着，"太好了，你，要是我能够有个像你这样儿的妹妹——"

"妹妹?"

"是的，可是我跟你连这点儿缘份都没有，别的也就甭提了。"

"甭提了?"恨恨地盯着他。

长林叹了口气："只怪我一没钱，二没家，还提什么哪！谁叫我是大教场捡来的叫化子!"

"长林，千错万错，我可没一分错，你干吗说这些个话来怄人?"

“我不是怄人，我只是恨我自个儿，我自个儿的命——苦。”

“你不恨我爹?”

“不，他打我骂我，可也养活我十七年。”

“你也不恨我后娘?”

“她，一个没见识的娘儿们，好男不跟女斗。”

“是嘛，我才傻哩。”海棠一声冷笑，酸溜溜地，“你哪会恨上她?”

“海棠!”

“她死蛇缠腿般不放松你，你爱还爱不过来，哪会恨?”

“海棠!”

“海棠，海棠，死的还被你叫成活的哩。”俏儿脸一绷，气鼓鼓地，“等我死了再叫不迟。”

“海——”他赔着笑，急急地说，“你这才叫怄人哪，有意使得人哭笑不得，你明明知道我的心——”

她涨红了脸，说道：“谁知道你的心？再说你压根儿就没有心。”

“你说我没有心?”有点儿急了。

她狠狠地点着头。

“好，我没心，可是你这个有心的，心又是多么狠，你全不想想我这些天多么难受。”

“你还知道难受?”

“别这么奚落人。”可怜地央求着，“我不过无用点，又不是傻瓜、木头人，怎么不知道难受。”

她鼻子里“哼”了一声，冷冷地道：“我瞧你只比木头人儿多了口气。”

“不，我连死人都不如。”被她激得又气又窘，“可是你，海棠！一张嘴像刀子一样厉害，杀人不见血；怪不得张老爹说你不该叫海棠，你是一枝玫瑰花儿，又香又美，可是碰不得，挨不得，你长得一身都是刺。”

她端详着长林的脸，好半晌，扑哧一笑：“你也够俊俏的，可惜就是没有刺。”眼珠子一转，又笑起来，“你就像一团烂面，拎起来不像粽子，捺下去又不像烙饼。”

泥菩萨也有个土性儿，这一来长林可火了，他生气道：“海棠，我是个受气包，谁都欺侮我，连你也欺侮我。”

海棠头一摆：“谁都欺侮得，我干吗不能欺侮？”

“你跟人家不同。”

“亏你好意思说这话，不害臊。”她刮着脸蛋儿羞他，愤愤地，“你待我有什么跟人不同？三岁大的孩子，丢了他心爱的东西，还知道哭着要回来；可是他们把我当货似的卖给人家，你缩着脖儿瞧热闹，屁也没敢放半个。”

他的头低下了，说不出话来，内愧地唤着“海棠，海棠”，像只被作践的小猫。

这可怜模样儿打动了少女多情的心，但是海棠是个十分拧性的姑娘，她有意再逼一句，咬着牙道：“许是我说得太过分了，干脆你就没真喜欢过我，才这么眼开眼闭的。”

长林抬起头，苦苦地一笑：“你这女孩子，真不肯饶人，你心里也不见得这么想，可是你就偏爱嘴里这么着说。”

“是你逼得我这么说。”

“我逼你？”

“你那满不在乎的样子，我看了气不过。”

“你说我满不在乎？天知道这些天我是怎么挨过去的，晚上睡不实在，一合眼就看见你被人抢去了，我上前去救，被人死死地拦住，没有一夜不是这样乱梦颠倒，白天也是恍恍惚惚，忙的时候还好，一闲下来，就想到……唉，不提也罢。我只恨老天作弄人，为什么十七年前不让我在大教场死掉？那时候死掉就不会碰见你，不会碰见就不会有今天，可是我偏偏不死，偏偏遇见了你，偏偏又爱上了你，偏偏又不能够娶你，我有什么办法？海棠，”他痛楚地摇着头，“我有什么办法？”

海棠不开口，沉默下来，她啃着手指甲，一会儿慢慢地说：“办法不是没有，就怕你没那个胆子。”

“你是说……”

“我是说……”

他看了她一眼。

她也看了他一眼。

这一刹那抵得上几千万年，这一眼赛过了万语千言。

长林鼓足了勇气说：“咱们——走。”声音都抖了。

海棠点点头，她倒没有长林那样激动，斩钉截铁地道：“我死也不到宋家去。”

“海棠！”

“长林！”

“你舍得你爹？”

“他舍得把我卖给人家，我有什么不舍得？”

“你不嫌苦？”

“我本来就不乐。”她忽然疑心地瞧着他，“怎么？长林你害怕？”

“我……”呆了一下，笑起来，“怕什么？我怕什么——”

门帘子一掀，小哑巴飞似的闯进来，连连打了几下手势，又一溜烟儿地跑了。

长林说：“他们回来啦，我得走出去，省得起疑心。”

海棠点点头，细声道：“别的事，咱们再商量，不过不能磨延了，今儿个已经初八……”

长林走到门口，正待掀帘子，忽然“啊呀”一声，顿脚道：“该死，这么坏的记性，他们还关照我到万花阁给你取衣裳哩，我给忘了。”

“就那件水红绣花袍子吗?”她胜利地微笑，“用不着啦，忘了就忘了吧。”

“不成，不去取要出岔子的。”

“也好，反正也应该用得着。”她乜了他一眼，嫣然地，“不是么？你就去取吧，打这边后门走，省得跟他们碰着。”

长林刚走出去，这边门帘子一挑，尤阎氏拿了柄白团扇，袅袅婷婷地走进来，一屁股在床沿上坐下了。

她不怀好意地瞅了海棠一眼：“姑娘今儿个好忙呀！连辫子都没工夫梳。”

海棠不开口。

“哟，真是好贤惠啊。”瞧见那只鞋底，她又恨又酸，故意歪着嘴微微一笑道，“我们‘姑爷’修来的福气，还没过门，新娘子就在家忙着给他做活啦!”

海棠还是给她个闷声不响。尤阎氏自觉无趣，拔下镀金耳挖直搔头，自言自语地：“姑娘今儿个脾气好大。”

海棠赌气要走出去，被她一把拉住：“外头没事，咱们娘儿俩聊聊吧。”扇子抵住腮，倒剔起一根眉毛，“长林那小子，人影儿也不见，又不知干什么去了。”

“他到万花阁去啦。”

“哦，原来‘他’替你取嫁衣去啦。”水汪汪的眼睛斜瞅着海棠。

这时候，朝西的窗户有快落山的太阳光射进来，海棠觉得这阳光，跟她后娘的眼光，都是又烫、又毒、又辣，炙得她浑身都疼。

七月十五的晚上。

乌云游过，遮住一轮明月，慢慢地，云越涌越多，一天星斗都没有了。再待一会儿，闪电交作，起了大风，风赶走燠热，可也带来了暴雨，哗啦啦像泼水似的。

纳晚凉的人全回家了。

海棠站在窗口，举高了手里那盏油灯，望到外面去。外面，黑漆漆的一片，什么也瞧不见，只有远处两三点微光，像半明不灭的鬼火。

一阵风把她手里的灯吹灭了，雨点打到身上来。赶紧关上窗子，她摸黑找着了取灯儿，把油灯重新点亮。

雨打在窗子上，一阵紧似一阵。不知为了什么，海棠的心里也一阵乱似一阵，她找着一瓶酒，胡乱地打开了，举起酒瓶子，嘴对嘴地，一连喝了好几口。

墙上的那只破钟已经打过十一点。

海棠焦急地在屋子里来回走着，走着，像热锅上的蚂蚁。

外面的风雨越发大了。

有打门的声音，她开了门。进来的正是长林，他的头发潮了，衣服贴在身上，浑身湿淋淋的，像个水鬼。

海棠看见他，扑上去，惊喜地叫着："等得我好苦，谢谢天，你一个人来了，我真怕他们要跟你一块儿回家，那就麻烦啦。"

"要不是这场雨，怕要一块儿来了，不过，也许你爹贪图宋家的大烟。"

"让他在那儿抽上一辈子吧。"她得意地笑笑。

"也不怪他们迷上那地方，那种高房大院，住得好，吃得好，穿得好，倒是挺舒服的。"

"那你干吗不跟我爹说?"她打趣着，"你情愿做陪房丫头，一块儿享福去。"

"小姐不肯上轿，丫头想享福，也是白搭。"

她笑着，把手指轻轻向他鼻尖上一指："你倒也会说俏皮话了。"拿过酒瓶，揭开瓶盖儿，递给他，"喝两口吧，提提神，你要不要换身干衣服？不过外头还在下雨，一样要弄湿了的。"

长林喝了酒，脸色有点儿两样，却不是酒意，只显得异样的苍白和不安，连海棠也瞧出来了，她不放心地问："怎么啦？长林，你不舒服？你可不能吓我，咱们还得赶路。"

外面惊天震地地一声响，"咔——啦——啦"，一个大雷，连屋子也摇动了。

他双手蒙着脸："海棠，你别生气，我有句话要跟你说。"

"说呀!"

"你先答应我不生气，我……这都是为你好。"

"为我好?"她起了疑心。

"是的，你不生气我就说。"放下手，他斜着眼珠偷偷地看她。

"你说就是了。"

"我想咱们还是别……"

海棠陡然变了脸："别什么?"

他开口不得，搓着手，头不安地转侧着。

海棠又逼着道："有什么话，请说呀，别锯了嘴儿的葫芦似的，说呀，说呀，快说呀。”

“我总觉得拗不过命，好像命中注定咱们不能够在一块儿。”

“又是命，又是命。”她愤怒地叫着，“还有别的什么？我才不信单为了这，你就变了主意。”

“就是为了这个，海棠，你别火，我是个没用的人，你跟了我，一定一辈子受苦，我不情愿对不起你，还有你死去的妈，她待我跟亲生的孩子一样，我不能拖着她的女儿去活受罪。”

“那么，你以为我到宋家去就不受罪？你就对得起我，也对得起我妈？”

“到宋家去，自然不一定享福，可是咱们逃走，一定是受罪。”吞吞吐吐地，“不单是受罪，指不定还吃大苦，那宋老头儿，连县长都让他三分，咱们逃出这个城，也逃不出他的手掌，万一——”

“万一被逮住可怎么办？是不是？你不敢担这个罪名儿。”海棠跳起来，又气又恨，眼泪突眶而出，“这才是你的真话，这才是你的真话！你个窝囊废，胆小鬼，没出息的小子，我白跟你好了，白跟你好了……”

“海棠，我——”

“住口，你不配跟我说话，你这个骗子。”她咬着牙，泪如雨下。

“你骂我什么都成。”他分辩着，“可是我没有骗你。”

“你不是骗子是什么？诳我，骗我，欺侮我，捉弄我，我什么都弄停当了，你又变卦啦。”

“我……我是为你好才这样的。”

“为我好，为我好，人家推我下火坑，你是帮凶还说是为我好。”她逼近他，指着脸问，“你早干什么？那时候，你还没变卦的当儿，你怎么就不想为我呢?”

“……”

“我瞎了眼，会爱上你这没骨头的东西!”

“……”

不开口，谁也不开口，长林内愧地低垂了头。看了他这缩脖子的样儿，海棠更恼了，憎恨，绝望，愤怒，悲痛，被喝下去的酒一燃烧，她心里像有一盆火，烧不熄，扑不灭……

她觉得烦躁、气闷，抱起酒瓶子，又喝了好些个酒，长林待拦她，却又不敢；酒意升上她的脸，她的脸烧得通红，满是汗，那双又黑又亮的大眼睛，也像是藏着火，烧不熄，扑不灭……

恨，在她的心头，像火，烧不熄，扑不灭……

爱，在她的心头，也像火，烧不熄，扑不灭……

屋子里又热又闷，她解开领口的纽襻儿，使劲挥着扇子，还是又热又闷，她走过去打开窗户，一阵凉风吹上脸，她清醒了些，看见外面的雨势已经过了，阴云在走动，云影儿后面有一点儿光，说不定月亮还会出来……说不定，什么也说不定。她的带泪的眼睛有了一点儿光，那云影儿后面的月华……

蓦然她转过身来，把背心贴在墙上，直勾勾地朝前看，朝前看，她巴望能看到一个人，一个她想要的人，一个有血有肉有骨气的人，天不怕，地不怕，说得到，做得到，知道什么叫爱，什么叫恨的男子汉。这个人是长林么？是的，她要他，她爱过他，现在还是爱他，可是，他……他不是她要的那个人，不是她要的那个人，他长得结实，俊俏，逗人欢喜；他对人忠厚，老实，逆来顺受；他不会昂头，只会低头，空有个人的外形儿，却是个羊的脾气。海棠一阵心酸，扑簌簌流下泪来，“我为什么要爱上这么一个人？为什么……”她渐渐地觉得长林可怜，可恨的倒是她自个儿。她想起小时候，死去的妈常给她说好些奇怪的故事：面捏的小人，抹上点活人的血，摆在露天下，承受日月精华，过了七七四十九天之后，那小面人能够成精，因为他有了人的灵性。“连面捏的人儿还能够通灵，他到底是个人，是个人。”她回头看看窗子外面的天，月亮已经影影绰绰的从云背后现出来。她的带泪的眼睛有了一点儿光，那云影儿后面的月华……

海棠第二次转过身，背紧贴着墙，她把长林看成那面捏的小人儿，试着要给他抹上点活人的血。她柔声叫着：“长林，长林，你——”魅惑的一笑，“过来。”

那“面捏的小人儿”有点儿张皇，却也不能不动心，怯怯地走近她，低低地道：“海棠，你不恨我了？”

海棠忍住气摇摇头，一手搭住长林的肩，那一只手摸索着她自个儿脑后的辫子，娇媚地瞅了他一眼，似笑非笑地问：“长林，你说我美不美？”

怎么不美？这盛开的玫瑰花一样的十八岁的姑娘，娇艳丰腴的圆脸蛋儿，下巴颏儿尖尖的，皮膏并不白，可是黑得俊俏，墨黑的眉峰下，一双乌黑灵活的眸子，长长的睫毛，又粗又浓，更显得那双眼睛明亮而多姿，红艳的小嘴，像熟透了的河塘里的菱角。她眯起眼看着他，像要看到他的心里去，他心里有一种软融融的感觉。“海棠，你，美。”长林的声音有点儿哆嗦。是不是那“面捏的小人儿”有了点灵性？

海棠红着脸，伸过一只手，她围着他的脖子，迷惑地问：“长林，你喜欢我么？”

“喜欢。”

“你跟我好么？”

“好。”

“你要我么?”

“要。”忽然，他倒退了一步，像梦做醒了似的，他叫道，“海棠，我……不能够要你，我不能——”

“你不能?”她惊异地放开他，脸儿气得雪白，她的嘴唇在抖，“你还是不能?”

“海棠，饶了我，别生气，我喜欢你，我跟你好，可是我……不能够要你。”

“你不要我。”她唰地打了他一个耳刮子，骂道：“你个兔儿崽子，这是哪儿的话?你喜欢我，你跟我好，可又不要我，你……”她要哭，却哭不出来，只是干咽气。

“海棠……”

“别理我，没良心的东西。”

“海棠……”

“没种的臭小子，混账王八蛋。”她哭出来，“我恨不能杀死你，杀死你，你这个没出息的小杂种，你骗了我，叫我死心塌地地跟你好，你倒容容易易地说一声‘不要’就算数。你……”她顺手拿起桌上的酒瓶子，猛地一摔，长林来不及让，撞个正着，残酒溅得他一脸，碎玻璃划破了他的腮，鲜血直往下流，血和着汗，和着酒，往下流，往下流，流的是人的血，活人的血，可是长林这小子还是个面捏的人儿。

海棠哭叫了一阵子，精疲力尽，渐渐地倒平静下来了；心里也不像刚才那样乱，只是空空洞洞的，麻木，没有知觉，一种死样的安定。她的心就像墙犄角里那个摔破了的酒瓶子一样，盛在瓶里的那些香甜的酒已经完了，一滴也不剩。瓶子也碎了，只有墙犄角里那些碎玻璃，那些锋利的玻璃片，她总得想个法子收拾一下，给安排个妥当的好地方。

月亮出来了，从浮动的游云后面，探出了一小半，一大半，一整个，七月十五的月亮，大，圆，白，七月十五……七月十五，她暗暗一咬牙，阴森地瞅了他一眼，他脸上的血已经止了，连血印子也没有，不知什么时候擦去的。昏黄的油灯光里，他的脸现着苍白，没有血色，浓眉紧锁，那双有光的眼睛显得无神，头低低地下垂着，这俊俏的面捏的人儿，可怜虫。海棠叹了口气，冷冷地说："长林，你陪我到外面去看月亮。"

他一惊："看月亮？"

"看月亮不算犯法呀，这是我末了求你的一桩事，答应不答应，听你。"

"我去。"

"那么，走。"

"河边上风大，你得换件衣裳。"

"我不冷。"迟疑了一下，她说，"也好，就去换一件。"

她走进自个儿的屋子，再出来的时候，换了衣服，她穿的是万花阁拿回来的那件新娘子衣裳，水红缎子上五彩的绣花，脸上还擦了浓浓的脂粉，她从来不这么打扮过。

"你——"

"你别管。"脸一板，她递给他一双新鞋，叫他换，"小癞子特地赶着上起来的，穿上吧。"

"刚下过大雨，地还湿。"

她生气道："你连人都不顾惜，心疼什么鞋？"

长林不敢开口，只得把鞋换上。

他们从大门走出去，碎石子铺的路，被雨水冲得滑滑的，水银似的月光泻下来，这儿比白天清净多了。家家户户都已熄火，城门早就关上，在白得怪诞的月光里，这古老破旧的城楼，越显得黑魆魆，越显得阴森森，像是通阴曹地府的去路，叫人心惊肉跳的鬼门关。

远远的石桥畔，低低的二胡，正拉着《苏三起解》，苍老的崇公道的声音，和着玉堂春娇滴滴的嗓子，听起来有一种镂心刻骨的凄凉。“……左一恨来右一恨，洪洞县里没好人……”——这千古以来伶仃女孩子的悲唱，到处都是洪洞县，到处都有玉堂春，比玉堂春还苦的人，因为玉堂春还有个——但是海棠倔强地把头一昂，不再想下去，现在这些全不与她相干了。任那凄凄惨惨的二胡，响着，响着，就是响个十万八千年，也不与她相干了。

真的不相干么？为什么还一步一回头？一步一回头？长林心疼他的新做的鞋，海棠却心疼那践下去的脚印，一步一回头……但是也走远了，走远了，低低的二胡，断断续续的《苏三起解》，全都听不见了，听不见了。

他们绕到河边，河柳被夜风吹得晃呀晃的，海棠指指那块大青石，那大青石，多少孩子在这儿唱过山歌，多少人在这儿洗过衣裳，多少人在这儿乘过风凉，也有多少人在这儿看过星星跟月亮……

海棠说她要看一看河里的七月十五的月亮。

“长林，你看得见么？”

“看——得——见。”

“哪一个好？天上的？还是河里的？”

“天——上的好。”

“为什么？”

“天上的月亮是真的。”

“可是天上的离我们太远了，还是河里的好。”

“嗯，河——里——的好。”

“那么，咱们到河里捞月亮去。”

“海——”没等他喊完这一个名字，海棠用尽全身力气使劲一推，“扑通”一声，长林到河里捞月亮去了。

河里的月亮影子漾开来，接着，又是“扑通”一声，又一个到河里捞月亮的人，河里的月亮影子漾着，漾着……

第二天，天刚亮，河东一里半的土山村，有人发现两具浮起来的死尸，打捞起来，虽然面目肿得模糊了，但还分得清是一男一女，年纪轻轻，女的穿着绣花的红袍子，好像大大地打扮过一番，有人说她像尤家茶楼里的姑娘，村长不敢冒失，先派了人前去问讯。这边尤老大夫妻还在“姑爷”的公馆里没回来，好事的左邻右舍，看见尤家茶楼的店堂门窗四开，走到里面空空的人影儿也没有一个，便断定准是出了岔子，一边着人进城到宋家去报信儿，另有一大批就气急败坏地赶到土山村看热闹。

张老爹拉着撑摆渡船李三的儿子从人群里挤进去，他得意扬扬地告诉众人：“我说的吧，七月是鬼月，河里的落水鬼要讨替生，七月半，鬼都放出来了，不听老人言，吃苦在眼前。”

没有人搭理他。他拿扇子敲着李三的儿子的天灵盖：“小猴儿崽子，怕吗？”

那孩子紧紧挨着他，脸依着他的衣裳袖子，恐惧地说：“这不是长林哥跟海棠姐吗？他们怎么不开口？”

“他们到阴间去啰！”

“阴间？在哪儿？”

“阴间跟我们阳间只隔了一道河，那阴阳河。”

“他们还会回来吗？”

“不会了，他们永远也不回来了。”

“他们不会过河，是吗？为什么喜鹊不给他们搭桥呢？像七月七一样，这么着，这么着，再那么一来。”

“他们用不着喜鹊给他们搭桥了。”

“为什么呢？”

“因为他们永远在一块儿了，懂吗？”

“他们永远在一块儿了。”那孩子乖巧地晃了晃脑袋，表示懂了，他吮着黑胖的小指头，心里在惙怙：“阴间是比阳间好吗？”……

十二金钗

一

韩芳子抱了那个梳着三根小辫子的黑奴洋娃娃，乐得眉开眼笑的，走到阳台上，跟她的护士说：“真不知道怎样谢你们哪，你们待我太好了，嗯，实在太好了，这个小黑奴，我不知想了多少日子，又不好意思跟姑姑开口，怕她笑我，这么大的人，还要玩这个。”

她的护士余爱群小姐微笑道：“真的么？怪不得志聪说你一定会喜欢，我还怕你不中意哩！”推过逍遥椅，叫芳子坐下，“刚起床，可别太兴奋，歇歇吧，咱们聊天，晒太阳……”她给她盖上毯子，发现芳子只穿了件外国红的兔子呢夹袍，皱着眉说：“穿得这样薄，待会儿又要着凉了。”

“一点儿也不冷。”芳子玩弄着小黑奴脑袋上的辫梢儿，一脸爱娇的憨态，“人家今儿个过生日哩，都不许穿件新衣裳。”

爱群不理她，瞧着屋里：“凤凰，把昨儿个胡太太送的那件红羊毛外套给芳小姐拿来。”

芳子一扭脖子说：“凤凰，甭拿。”她叽咕着，“拿来我也不穿，又大又肥，就跟小耗子钻在荷叶里头似的。”

爱群笑了，低声道：“胡太太在洗澡间里洗手绢儿哩！你这个孩子呀——”

“我这个孩子呀，可不是不知好歹，人家待我怎样，我心里全都有数。”她嘟着嘴，“那件羊毛衫明明是艳珠的，买回来又后悔了，就塞到我这儿来，把我这儿当个垃圾箱哩——”说着，凤凰将衣服拿来了，她使劲摇着头：“我不穿，我不穿，我不穿哩！”

爱群急得又好气又好笑：“得，得，不穿就不穿，可别嚷嚷，凤凰，重找一件吧，新做得的北京缎短袄，在壁橱里挂着。”她用指尖刮着脸蛋儿直羞，“十七岁了，还这样小麻菇头子似的。——倒是，你怎么知道这回事的？”

“王妈告诉我，她在门外边听见她们娘儿俩在屋子里商量。”

“这位太太也惫赖了，难怪人家小芳子要发臭脾气。”

“嗯，你顶坏，我不跟你好啦！”

北京缎的短袄拿来了，翠月色的，上面有金线织成的花和鸟，凤凰帮着她穿上，那衣服是对襟式样，有点儿像男人的马褂，这种打扮最适合娇小身材的女孩子，因为别有一种机灵俏皮的神态。——这就是十七岁的韩芳子，满月样的脸，新月样的眼，柳叶眉，菱角嘴，鼻子是扁平的，不美，却透着十分可爱。她好像没有十七岁，也许是那弱不禁风的病体不似正在成长的小姑娘，也许是她的脸太像童话里的小孩。芳子的诞生地点是东京，所以名字也日本化了。她父母全无，据说死于日本某年的大瘟疫，因此住在姑姑韩叔慧家里，从刚懂人事起，她就一直跟着姑姑过日子。芳子的父亲是韩仲文，母亲只生过她一个女儿，此外，她不知道别的关于他们的事了。其实，就连这一点，也还是姑姑告诉她的。

今天是芳子的生日，中国岁数，十七岁的生日，阴历十月初三。此刻，正午辰光的青而且晴的天上，没有一片云、一丝儿风，丽日当空，温暖，恬适，不感到有太冷和太热的感觉，这是俗谓的“小阳春”，也是新文学里的“蔚蓝的天空”。

她们坐在阳台上，阳台是半圆的，朝南迎街。现在虽然天气还暖和，到底是十月了，法国梧桐的枝叶已不复如先时之繁茂，又是三层楼上，居高临下，所以能够极清楚地瞧见大门外。大门外的街上，本是静静的，这会子却有点喧哗，几辆卡车开过，车上装满了嘻嘻哈哈拍手顿脚的男女孩子们，有的还拉着嗓子唱歌，想必是哪个学校里的学生们到郊外去秋季远足。在这样好的天气，是该出外走走的，芳子叹了口气。一刹那，马路上又寂静了。穿红衣服的外国女人牵了她的狗，挽了她的丈夫，也不知是否是情人，缓缓走着。卖报小贩坐在报摊旁盹着了，早报已经卖光，晚报还没到时候。一个年轻人乘了机器脚踏车如飞而驶，草绿色的喷漆，车子一跳一跳的，从马路这头到那头，那个人好像骑在一只大的蚱蜢上。还有一对少年夫妻，男的拿了玻璃皮包，女的穿着高跟鞋，抱了个约莫周岁大的孩子，在路上艰难地走着。

爱群说：“这个爸爸岂有此理，男人就是这样，未婚的时候，女朋友走路都扶銮保驾地怕她摔跤，婚后连孩子都不帮着抱一下。”

芳子点点头，想了想，又摇摇头：“也许那女的情愿自个儿抱孩子，才显得她是个贤妻良母。要是父亲抱孩子，人家就要议论母亲了。”

“嗯，你说得也是。”爱群想起了一个譬方，“这就跟我们小时候念过的那个《父子和驴子》一个样儿地为难，所以说，只好买辆小孩车——”话没完，她的眼睛被人用手遮住了。芳子正待叫喊，那人摇头示意不许她开口。爱群挣扎了大半天，脱不得身，一边笑，一边嚷着：“我知道，准是志聪，你这坏东西。”

志聪松了手，哈哈一笑：“你这好东西，人家抱着儿子上街，都要瞎操心，两个人说得有滋有味的，连我来都不知道。”

“闷得慌，只好欣赏马路风光了。”她有点儿不好意思，直打岔，“倒是你什么时候回来的？怎么刚才没瞧见开大门？”

“我回来的时候回来的。”

凤凰送上来，含笑着说：“赵小姐刚打后门回家。”她端过椅子，赵志聪坐下。

芳子道：“志聪姊姊，谢谢你送我的东西，我喜欢极了。”她双手抱着小黑奴，拱拱手。

志聪也拱拱手：“我还没跟你拜寿哩！”又跟爱群说：“是不是？我的眼光没错。”

“你的眼光没错，你的衣服可大错而特错，现在十月啦，我的赵大小姐，大清早穿了件短袖夹袍子上街，不生病等请。”

“你真是三句话不离本行，我的白衣天使。”她握了下爱群的手，“瞧，我一点儿也不冷哩，十月是十月，但是‘秋天里的春天’呀！亲爱的余小姐。”

“狗咬吕洞宾。”爱群笑着骂她，“不听话拉倒，人家傅安妮连长大衣都穿起来了。”

“人家傅安妮是‘先天下之冷而冷’，我可不能跟她比。”

爱群指着马路上：“说到曹操，曹操就到，瞧，傅安妮回来了。”

傅安妮回来了，从迎面的马路上，有一个人走到近边，她的淡黄色的长大衣，剪裁成最流行的高贵式样，以最美丽却是极矜持的姿态捧着大束鲜花，手里拎了一个方形纸盒，还有一些别的什么，这许多东西，她可不显得有一点儿累赘，一步一步姗姗行来，婀娜多姿，似乎随时都准备被人摄入照相之中。揿了电铃，她走进大门，在喷水池边，昂起头，举起手里的花束，对着阳台招展了几下，满脸堆着笑容。

芳子坐在逍遥椅里，瞧不见，志聪待理不理地半点个头，只有爱群和气地打着招呼："傅小姐，你做礼拜回来啦?"朝底下礼貌地笑了笑。又小声对志聪道："你这人怎么回事的？住在一个门里，又在一块儿教书。"

志聪皱着眉说："可不是？我也这么说呀，不过一瞧见她，我脸上的表情就都僵住了，连自个儿也做不得主。"

芳子笑得直哆嗦，爱群也忍不住笑："真是妙人妙语，把你没办法。——其实，天地良心，她人倒挺和气，看见谁都是一脸笑。"

"还不是因为她那些个宝贝书？什么《现代小姐须知》《处世哲学》上头说的：你要征服这世界，别忘了对你的仇敌也要发笑。'所以她就如法炮制了。"

"我看她就是征服了全世界，怕也征服不了你。"

"你才傻哩，她要征服的也不是我。"

"谁?"

"这还要问吗？那个刚打美国回来的罗勃特孙——你这个笨虫，连这都——"

"嘘！她来了。"爱群站起身子，走过去。傅安妮正站在阳台的玻璃门内，爱群代她开了门，她谢了又谢，然后将那一大束花送到芳子手里，曼声唱着："Happy birthday to you，Happy birthday to you……”再将那方纸盒子搁在一旁，说：“我去定制的，‘凯司令’的蛋糕。”芳子连忙道谢。

这时候，志聪走到阳台的栏杆旁去欣赏马路风光了。傅安妮坐在她的椅子上，关心地对芳子说：“今儿个你的脸色比昨儿个更好啦！啊，这件衣服真美，颜色配得太好了。”

“是吗？我觉着才像红袍子绿马褂儿哩。”

“这个红和这个绿，再配也没有。”

爱群给她倒来一杯茶，她连忙站起来：“密斯余，怎么这样客气？天天见面的。”

“礼多人不怪。”

“哟！谁会怪上你啊？要么就是怪你太多礼了。”她又唤志聪：“喂，赵，你干吗站在那儿不理我？”

志聪懒懒地转过身体，慢慢地说：“怕你怪我太多礼啊。”

大家都笑了。安妮尤其笑得厉害，花枝招展的。她脱了大衣，露出里面长袖子的柠檬黄缎袍，襟前镶滚了咖啡色的云字头：“看见你，我才觉着有点儿热了，唉，身体不好的人，真没有办法，穿得这么多，像个冬瓜似的。”

爱群问志聪：“有这样苗条的冬瓜吗？”

“要问植物学教员。”志聪道，“但也许家政课的黄瓜又名冬瓜。”

“瞧她这张嘴！”安妮的嘴笑起来可真美，笑够了，她跟志聪说：“想起一件事，昨儿晚上，我接着吴的电话，叫我去学校，有什么事吗？”

“我刚打学校回来，只有一件大事，领配给糖。”

“啊，配给糖有了？太好啦！”安妮的兴奋表情叫人不相信配给的只是糖，说不定还有金子。她又问志聪道：“你的领着了？

怎么样？还好吧？”

“挺甜的，一点儿都不咸。”她一本正经回答，其余的三个笑得上气不接下气。

阳台上一阵沉默。外面有汽车的喇叭响。

安妮道：“韩先生回来了。”

“不是的。”芳子摇摇头，“根宝捺喇叭不是这个样儿。”

“十二点三刻啦。”爱群看了下手表，“今儿个开会开得好长。”

“本来么，开会比结婚还要磨延时候哩。”志聪道，“韩先生说一准回来吃饭的吗？我的肚子可唱‘空城计’啦。”

“姑姑说一定赶回来的，我们等她一下吧。”芳子搓搓手，抱怨而又天真地说。

外面又有汽车的声音，还不是根宝捺的喇叭，但是听见大门开了，又关了。隔了一会儿之后，只听得好几个人笑的声音、说话的声音、走路的声音，越过越近。凤凰推开了玻璃门，这个“人来疯”的小丫头，笑得神头鬼脸的，连话都说不上来。胡太太跟在她后面，手上的胰子沫还没洗干净哩，打恭作揖地跟她旁边那个穿西服的中年绅士说：“谢谢您啦，赵先生！艳珠，宗和，你们看赵伯伯待你们多好！真的，你们在哪儿碰见赵伯伯的？”

那个叫宗和的男孩答：“赵伯伯和姊姊——”

“事情是这样的。”绅士说，“我的车子开到国泰戏院门口，碰巧遇见艳珠小姐看完早场电影，于是我陪着她去学校，艳珠小姐跟舍监请了假，将弟弟接出来。”

胡太太又待开口，绅士跟阳台上的四个人打着招呼，他从口袋里掏出一蓝丝绒盒子交给芳子，说道：“恭喜你，做伯伯的没有什么好的礼物可送，前天一个朋友从巴黎回国，带给我一串项珠，式样倒还别致。”

芳子啊呀了一声，不肯受：“这个礼物太贵重了，赵伯伯，我不敢收，姑姑要骂的。”

“姑姑知道的，刚才我看见了她，她没有叫我关照你别收。好孩子，收下吧！不然就是瞧不起赵伯伯。”

芳子这才勉强地拿了，抬起头来，忽然瞧见站在远远一旁的胡艳珠正睁大了一双乌溜溜的眼睛瞧着自个儿，她天真地问道：“国泰的电影好看吗?”

“好……嗯，不，——还不错。”不知怎的，胡艳珠的银盆样的脸蛋儿忽然一红，但立刻又很自在了。她和芳子同岁，据说还小一个月份，只是一个生得饱满丰盈，那一个却是娇小瘦弱，倒像她还大上四五岁似的；人如其名，“艳珠”这两个字提得再恰当也没有，她有一张讨人欢喜的颇为“福相”的脸，也许有几分俗气，但是无论如何，比起她那又干又小的母亲胡太太，总是雏凤清于老凤声了。至于她的弟弟宗和，这个十五岁的男孩子，可不及乃姊多矣，如果胡太太的两头尖的脸像橄榄，那么宗和只是一个橄榄核儿，十足的一副寒酸苦命相，所以善观气色、深明大义的胡太太一向是重女轻男。

芳子小声跟爱群说：“咱们打个电话，催姑姑快点儿来吧——”

“瞧我这份儿坏记性，差点儿给忘了。”绅士抱怨地说着，“姑姑叫我告诉你，中午她和几个团体代表给钱公使伉俪饯行，下午又不知在哪儿开会，晚上好像也有应酬，总之，她今儿个很忙，不能回家了，叫你别生气，改天重新热闹一下。”

“早上还答应得好好的，说一准回来，这会子又叫人扫兴了。”

“咳，贵人多忙，你姑姑是‘功名心切，儿女情短’，她不回来，我们大伙儿给你祝寿不一样吗？”绅士拍拍她的肩膀，安慰着。

爱群关照凤凰道：“人都到齐了，你下去告诉王妈她们摆桌子吧！”

“统统摆好了，就等下去坐啦。”

“那么就下去吧。”胡太太殷勤地嚷着让着，“赵先生，请，您先请。”

“不客气，您先请，请。”他数了下人：“一，二，三，四，五，六，七，”加上他自个儿，“八仙过海，好，快点儿下去吧！”

一个一个地走出阳台，只有胡艳珠落在最后，她似乎需要一刻清静，不跟这些个人出去，但是人走了，阳台显得更大更空了，她似乎又受不住这清静。秋天的正午的阳光强烈地照着，她似乎害怕这光明，双手蒙上眼睛，直到胡太太的平板而直的嗓子在楼梯上叫着“艳珠，艳——珠”，她才懒洋洋地放了手，无精打采地走了。

二

“这顿饭吃得可真别扭。”

“全是韩先生不好，说得好好的回家吃饭，这会子又要应酬，开会……”

“妇女运动呀！”

“偏偏又来了个赵一德，这家伙——”

“这家伙为什么也要姓赵？他哪点儿配？嗯，赵一德，我看一样德行也没有，不如索性叫‘赵缺德’，倒是名副其实。”

“啊哈，好一个‘赵缺德’。——怎么，好像是开大门的声音。大概是‘赵缺德’打道回府了。”

说着，爱群走到竹篱边，看见胡太太拉着艳珠与宗和，正在恭而敬之地送“赵缺德”上车，听不见说些什么，只看见胡太太的脸，笑不过来地笑，赵一德的头晃不过来地晃。

爱群说：“志聪，过来瞧瞧，一幕精彩的好戏。”

“不成，太远了，我又没戴眼镜，看不见面部表情。”懒洋洋回答，又加上一句：“不过我能想象得到胡太太那份儿鞠躬如也的神气。”

“胡太太今儿个乐之的哩。”

“自然啦。——赵伯伯太好啦。”志聪学着胡太太的语调，“你们还不谢谢？赵伯伯待你们多好，宗和，艳珠。”摇摇头，她恢复了自己的口气，“顶顶要紧的就是艳珠。”

爱群笑了：“志聪，你这个促狭鬼才真应该叫‘赵缺德’哩！”

志聪正了正脸色：“不是缺德，我真看不下去，艳珠那孩子质地还不坏，但是这种家教。”她叹口气，“我从来也没瞧见过这样的母亲。”

“可是她受的教育并不比别人差，也许比我这种护士学校出身的，还多知道好些个古圣贤的大道理，以及今圣贤的新道理。”

“并且她自个儿也会讲道理，韩先生的那些演讲词，不都是她的手笔？还有那些文章，那一套‘男人是人，我们女人就不是人吗？’不也是她的大作？可是，说归说，做归做，这是人类一致的通病，”似乎心平气和的样子，“自然也不能单责胡太太。”

“可怜又可笑。”爱群下了结论。

但是胡太太自个儿却正志得意满，在送走了赵一德之后，连走路也轻健了，兴冲冲的，不似平时般有气无力；艳珠、宗和，一左一右，就跟一对金童玉女样地伴着她。胡太太脸上的笑，像水面上的涟漪似的，一点儿一点儿地放大。

志聪啐了一口，咕噜道："好没出息的女人。"拉着爱群，背过身又去散步了，她看也懒得看她们一眼。

宗和忽然想起什么似的，叫了声"妈"，底下却又开不出口来，只是睁大了一双白多黑少的小眼睛，使劲瞅着他的姊姊。

"乖儿子，什么事情?"其实胡太太从来不这么疼儿子的，她嫌他长得寒碜，嫌他没有艳珠懂事，不知道眉高眼低，嫌他一生下地就克了外婆，所以宗和很少得着母亲的宠爱，但是今天，母亲的心绪不同了，因此儿子也"乖"了。

"赵伯伯说的……"那孩子结结巴巴地道，"他……要每个礼拜都……到学校中接我……"

"哦，啊？是真的？什么时候说的？在什么地方?"胡太太兴奋地发出一连串的问话，不过奇怪的是，她不去问宗和，却问艳珠。

艳珠心不在意地"嗯"了一声，压根儿她不曾听见母亲说的是什么；她只是木木地想着自个儿的心事，垂着头，眼观鼻，鼻观心地走路。好在胡太太是八宝玲珑剔透的心，而且知女莫若母，因此遂不再打扰她了。

何况母亲也不比女儿更少心事，胡太太走过喷水池边，稍稍一驻足，瞥见自己在水里的瘦得怕人的影子，她叹了一口气。二十几年前，在学校里读书的时候，王湘君的名字，提起来真是"谁人不知，哪个不晓"，那时候的韩叔慧，虽然也算是个角色，但是单单有貌无才，跟自己一比，就给压下去了；想不到现在，王湘君拖儿带女依靠韩叔慧过日子。胡太太又玫瑰飘零似的叹了一口气：自古红颜多薄命，古往今来，有才气的女人，哪个不是境遇坎坷？像蔡文姬、卓文君……唉，苦就苦在才貌双全上头，造化弄人。但是也怪自己当初没有见识，千不该万不该嫁给胡长年。那时与胡长年一同追求自己的不是还有个钱吉生么？钱吉生，她们斜对门的邻居，有钱有势，只不过学问差一点儿，曾几次三番地央媒人来说合。受过新思想洗礼的王湘君是反对老式婚姻的，她崇尚自由恋爱。胡长年是她的同学，才识过人，不过家无恒产。王湘君要的是爱情而不是金钱，她不顾母亲的反对，拒绝了钱家求亲，毅然决然地嫁给长年。才子佳人的结合，地方上一时传为美谈。谁知道长年竟不长年，宗和五岁的时候，他就离开人世了，他这一死，丢下她一个人，带着两个孩子，十年的光阴，胡太太不敢去想那些日子是如何打发的。穷、愁、潦倒……为了钱，她当过七个孩子的保姆；为了钱，她做过一天十二小时的抄写工作，连手臂也酸麻了；为了钱，她曾同时在三个学校里教书，嗓子也叫喊得嘶哑了；为了钱，她低声下气强装过多少笑颜；为了钱，她忍气吞声地尝受到多少难堪；她挨过饿，受过冻，胼手胝足，挨、挨、挨到今天，总算儿女长大了，还勉强受到一点儿教育，这样的人生！这样的环境！十年，悠悠地过去了，她的那一点诗的梦想、爱的回忆，早就跟着胡长年一块儿死去了，再坚强的人，磨折到现在也要丧失了她原来的性格，当年王湘君的志气雄心早已消沉得干干净净，饱经世故的胡太太，现在除了钱以外，什么也不要，什么也不相信，什么也不在乎，名誉、事业、志向、人格、学问、爱情、理想……全是假的，书呆子骗人的鬼话，一点儿用处都没有；如果有，也不过是可以用来换较多的金钱而已。二十几年前，王湘君爱说的那些好听的动人的高调，现在虽然为了替韩叔慧“捉刀”，胡太太照旧地唱，不过彼一时此一时，一样高调，两种心情，欺得了旁人，欺不了自己；而且，旁人欺欺不打紧，艳珠，她亲生的女儿啊！不能叫她受苦，不能叫她将这一派鬼话当了真，她亲生的女儿啊……比不得旁人，比不得……

想呀想的，不知不觉地走进屋子，上了楼，一阵浓郁的芬芳，熟悉的香水气息，在楼梯的转角上，迎面下来傅安妮。

“傅小姐要出去？”

“嗯，是的，胡太太。”照例一脸笑，“朋友约我在 Roxy 看电影。”

“是孙先生，对不对？”

“胡太太也开起玩笑来了，女朋友呀。”

“我可不相信，打扮得这么漂亮。”胡太太端详又端详，“傅小姐几时请我们喝喜酒？”

“我的好胡太太，今儿个你是怎么啦？”安妮匆匆地下楼，回过头来挥挥手，“回头见，回头跟你算账。”

胡太太眼见安妮又换了一套新装，其实安妮未必怎么好看，但是她会打扮自己，“三分人才，七分衣裳”。还有四天，就是阳历月底了，胡太太决定领到薪水就上街买料子，替艳珠做两件衣服；如果钱不够，她箱子里还藏有一匹蓝布，可以卖给局子里的同事，稍为便宜一点儿，一定能够脱手的。艳珠再一打扮，那赵一德……胡太太胜利地笑了。

三

韩叔慧从凤凰手里接过那张纸条，上面写着：

姑姑：

我要生你的气了，等你到九点二十分还不回家，你早上九点多出去的，我今天过生日，却一天也不能看见你，赵伯伯说你是“功名心切，儿女情短”，我不懂他说的是什么，但是我恨你的那些公事和朋友，因为你不回家，生日就过得不快乐。

志聪姊姊和爱群姊姊送我一个小黑奴洋娃娃，是我最欢喜的礼物；傅小姐的礼物是一块蛋糕一束花；蛋糕我们分吃了，你在外面有好的吃，所以没有留给你，一束花我叫王妈插在你的花瓶里。

赵伯伯送了一串项珠，我不肯收，他说你同意的。

上午我在阳台上晒太阳，午后睡觉三小时，醒来看画报，听无线电，我已经很好了。不生病真开心呀！下礼拜你带我看电影去。

玛格丽特今天穿了一件大红小坎肩，更美了，我将我的绿丝绒蝴蝶结送给白蓓拉。

爱群姊姊不许我再写下去了，她叫我立刻就睡觉。明天见，芳子问姑姑晚安。

韩叔慧笑了，将纸条压在台灯底下，换上拖鞋，她走到芳子的屋里。

爱群倚在床上看书，看见她进来，放下书，笑着叫了一声：“韩先生。”然后对着旁边一张床努努嘴，悄悄地说：“怎么也不肯睡，一定要等您回来，好容易才合上眼。”

“这孩子。”爱怜的口吻。

“还写了封信给您哪，又不肯给我瞧，叫凤凰交给您。”

“收到了。”

“回信呢？”芳子忽然叫了起来。

“原来你还没睡着？”爱群笑道，“连我都被你骗了。”

韩叔慧走过去，坐在她的床沿上：“淘气的孩子，姑姑来跟你道歉的哩。”

“只要您肯下礼拜带我出去看电影，人家都整整的两个月没有看戏了。”

“好，一定带你去。”

“不能骗人。”

“糟糕，姑姑的信用简直破产啦。”

芳子噘着小嘴：“您常常说话不算话哩。”说着，她抱起身旁的小黑奴，问：“好不好？”

“最心爱的礼物，会不好吗？”

“想起来了。”她从枕头底下取出那个蓝丝绒盒子，交给她的姑姑，“赵伯伯送的礼，我说不要，他就说我瞧不起他，我只好拿了。——赵伯伯总是送我这样贵重的礼。”

韩叔慧打开蓝丝绒盒子，一串美丽无比的项珠，她欣赏着，心里却在慑怙着芳子的话：“赵伯伯总是送我这样贵重的礼。”……

王妈走进来，说：“洗澡水放好啦。”

于是她给芳子盖好被，跟爱群说了声晚安，走回自己的屋子里，吩咐王妈：“没什么事，你们睡去吧。”

王妈正要下去，她又叫回来问道：“胡太太睡了？”

“屋子里灯灭了，大概是睡了。”

她挥挥手，叫王妈下去。

时钟响了，十一下，夜深十一点钟。

她又看了一下手表。好像对于时钟的报时，不顶相信似的，手表上也是十一点钟。

她吸了一支烟，在屋里来回地走着，再一次地看了一遍那写得天真孩子气的纸条，再一次地打开那蓝丝绒盒子，那一串项珠，她挨次一颗一颗地抚弄着，像老太太念经时候捻佛珠一样的，她也念经么？不，她只想那一颗颗的珍珠好像一颗颗的眼泪——那是赵一德送给这孩子的礼物。然而，是谁将这些眼泪连成一串项珠的呢？用什么穿成的呢？

电话铃响了，铃，铃，铃……在夜深人静的屋子里响成了一串，一串什么呢？不是一串项珠，也不是一串眼泪。她走到床前，拿起电话听筒，却不先开口。

那边沉郁地问："你回来了？"

"回来了。"她觉得喉咙有点儿哑，不知道被什么塞住一样，说不出话。

"外面下雨，起了风……"

"不知道，我回来的时候——天上还有星星。"

"你不大舒服？"

"没有。"

"怎么嗓子有点儿两样？"

"没有什么。"她又咳嗽了一下。

"保重一点儿，你太忙，太辛苦……"

"没法子不忙，就没法子保重，不过也没有不保重。"

"我总觉得你应该休息休息。"

"谢谢你的关心。"

"我送给小慧一件东西。"

"看见了。"

“还好吧?”

“太好了，这么贵重的东西，我不知道怎么谢。”

“叔慧，你为什么要说这话？你不应该。”

“噢，对不起……”

“叔慧，你……”

“我……”

“你怎么啦?”

“我不怎么。”

好半天，没有说话，她轻轻地咳嗽了一下。

“怎么你不开口？我以为你挂断了哩。”

“那你为什么不挂断呢?”她笑了。

“我么?”停了停，“我永远不挂断。”也笑了。她笑了笑，没有开口。

“你在做什么?”对方又问。

“听电话。”

“不，我问你刚才做什么。”

“刚才，看你送的礼物。”

“那串项珠?”

“一串眼泪。”

“眼泪?”

“是的，你送她一串眼泪，可怜的孩子……”

“她……”

“她真可怜。”

“她真可爱，越长越像你从前的时候。”

“是的，‘侄女’是应该长得像姑姑的……”

“叔慧，”温和而关切的声音，“明天什么时候可以看到你?”

“明天我什么地方也不去。”

“那么我就到你家里来。”

“用不着。”

“不，我一定来。”

“你别——”

“明天见。”电话轻轻地挂断了。

她走进浴室，水已经冰凉，她伸手拔去塞子，水流下去的声音，减去了周遭的空洞与凄清。水流完了，又静下来了，又静下来了。

四

今天，是十天中难得的一天，可能还是一百天中难得的一天。韩叔慧没有出去。一清早就把开会吃饭什么的给回绝了，是生病么？不，只不过嗓子微有点儿哑，而且平时就是真有病，她也不会忘记“公事”的。但是今天，她是这样的反常，为什么？为什么……是不是应了那句老话“雨天本是愁天”，她的心情遂也感到了不快？这点点滴滴、潇潇淅淅的声音，从昨宵直到现在，现在，这恼人凄清的黄昏，午后五点钟。无线电里低低地唱着《天伦歌》：“人皆有父，翳我独无？人皆有母，翳我独无？白云悠悠……”芳子睁大了一双水汪汪的眼，傻着脸儿听。

韩叔慧坐在一旁，在她的四周，大、小、中、西、早、晚的报，散了一地，她可一张也不在看，怔怔地坐在沙发里。从斜对面梳妆台的长镜中，可以见到她侧面全身的影子，趿着拖鞋，半旧的黑呢旗袍，睡过午觉的脸，蓬松未整的头发，疲倦，黯淡，没有一点儿精神，没有一点儿光彩，和平时那个神采奕奕的韩叔慧简直是两个人，完全两个人；因为太忙的缘故，连她自己也难得看到这种未经化妆的家常打扮，原来她已这样的老了？看惯了她平时的人，一定以为今天的她，是平时那个她的姊姊，一个至少年长十岁，思想、个性、作风全都各异，只有面貌相似的姊姊。再不就是一张年深日久走了光的相片，纵不面目全非，却已不能说“音容宛在”了。——怪不得那个年老的英吉利女皇伊丽莎白曾经将宫廷中所有的镜子全都打碎？怪不得……

韩叔慧幽幽地叹了口气，换一张沙发，背对着镜子坐下了。无线电里的《天伦歌》，唱到“……莫道儿是被弃的羔羊，莫道儿已哭断了肝肠……”芳子的脸也换了个方向，背着她的姑姑。

电话铃在响，她走过去接，刚只“喂”了一声，那边就问：“今天好点吗?”

她淡淡地一笑：“怎么回事？我根本没坏点呀。”

“是的，这就好。”那边也笑，“我本打算此刻来看你，但是有一件事——要紧的事，今天不能来，你多多保重，再会，嗯，明天会。”没有等她开口，就挂上了。

一只穿了大红绒线坎肩的鬈毛小狗，从半开着的门外跑进来，摇头摆尾的，煞是好看，一下跳到韩叔慧身上，它的嘴里衔着两封信。

“谢谢你，好玛格丽特。”她把它抱在怀里，亲了一下，然后看信。玛格丽特在她怀里躺了一会儿，不见她再来搭理，觉得无趣，赌气地跳下地，又跳到芳子身上，《天伦歌》已经在此刻唱完了，年轻的女报告员嗲声嗲气地打着二八京腔，向她的看不见的听众们有节奏地说：“诸——位要——买皮——鞋，请到——法——大马路——六百——零——”诸位听众之一的芳子不接受她的宝贵指点，也许她不要买皮鞋，“扑”的一下把无线电关上了。像垂危的病人似的，女报告员来不及说完她的“遗言”，就断了气。

“芳子，猜猜看是谁的信?”

“还不是些个叫您去开会吃饭的信。”微偏了头，眉毛扬一扬，“再不，就是捐册、戏票、茶舞券。我猜得不错吧?”

“这回你可没猜着，一封是季刚四叔打杭州寄来的，还有一封是大姑母的。”

“大姑母?”芳子奇怪地问，“芜湖的大姑母?”

“傻孩子，请问你有几个大姑母?”

“不是呀？大姑母是从来也懒得提笔写一个字的——”

“这回可西天出太阳了，”笑容里似乎带一丝冷笑，不过不怎么明显，“是大姑母亲笔写的哩，写得好多，一共四张八行书，末了还说纸短情长，唉，好长的不了情。”

“说些个什么，我能瞧瞧么?”

“怎么不能?”韩叔慧将两封信全交给她，“这儿四叔的一封也拿去看看，叫你到杭州去住些日子，他们在湖边新盖了一所房子，还有花园。”

要是在平时，听见去杭州，到西湖边上住些日子，芳子真要乐得不可开交，但是此刻，难得提笔的大姑母写来的这封信吸引了她，芳子看惯了楷书，大姑母多年不动笔杆儿，“草字离了格，连神仙也不认得”，好容易结结巴巴地才看明白其中的究竟，芳子跳起来：“楠孙姊姊要来上海啦，我们这儿更要热闹了！姑姑，赶快叫凤凰跟王妈她们清理屋子啊。”玛格丽特被她掼下来，只好摇头摆尾地跳到韩叔慧身上。

“傻丫头，听见风，就是雨，猴急点儿什么呀？大后天才到哪。”

“大后天，大后天还远吗？今儿个已经不能算了，过了明天，再过一个后天，不就到啦？凤凰，”她跑到门外去，一路喊着，“凤凰，凤凰……”

玛格丽特又从韩叔慧身上跳下来，抖了抖毛，摇头摆尾地跟了出去。

“这孩子，莽张飞似的，乐糊涂了，连揿电铃都不知道。”

待了一会儿，芳子才走进来：“白蓓拉生病了，王妈，凤凰，还有做针线的许奶奶，都在忙着哩。”

“白蓓拉？早上还好好的，现在怎么病啦？”

“许奶奶说是鱼刺在嗓子眼儿里了，所以它要吐。”

韩叔慧皱起眉，生气地说：“这个厨子头一天来我就知道他不行，从前的金贵多好，做事又好又小心。也是白蓓拉倒霉。”不胜惋惜感慨的样子，“黑蒂一直到死，都是吃的金贵做的出骨猫鱼；可怜的白蓓拉。”

“大概不要紧的。”芳子安慰她的姑姑。

刹那间沉默。芳子无聊地将无线电扭开，一个又尖又脆的嗓子在唱：“……你是我的灵魂，你是我的生命……”

“难听死了，换一个吧！噢，不，还是关上。”

又是半晌的沉默。

“哪一间屋子好呢？姑姑。”芳子怯怯地问。

“什么？”

“李家的楠孙姊姊呀。”芳子央求着，“好姑姑，就让她住在我旁边一间吧。”

“不是有胡太太住着么？”

“给她换一间，二层楼，就是您斜对面的这一间，不是空着？我不要跟她们隔壁，胡太太夜里说梦话，艳珠要打鼾，吵死人哩。”

她的姑姑笑了：“没准儿楠孙也要说梦话，也要打鼾，我瞧你怎么办?”

“情愿。”双手一摊，小嘴一嘟。

“别这么一盆火似的，赶明儿个见了面，话不投机半句多，就又是一副嘴脸啦。”

“不会的，我们小时候不是玩得挺好吗?”

“小时候是小时候，这一晃都八九年了，听说楠孙这孩子才呆板哩，上次连她的未婚夫吴光宇都这么说。”

“人家未婚夫自然不能夸奖自个儿将来的太太怎么好怎么好，姑姑连这个都不懂。”

“哟？你倒懂?”韩叔慧不禁大笑。

芳子红了脸，吵着道：“我不来，姑姑顶坏啦，我不理您啦。”她撒娇地要出去，被姑姑拉住了，又坐下。

她们一同坐在长沙发里，芳子伏在姑姑的身上，黑头发长长地散开，有的披到脸上，韩叔慧给她理过去，端详着她的脸；她心里有一种难言的情感，不可言说的滋味，她看着她，无语，无语，最后幽幽地长叹一声，说：“芳子，你长得这么大了……”

“可不是，十七岁啦。”芳子笑开了脸，脸上有一种天真的喜气。

“十七岁？长得这么大……”她的声音有一点儿抖。

“长大了，您不高兴吗?”芳子奇怪地问。她坐直了身子，睁大眼睛，瞧着她的姑姑。

“高兴。”机械地点点头，最后她的头垂下了。

“而且，”那女孩子含羞地说，“昨天赵伯伯还说我越长越像姑姑年轻的时候，是么？你说像不像呢?”她捧着她的脸。

“外甥多像舅，‘侄女儿’怎么不像姑姑？自然很像啰。”

“但是我哪有姑姑美呀？”扮个鬼脸儿，眼珠一斜，“您在日本照的相片，站在那樱花林里，喃，真是‘沉鱼落雁，闭月羞花’。”

“这孩子越来越没规矩，跟我也这么贫嘴贫舌的。”她的语气里有三分得意，七分爱怜，但是后来忽然变成十分感慨，“那是从前，年轻的时候，现在，姑姑可老啦……”

“不，一点儿也不，您老是这么年轻，这么美，像胡太太那种风干人儿才老哩。”芳子急急地说，“姑姑，您没有老，志聪姊姊常说什么‘永久的青春’，您就是的，姑姑，您不信照照镜子，看上去一点儿也不像三十九岁的人。”

当真她去照照镜子，镜子里的人，跟刚才一样的，叫她想起伊丽莎白，她还没有伊丽莎白那样衰老，所以也并不想将镜子打破，只是觉得憎嫌，憎嫌，说不出来的憎嫌……三十九岁的女人，有钱，有势，有名，有地位，有汽车和华丽的洋房，洋房里有漂亮的上等家具，有特别护士，有男女用人，有两个电话，有猫也有狗……别的女人没有的，她都有了，但是，她没有丈夫和孩子，丈夫和孩子？……丈夫和孩子？……她无可奈何地一笑，然后说：“还好，总算不像王湘君那样的风干。”果真还好么？就是还好又有几时呢？她禁不住这样地想。不敢面对着镜子，再也不敢……于是韩叔慧又一次地背朝着镜子坐下。

她的眼光落到一件小玩意上，一个彩色细瓷的东洋美女，还是当初在日本买的，十多年了，居然没有打破。她指着告诉芳子道：“只有这，才能保持永久的年轻，因为它是没有情感的生命，人的青春，有的较长，有的较短，但是却没有永久的，谁也没有……”

芳子似懂非懂地点点头，没有开口。

外面好像有人走近，听那说话的声气和口吻，就知是爱群和志聪。

“傅安妮呢？早上不是说今天一块儿回来？”

“傅安妮，”俏皮地答，“她跟罗勃特·孙、薏丽娜·沈、亚历山大·顾到善钟路的惠灵顿·宋的家里，参加什么 party 去了。”

“你瞧你，就跟放连珠炮似的，这么一大串。”

“怎么能埋怨我？他们那些人的名字就有这么长哩。”

“不过你今儿个多少也带点‘洋派’，居然也买上一大捧花。”

“哪里，这是安妮·傅托我的，她人不能立刻回家，可是心里却惦记着韩先生的不适意。”停了停，又说：“读过《处世哲学》的人，凡事就是这点周到。”

“花倒是挺香挺美。晚香玉呀，现在已经十月了，怎么还开着？”

“移到暖房里，就有奇迹，这也是人定胜天……”说着，她们已走到门口，志聪在半开着的门上轻轻地敲了两下，问：“我们可以进来吗？”

她们进来了，爱群含笑道：“芳子，瞧志聪姊姊，今儿个完全一派傅安妮的作风。”

韩叔慧接过花，亲自插到床前空着的一个碧色花瓶里，迟谢的花朵，是暖房里的奇迹，瞧着十月的晚香玉，她安慰地笑了，但是没有一个人懂得是什么。

五

半个月过去了。天气渐渐地冷起来，十月的晚香玉抵御不了十月的寒凉，即使在暖室里也是花事匆匆，不会再有奇迹，它的青春凋谢了，生命终结了。想起韩叔慧的话，我们不由得要想：晚香玉是有情感的，有情感的晚香玉。

至于那些更有情感的人呢？在华丽的洋房里的一群莺莺燕燕，我们故事中的人物，她们在这半个月里有什么可记述的事？

韩叔慧，这华丽洋房的女主人，最近的心境不怎么愉快，不愉快的原因是神秘的，没有人知道，但是谁都瞧得出她的情绪不佳。连她的侄女儿李楠孙打芜湖来，她都没有显出太多的高兴，甚至都不曾和她好好地谈几句话，只随便招呼用人给她安排一个住处。“姑姑变了。”芳子伤心地告诉楠孙。别人也背地里议论：“韩先生变了。”

变了，她自己也觉得变了，从前她是有说有笑的，有光，有热，有旺盛的生命力。现在可不同了，在外面，那些开会和应酬虽还照旧，可是一回到家，她总是一个人关在自己的房间里，不愿意见人，见了人也是冷着脸，不多说话，像有莫大心事似的，什么心事呢？她从来也没告诉过谁，自然也没有谁敢去问她。

正和韩叔慧相反，胡太太的风干的脸儿上，笑容一天比一天多，一天比一天深，不是为了她的底薪从这个月起加了二十块钱，也不是为了宗和的小考得着个第三名，因为这种些许小事，真是何足挂齿？值得我们大书特书的，乃是那个赵一德赵伯伯收了艳珠做过房女儿，这真是非同小可的喜事，伯伯变成了干爹，见面礼是两件贵重的衣料，还有一串鸡心项链，据说也是朋友从巴黎带回来的。这还不算数，最叫胡太太起劲的，是那一次她带了宗和、艳珠赴赵一德的约到天蟾舞台去听戏，亲娘儿俩和干爷儿俩都看得皆大欢喜。赵家的汽车夫曾经告诉韩家的汽车夫根宝：“……我们老爷扶着王小姐，胡太太那份儿高兴啊，乐得屁是屁汗是汗的，走台坡的时候，还脚这么跳，像个机灵豆子似的……”这番话原封不动地从根宝嘴里传到做针线的许奶奶的耳朵里，再从许奶奶的嘴里传到王妈、凤凰的耳朵里，于是爱群、志聪、安妮……全都知道了，她们窃窃私议：“赵一德的太太要是晓得，可真要她们的好看，那赵太太，出名的雌老虎，不知要闹出点儿什么花样来，嗐，胡太太，这糊涂虫……”不懂事的芳子跑去问她的姑姑：“——赵家姆妈知道这件事么？她会不会发脾气呢？”谁知姑姑却跟她发起脾气来，脸一沉，厉声道：“小孩子家少管闲事。”芳子第一次碰姑姑这么大的钉子，这孩子越发把胡太太恨得个要死。

幸亏胡太太母女已经搬到二层楼去了，现在住在房子隔壁的是李楠孙。这个刚打芜湖来的姑娘，高身材，又白又胖的粉团脸，倒是眉清目秀，可惜太秀气了，就显得那脸蛋儿分外的大，她不像上海女孩子那样活泼，无表情的脸，平板的声音，说话做事都有点儿木木然，甚至连笑都不大会笑的样子，像泥制的面具。“这孩子就跟一杯开水似的，淡而无味。”韩叔慧对待大姐的女儿远不如对二哥的女儿那样宠爱欢喜，连百分之一都没有，这当然并非偏见，她是有情有理的，有情有理地欢喜芳子，有情有理地不欢喜楠孙。然而楠孙却也不介介于此，她来上海乃是为了另一个人——她的未婚夫婿吴光宇。楠孙今年二十四岁，没有读过大学，高中毕业之后，先是在芜湖某小学校教书，之后，在县政府当录事，两年前吴光宇到了上海，给楠孙的信，日益减少，也日益冷淡，中秋楠孙到吴家去拜节，觉得光宇的母亲和妹妹也有点儿两样，待她似不及先前亲切。楠孙心里纳闷，却又无法解决。县政府里有个同事，叫“曾大炮”的，是光宇的表哥。楠孙在“曾大炮”那儿得着不少情报，许多情报聚拢来就是一则极正确的消息：上海是一个花花世界，花花世界里漂亮的女人太多了，看惯了上海的女人，吴光宇嫌自己的未婚妻土气十足，上不得台盘，颇有悔婚之意。楠孙的无表情的脸上有了表情，“曾大炮”的话差点儿将她轰得昏过去。“光宇欢喜上海的女人，上海的女人……”她把话跟母亲说了，商议之下，李太太决定叫女儿到上海去住些日子，那么就也是“上海的女人”了，至于她给叔慧的信，自然是说姐妹多年不见，思念甚殷，自己很想亲来上海，一表离衷，无奈家事繁杂，分身不开，只得令楠孙来跟三姨请安，又说这孩子过于忠厚老实，还望三姨随时指点开导云云。现在楠孙已做了十天“上海的女人”，她的天然直头发已经电烫过了；还买了唇笔、胭脂和唇膏，不过忘了“蔻丹”；玻璃配备项下，她现在有一双皮鞋和一个皮包，全是黑得贼亮贼亮的。这两天她正忙着织一件鹅黄的绒线衣，完工之后要请安妮为她设计在胸前做一些花或是图案。

提起安妮，自从那次 party 之后，她和罗勃特孙的友谊益形明朗化了，前两天去过故乡苏州，据说此行与罗勃特孙的事情有关。她的《现代小姐须知》研究得比以前更到家，难怪楠孙一来就挑了她为“上海女人”的榜样，拼着命地模仿她。

芳子已经上学，大家都劝她这学期别再去了，但是她执意不肯，原因是和她同年的艳珠已经读大学，而她只念高一，芳子是个要强的孩子，不肯耽误。韩叔慧担心她用功过度，再生起病来，但是芳子只知道要补起那一个半月的课。

最使芳子搁在心里的，就是她欢喜的爱群和志聪都快离开了。爱群几次三番要回医院工作，韩叔慧坚决地挽留，芳子苦苦哀求：“爱群姊姊，你再说走，我就生病啦。”软心的爱群不好意思再说走了，她答应继续留一些日子。至于志聪，她和安妮原是来暂住的，因为她们教书的那个学校，这学期将宿舍拆了翻盖，韩叔慧和她们的校长相当熟悉，见她苦于无法安排许多教员的宿处，情愿留两个住下。一来她的华丽的大住宅，不宜太空，也需要人的点缀；二来在场面上做事的，应该懂得“长线放远鹞”，自己焉有个不靠朋友帮忙的时候？所以志聪和安妮从学校搬到韩家，新宿舍大概阳历年底可以落成，走了安妮无所谓，一旦志聪走了，芳子可真舍不得。然而此刻也不过只有阳历十一月中，志聪道：“好孩子，还有一个半月才过年哩。”芳子却说：“只有一个半月就过年了。”

半个月的花事，人事是如此。那些猫事和狗事呢？白蓓拉的病已痊愈，它的好心肠的女主人已经面谕过新来的厨子给她做特制的“出骨猫鱼”，所以它没有被第二根鱼刺卡过嗓子；白蓓拉有一身雪白的长毛，像狮子，日光满照的阳台上，它半眯着眼，戴了芳子的绿丝绒蝴蝶结懒懒地躺着，那样子好比娇怯怯的怀春少女。玛格丽特的坎肩已经不是那件大红的了，因为韩叔慧的狗是要换行头的，现在的一件，质地是来路货的呢子，乌金怪绿的奇异图案，把个玛格丽特扮得像围了“沙笼”的南洋姑娘，脖子里新拴了三只小银铃，走起路来，环佩叮当，又似古中国的闺秀，总之，玛格丽特是狗中第一流雍容华贵的了。

六

极清静的午后。

志聪打外面回来，抱着一大堆作文卷子，她是个史地教员，只因有个同事的孩子病了，就自告奋勇地要帮一点儿忙。

她一边走，一边唱，唱那个刚打学生那儿学来的北平民歌：

往年古怪少，
今年古怪多。
板凳爬上墙，
灯草打破了锅。
灯草打破了锅，
月亮西边出，
太阳东边落，
天上梭罗地下栽，
河里的石头，
滚呀滚上坡，
滚上坡——

唱得太起劲了，脚底下不留神，忘记上台阶，差点儿摔下来。她自个儿笑了，心里想："只顾嘴里滚，人也就跟着滚起来。"唱顺了嘴，她又接着往下哼：

田里种石头，
池里生青草，
人向老鼠讨米吃，
秀才做了强盗。
秀才做了强盗，
喜鹊号啕哭，
猫头鹰笑哈哈，
城隍庙里小鬼啊，
白天也唱起了，

古怪歌，古——怪——歌。

一直唱到三层楼，在扶梯口，和爱群撞个正着。

爱群指着她笑道：“城隍庙里的小鬼回来啦？白天唱起了古怪歌还不算，还要从街上唱到家里，从大门唱到二门，从楼下一直唱上了楼，这份儿疯疯傻傻，鬼哭神号呀，要是给你的那些小小鬼听见的话，瞧你这老师怎么还有脸当下去——”

“怎么没脸？英雄本色呀！燕雀安知鸿鹄志，你这燕雀——”

“好一只唱古怪歌的有志鸿鹄！”她瞥见志聪手里的卷子，“哪儿来的这许多学生作文？”

“老赵的孩子病了，我跟她三百年前是一家，这点儿犬马之劳，义不容辞。”

“又是义不容辞，我看简直是庸人自扰！天天熬夜，八更八点才睡，全是给人忙的，今儿个是三百年前的本家，明儿个又是六百里内的同乡，没有一天没有一大宗外快生意。”

“这还不好吗？助人为快乐之本。”她洒脱地笑着，拉了爱群，走进她自己的房间里，朝床上一坐。

爱群坐在她对面的椅子上，瞅着桌上堆的那些书和簿子，皱起了眉：“不是我老要劝你自私，你实在太忙。天天教完学校，教人家家里，回来教凤凰，晚上教义务学校，打夜校回家又搞到夜深才睡，我常常一觉醒来，瞧见你屋里总有灯光，怎么能这样不当心自己的身体？”她笑了笑，“回头你又要说我三句话不离本行。”

“不不，我衷心地感激你。”她十分感动，“我不会这么不知好歹。不过我喜欢忙，而且精神和身体还是这样好。”

“难道一定要等到不好么？那可晚了，你真是固执，从来不肯听人家的劝。”无可奈何地翻着桌上的书，“你完全在预支你的精神。”

志聪握着她的手，感激地笑着：“好爱群，我一定听你的话，这是最后一次了，以后再不去拉外快，好吧?”

“我敢跟你赌东道，你一定办不到的，不过，适可而止好了。”

“别谈这个吧，噢，忘记告诉你，你叫我借的《约翰·克利斯朵夫》没有，我给你借了《静静的顿河》来。”

“谢谢。”

“哼，叫我别熬夜，我猜你今天可一定要‘开夜车’。”

爱群笑了，“难得的一次，谁像你?天天如此。”停了停，她问：“想起来了，上次那本《钢铁是怎样炼成的》我还给你没有?”

“不在我这儿。”

“也不在我那儿，我找了好几趟都没瞧见，糟糕，怎么办?”她想了想，“会不会被李楠孙拿去看了?”

“不见得，这种书她不要看，要么是《头发是怎样卷成的》也许她还有兴趣。”

“你个缺德鬼。”爱群摇头直笑，“那她一定跟傅安妮借，瞧着我们两位的尊头，她就不会来请教。”

“尊头还好，鄙头才叫她退避三舍哪，天下事总是这么不称人心，偏偏叫我这种人长上这么一大把的三千烦恼丝。”志聪叹口气，笑道：“那傅安妮，却是英雄无用武之地，巧妇难为无米之炊。”

爱群扑哧笑出声来：“咳，你这个人，亏你想得出，真是天才，天才……”

“承奖，承奖。”志聪跟她行了个军礼。

凤凰端了茶进来，笑着：“赵小姐，您回来啦？”

“这丫头，进门喊大嫂，没话找话说，我不回来，怎么会坐在这儿？”

凤凰放下茶，笑嘻嘻地站在一旁，不开口，也不走开。

爱群微笑道：“这回你就不‘天才’了！这丫头在使外交辞令哩，‘赵小姐，您回来啦？’意思就是‘赵小姐，您给我上课吧！’唉。”她回过头跟凤凰说：“谁知道赵小姐是个不折不扣的木头。”

凤凰一溜烟跑了，待一会儿，又气急败坏地跑回来，手里挟着一本书，玛格丽特和白蓓拉跟在她的后面。

触景生情，志聪告诉爱群道：“韩先生真是了不起的人，你看，她多会提名字，她把那狗啊提拔为万物之灵的人，她又把下贱的使唤丫头提拔为百鸟之王的凤凰。——一经评题，身价十倍。她不但是女权运动者，而且还是人权、猫权、狗权——”话没完，玛格丽特和白蓓拉来跟她联络“邦交”，一个跳到她的身上，另一个跳到她的床上，志聪站起身，大嚷道：“爱群，凤凰，你们俩做做好事，轰它们出去。”

好容易才把猫和狗都赶出去，关上门，志聪摇摇头，说：“这种‘亲爱的小动物’，与我无缘，我一瞧见就头疼。”

凤凰手里的书就是那本《钢铁是怎样炼成的》，爱群道：“这本书我找了好几天啦，怎么会在你那儿？”

“我偷偷拿去看的。”怯怯地说，“好余小姐，您不会骂我吧？”

爱群和志聪不约而同地叫道：“你？”

“我知道我错啦，我下次再也不敢。”凤凰央求着，“记得赵小姐跟您说过的，写这本书的人是个残废，还又瞎眼，小学都没毕业，当过伙夫、茶房，我听傻了，心想这怎么可能？我想借来看看，又怕您笑话，所以就偷偷地拿走，谁知道一点儿也不懂。”她失望地说：“连字都不认识。”

志聪站起来，拍拍她的肩膀：“不，你已经懂得很多了。”回过头，她兴奋地叫着：“爱群，这是多美呀，水底下产珍珠，石块里有宝玉，一粒种子长成美丽的树，爱群，这是多可爱的事呀……”

“怎么不可爱呀，燕雀怀有鸿鹄志……”爱群打开了《静静的顿河》，含笑道，“一寸光阴一寸金，我看书，你们上课吧。”

王妈推开门，探进半个身子来，赔笑道：“余小姐，您这会儿可有空？”有其主必有其仆，韩家的用人没有一个不懂得说话的艺术。

爱群明白她的意思，合上书：“写家信，是不是？”

“是呀，又要费余小姐的心了，我要汇二十万块钱回去，小柳儿的爹病了不少日子，叫他找个郎中治治，别惜苦钱，省得又跟去年一样得了气喘。”

“胡太太欠的债还给你了？昨天我还听你叨叨没钱的。”

“就还了这二十万。”

“嗯，她现在手头很阔啦，艳珠扎括得像个花蝴蝶似的，宗和也是一身新学生装，她的冬天衣也做了，怎么你这点儿债倒还不清？许奶奶那儿，听说早不欠了。”

“阔是阔。”王妈一脸不屑的样子，“要她拿几个出来，就不成啦，老鼠洞里倒拔蛇，这还是她欠人的哪。她知道许奶奶跟根宝有那么一手，顾忌着赵家车夫嘴里的话，被她张扬出来，不然她又得慢慢地拖哩！我要了近十天，只拿到个半数。尽在我们小人身上算计，会得发财么？”

爱群知道她的话匣子一开，就没个完，连忙找出一张信纸，说：“好吧，现在我就给你写。”

爱群写信，志聪教书，凤凰念书，王妈站在一旁，心里惦记着小柳儿的爹，但愿菩萨保佑他这一冬不要再发旧病才好。

七

假使人生也像历史那样，有一个什么纪元的话，那么今天该是李楠孙生命史上的一页新纪元。

从今天起，李楠孙像一个“上海的女人”了。

从今天起，李楠孙改名为兰姗李，就是有一支外国名歌以她为名的那个 *Nancy Lee Nancy Lee*，叫起来既好听，写起来又好看。

当然，从土气十足的李楠孙，一变而为海派加洋派的兰姗李，这伟大的划时代的转变，安妮的功勋是不可埋没的，因为她像点石成金一样地点化了李楠孙。

现在，楠孙已经知道用怎样一个方法去处世，去对待她的未婚夫，以及每一个人，每一件事；她的无表情的脸上，差不多进步得连眉毛眼睛全都会说话，虽然有时瞧得出过于做作、机械，或是过火一点儿，但是日子还不多哩，慢慢地自会炉火纯青了。她又熟悉了许多化妆品的牌子和用途，香水是应该洒在什么地方的，肥皂要伤害皮肤，脸上只要天天涂些油和冷霜，再擦掉，然后再涂，再擦掉……就算洗脸。发亮的衣服要留在晚上穿，耳环别针项链一类的饰物要戴得不多不少，恰到好处，口红与胭脂的色泽要押韵，她把胭脂抹到颊后，淡淡的一抹红晕，增添了暗影，于是那圆姿替月的大脸就显得清瘦一点儿了。这种神速的惊人的进步，自当归功于安妮的教导有方，但是大半还是她肯潜心学习。有志者，事竟成，楠孙真是“上海的女人”了。

尤其是今天，她刚打理发馆回家，新烫过的头发不能做别的花样，那个首屈一指的五号理发师给她梳成一种道士式，安妮说过，这是法皇路易十六的皇后玛丽安东妮的式样，绝代艳后的发型，想来是顶美顶美的。等一会儿，光宇就要来接她出去吃晚饭、跳舞……她应该穿一件闪光的衣服，但是可恶的裁缝，还不把那件鹦哥绿上织银丝花朵的北京缎旗袍送来，衣橱里的三件，淡湖色的太素太老实了，顶鲜艳是那件短袖夹袍，玄色底子上印有腥红的蜻蜓，大得比真蜻蜓有十倍都不止，穿在身上就跟个“蜻蜓精”似的，触目、别致，可惜质地是棉绸，其实价钱并不便宜，棉绸虽是国产，花样却是送到美国去印的，也跟留学生一样镀过金，但是，棉绸总是棉绸。于是楠孙决定穿那件蜜黄色的，昨天晚上已将鹅黄的绒线衣赶完工了，两边绣上彩色的花，这样配合起来，素中带艳，楠孙觉得实在满意，而且她的大衣也是咖啡色的，美中不足是只有黑的皮包与皮鞋，否则就是清一色了。

这样仔仔细细地打扮得停停当当，对镜一看，自觉无懈可击，不由得朝镜里的自己极轻柔倩雅地一笑，双手搁在身前，交叉了十指，这是安妮惯爱做的动作，于是她翩翩地走到安妮的屋子里去。

“啊，Beautiful。”安妮眯着眼，像唱歌一样好听的嗓子叫了起来；将她从头打量到脚，又从脚打量到头，那神情就跟一个孩子在欣赏她自制的布娃娃一样。

她找出一副耳环，亮晶晶的两颗星似的，一闪一闪，这一来就更珠光宝气了。拉起楠孙的手，安妮做了个顶顶可爱的表情：“你们吴先生看见，要不认得了。”上帝造人，然而李楠孙可是傅安妮创造的，她又发现楠孙从理发馆回来，却忘了修指甲，于是自告奋勇地客串了一下修指甲的女郎。

“虽然这是一件小事，但却是要紧的事，当你和人交际的时候，第一个动作就是握手。”她极有经验地说，“我的话不错吧？密斯李？”

楠孙连连点头，感激不已地答：“一点儿也不错，幸亏你指点。——下次别再叫我密斯李好么？何必这样客气呢？”老实人也学会了拉交情，“你叫我楠孙好了。”

“楠孙，这名字叫起来很是——很是那个。”想了想，安妮拍起手来，“有了，Nancy Lee，真是天造地设给你的名字，那是多好哩。”于是她曼声地唱起 *Nancy Lee* 来。

李楠孙就这样成了兰姗李。

半小时之后，吴光宇来接他的未婚妻，一见之下，真的几乎都不认得了。他一向以为自己的未婚妻土头土脑的见不得人，再时髦些也不过是“山东驴子学马叫”，谁知士别三日，果然刮目相看，尤其今晚这一打扮，居然赛过了他们钱庄上的一朵花程桂芬。光宇一高兴，步行十五分钟可到的路程，也打电话叫了一部出差汽车。我们必须原谅他的奢侈，因为所有爱虚荣的年轻人都好出这种风头。何况，楠孙既然已经知道“女为悦己者容”，他也就应该准备“士为知己者穷”了。

八

那是个很冷很冷的晚上，气候不像只是初冬，胡太太呵着冻手，在灯下赶写一篇文章，一篇关于妇女参政的论文，韩叔慧答应给一个妇女刊物写的。要是在往常，这种工作胡太太是求之唯恐不得，因为那一些捉刀的稿费，虽然有限，却也不无小补，但是现在，这区区的数目真不在她眼睛里了。自打楠孙来上海之后，她被调到二楼，这朝北的一间，整天晒不到一点儿太阳，屋子里又没有火，就跟阴曹地府一样，冷冰冰的，阴森森的，想不到交了好运之后，反而住起这种房间来，胡太太怎得不气？而且这一个门里，上上下下，就没一个跟她们娘儿俩合得来的，韩叔慧只想利用她，支使她，芳子那小鬼，一动就耷拉下脸子，傅和余还算好，姓赵的一张嘴可比刀子还厉害，杀人不见血，就连那些个用人们，一个个也那么不平整，总之，这一家子，个个飞扬跋扈，目中无人。胡太太叹了口气："我王湘君虎落平阳被犬欺……"她想起了艳珠，她的锦绣前程的娇娃，扬扬自得地一笑："今番可要给你们几分颜色看看了。"于是她把手里的笔使劲一扔，伸了个懒腰，咬牙切齿恨恨地道："什么参政不参政，关我个屁事。"——但是隔了一会儿，她却皱皱眉，拿起刚搁下的笔，又继续写起来了。因为眼前还不是她给人颜色看的时候，胡太太是懂得待机而动的，"机"尚未正式来到就要发作，那就成了轻举妄"动"。胡太太可不是这种傻瓜。

"在这建国时期，每一个国民都有他艰巨的责任，妇女当然不能例外，尤其是知识妇女，受过高深教育的妇女，她应该站在领导者的地位……"胡太太的手，不停地写，写，写……

"人活在世上，只有钱才靠得住，尤其在这种年头儿；艳珠这孩子不笨，手段也还高明，就是年纪到底太轻，不懂得这层道理，以后还得随时提醒她，指点她，开导她才行，要不然，二十几年前的我就是她的镜子……"胡太太的心，不停地想，想，想……

写，写，写，胡太太的手越写越冷。

想，想，想，胡太太的心越想越热。

忽然，房门重重地被推开，凤凰进来了，这丫头板着个脸蛋儿，满面的鄙夷和不屑，没头没脑地说了声“胡小姐电话”就走了，也不知是胡小姐打回来的，还是人家打给胡小姐的。

胡太太大不高兴，可是无暇生气，匆匆地丢下笔，匆匆地下了楼，匆匆地走到楼下客厅后的电话间里，来不及把门关好，拿起耳机就匆匆地“喂——”

“是胡太太吧？”那边低低地问，“怎么，艳珠她……？”

胡太太一愣，连忙狗颠屁股样地：“噢，是干爹。”就跟也是她的干爹一样；低声下气地在这边赔着笑脸，“艳珠不……不大舒服，躺在床上哩。”

“哦……原来生病，我两天不看见她了。”

胡太太连忙道：“是呀，她正是病了两天。”停了停，“要不要叫她起来跟干爹说话？”

“不，不，不，着了凉不是玩的。”关心地，“给大夫瞧过么？”

“瞧……嗯……没瞧呀，这别扭孩子，不肯上医院，也不让我请大夫，说是怕多花钱。”谄媚地笑着，“还是干爹管教管教吧，简直不听我的话。”

那边也笑了：“胡闹，真是个孩子，好，明儿个我来接她去找大夫。”

“干爹太疼她了，真是的，真是——”胡太太话还没说完，“干爹”的电话挂上了。胡太太对于“干爹”的欠礼貌并不在意，她春风满面地走出了电话间。

上楼的时候，她听见凤凰在过道的那一端学她打电话，亲热地叫着“干爹”，许奶奶吃吃地笑，王妈死劲骂着“不要脸”；她的脸顿时气得发白，白了又红，红了又紫，紫了又青，又是白，她恨不得走过去和她们大吵一场，但是这还不是时候，“君子报仇三年，小人报仇眼前”。于是我们的“君子”胡太太，眼前只做没有听见。“这班该死的奴才，总有一天，叫你们认得我狠。”胡太太一步比一步重地上了二楼。楼梯上铺着地毯，还被她的鞋子打得有点儿响。走过韩叔慧的屋子，里面有电话铃声幽幽地传出来，胡太太心里一动，她的脚步立刻变得极轻极轻，甚至于没有了。

胡太太背紧贴着墙站，恨不得人的耳朵也能生得像驴马一样的随心所欲，转动方向，那么岂不是可以将里面的话听得更清楚一些？她的眼睛盯住对过的墙壁，万一有人走过，表示她是在这儿看那墙上的大钟。

她听见韩叔慧低低地咳嗽着，好一会子之后，才懒懒地“喂”了一声；又是好一会子，里面在冷笑，尖酸地说：“也许不是你来电话我不在家，倒是我不在家，你才来电话……”又是一会儿，冷冷地，“东西贵，开支大，我打算把屋子里这一个电话顶出去。拜托你给我留心留心，有人想要么?”停了停，她咯咯地笑起来，“哪儿的话，我是穷忙，你是贵忙。……”

一阵“铛，铛……”墙上的钟打了十一下。胡太太皱皱眉，煞风景的钟声害得她漏掉许多话没听见。直到钟声的余韵也没有的时候，有一些话断断续续地传出来，说得特别的低，而又不清楚……“可……怜……的孩……子……她才只有……十五岁……十五岁要像十七岁一样……地苦用功……嗯……亲生的……是扔不掉的……累赘……过房的……那才是……宝……贝……”

胡太太上牙咬紧了下嘴唇，摇摇头，又点点头，她心里又害怕又得意。

这时候，艳珠打外面回来了，她看见自己的母亲深更半夜鬼鬼祟祟地站在韩先生的房门口，不禁大为奇怪，正待说话，胡太太急急地大摇其手，指了指门，满脸神色慌张，艳珠会意不开口，悄悄地打算回房，被她母亲一把拉住了。

艳珠不知究竟，怀着鬼胎站在门外，只听见里面韩叔慧生气地叫道："请你不必顾左右而言他！"停了停，还是她的声音，只是听来软弱得多，"夹在书里的樱花，只能够永远夹在书里。"接着，长长地叹了一口气："富士山，一别十几年了，还提什么富士山的梦呢？梦……也……该醒……"大半天，还是那一句，"是梦醒的时候了。"忽然，又提高了嗓子，"谢谢你的好意，只是韩叔慧不是那种人，那种祈求人家顾怜的人。"重重的一响，掼电话听筒的声音。然后，是低低的啜泣，压抑住的悲啼，凄凄恻恻。艳珠渐渐有一点儿明白，明白是怎么一回事情；她打了个寒噤，默默地拉着她母亲走回屋子里。

胡太太收拾桌上那些纸张，她的理直气壮的妇女论文，使劲往旁边一扔，说："艳珠，刚才你也有一个电话。"瞄着眼，"也"字说得特别的重，"他说有两天不看见你了，我只好诳他你病着，艳珠，告诉我，你到什么地方去的？和谁玩？"

艳珠好像没有听见，答非所问："怪不得韩先生近来不高兴，又特别讨厌……我，怪不得……"

"她在跟你吃醋哩。"冷笑一声，刻薄地，"也不想想自个儿什么岁数，叫名三十九，实足年龄倒四十有三。"

"妈，这是什么话？难听不难听？你怎么说得出口？"艳珠起了反感。

"哟，你倒护起她来？她说的话，比我这可难听得多哩。你可真算有涵养——"

“不是什么涵养，一个人总得有点儿良心，韩先生待我们不错，那时候我们到上海来，找不到房子，找不到事，连饭也吃不饱，幸亏韩先生收留我们，帮了不少忙……”

“那还不是她想利用利用我帮她的忙？韩叔慧岂是白让人家占便宜的？再说，那时候没有她，咱们慢慢儿也会有法子的，常言说‘天无绝人之路’，我才不傻哩，不会记着她那份儿假惺惺的好意。”

艳珠不以母亲为然，但是她只叫了声“妈——”

胡太太摆摆手：“这些个反正都是废话，也不用再去翻尸捣骨了，你这孩子太厚道，把什么人都当好人，有苦吃。刚才你没回来的时候，我在外面清清楚楚地听她说‘你被那个小狐狸子缠住了，贱女人，小妖精’。她骂得你多毒辣，多难堪啊。”胡太太皱紧了眉，挑拨地道：“孩子，你年纪轻，不知道人有多坏，人真坏呀，你看她骂得你多狠，可怜你还卫护她，倒反觉得我太过分了，唉，妈听见人家这样糟塌她的宝贝儿，哪能不气不难受啊？”居然抽抽噎噎地哭起来，“全是你爹死得早，扔下孤儿寡妇被人家欺侮，艳珠，我的亲儿，我可怜的孩子，心肝，乖宝贝儿，我的心都碎了……”淌眼抹泪的，看那样子，委屈得好像真的要柔肠寸断了。

艳珠为她所动，一方面感叹自个儿命苦，起了身世飘零之慨，一方面因为刚才她对于韩叔慧的好感，就更添了此刻的恶感；她的银盆样的脸蛋儿上泛起了桃红的云，又恼又恨，咬牙切齿地道：“不要脸，就算我缠住了谁，与她什么相干？”

“别人自然不相干，可是，”锐利地，“谁叫那是她的‘黑市’男人啊？”

“可是，”艳珠别过脸，“我……我并没缠上他……”

胡太太“嗯”了一声：“原是呀，你都两天没看见他了。”言归正传：“刚才，你到哪儿去的？”

“一个同学，白婉卿家里。”

“不是说白婉卿的爹病重，她前儿个才回奉化？来得这么快？”胡太太目光炯炯地看着她女儿。

“……”

“傻孩子，跟妈还有什么话不能够明说的？告诉我，晚饭你在哪儿吃？跟哪些个人玩？”

“在兴……兴隆居。”

“兴隆居？”胡太太摇摇头，“没听见说过。”

“雷米路上的一家小饭铺，保定馆。”她说，“吃过饭，就在附近散散步。”

“跟谁？”调查户口似的问。

“跟……许多人。”

“许多人？雷米路那一带太僻静了，不是许多人散步的地方，许多人散步多半是静安寺路，或是霞飞路。孩子，别撒谎，妈心里明镜似的，你准是又陪那个姓徐的穷小子去了。”她“哼”了一声，“口袋里没子儿就别交女朋友，请人家小姐上兴隆居？亏他好意思。”

艳珠有点儿不高兴：“妈，别……别那么说人家。”

胡太太口若悬河，滔滔地说下去：“为什么我不能说他？我看你越来越糊涂了，‘鸟往高处飞’，连这也不知道，坐汽车上国际饭店的人不去应酬，倒跟那两只腿的驴子上兴隆居。”

“上兴隆居的人不一定下流，上国际饭店的人也不见得全都上品。”

“唷，好漂亮的宏论啊，打哪儿学来的？比韩叔慧居然还

‘前进’！我的好小姐，别上那些书本子的鬼当。无论如何，国际饭店是国际饭店，兴隆居是兴隆居，在国际饭店吃腻了，跑这么一二次兴隆居，那是可以的，要是跟那鬼地方做下了亲，就够你后悔无穷啦。”

艳珠抬起头，抗议地：“我又没跟兴隆居做下了亲。”

“这才是啊。”双手一拍，胡太太乐得眉开眼笑，“我说我的女儿是再明白不过的孩子，不是那些点化不了的强牛精，你是有分寸的，有见识的，有眼光的；你知道高低和好歹，所以我们才能过得舒服，你有好衣服穿，戴贵重的首饰，坐了汽车到顶豪华高贵的场合去出风头，多少女人用忌妒的眼光看你，多少男人用爱慕的眼光看你。你生得美，长得年轻，你今年只有十九——”摇了摇头，抱怨自个儿的疏忽，“噢——不，才十七岁，十七岁，你还有好些好些的风光、美丽、富贵和荣华，你不能白白地糟塌了你的前程，你的前程。”她停了停，咳嗽着。

“……”

胡太太继续说下去：“如果你聪明一点儿，我们就可以有那么一天，那一天，我们走出这朝北的没有火的屋子，不受韩叔慧的气，以及她的用人们歧视，你自己也有许多的用人，你就是大洋房的主人。至于我，也用不着在深更半夜，手冻得冰也似的，写这些劳什子的废话了。”她恨恨地瞅着那些妇女论文，恨不得一股脑儿烧掉，幸亏这屋子里没有火。

“……”

“假使你不能放明白点，那么，”胡太太原是写“劳什子废话”的能手，所以她的文章有正反两面，“我们就只能永远看人家颜色，拿人家的喜、怒、哀、乐来左右我们的喜、怒、哀、乐，等到人家连这一点儿颜色也不给我们的时候，我们就要连狗

（自然不是玛格丽特那样的狗）都不如地被逐出大门，没有事做，没有饭吃，没有房子住，更没有学校和好衣服。妈老了，再也不能一天给人抄写十二小时，在三个学堂里教书。宗和还只有不点儿大，熬十年，他二十五岁，也不过才大学毕业，我能指望他点儿什么哪？还有你自个儿，艳珠，书念得好有什么用？你妈当初就比韩叔慧成绩高明，可是现在，我的文章全是她的名字，写下王湘君三个字就卖不了钱。学堂——对于女孩子的意义和男孩子是绝对不同的，不过提高提高身份罢了。”她燃了一支 Craven，那是赵一德奉赠的。

“……”

“女人的青春和漂亮，增添了男人的风光。”一支 Craven 引起 inspiration，胡太太不但理论出色，就连词句也出色了，“至于女人的风光，却是靠男人的娇宠和金钱而来的。你要是执迷不悟，一径儿跟那姓徐的，或是姓什么的穷小子来往，你将来有苦吃，后悔在后头呢，一失足成千古恨，再回首已百年身。”嫌理论太空泛，不能使听者动容，并举例证明之：“欲知山下路，请问过来人。当初，我也是个清高不爱钱的人，我嫁给你爹，为的只是爱情。可是爱情这样东西，说起来伟大得很，其实有个什么用？价既不廉，物又不美，抵不上一枝 Craven。”吸口烟，叹口气，“我吃足了爱情的苦，艳珠，妈就是个镜子，不会骗自个儿的宝贝，你爹人品好，性情好，学问好……样样都好，可就差了几个子儿，所以我们才弄到这步田地。……唉，一千桩好也抵不了这一桩，就是这一桩——”

艳珠看了看手表——上礼拜在国泰看电影时，干爹送的“小玩意”。她说：“妈，有一点——”

“是哟，”她的妈连忙道，“有一点最要紧，就是——钱。”

九

王妈抱了一大堆衣裳走进电话间，脚还没站稳，嘴里就咕哝道："真是见了鬼咧，正经主子倒不来支使我，件件衣裳都是他妈的这班吃闲饭的……"

凤凰抬起头，看见王妈气鼓鼓的一张脸，衬着那些花红柳绿的衣裳，觉得真是说不出来的有趣，不由扑哧一笑，好大一会子，才竭力忍住笑问："许奶奶呢？烫衣裳应该归她的。"

"你在做梦哩！韩先生上了南京，根宝闲下来了，许奶奶自然就忙起来了，这还有什么可问的？"话没完，小脚一伸，使劲把门给碰上了。

电话铃子响了起来，铃，铃，铃……直对着王妈的耳朵，大声地，有节奏地，不惮烦地响着，铃，铃，铃……像一粒粒的豆子，投进了油锅，王妈也像油一样地炸了，她把衣裳朝大桌子上一扔，拿起电话，不管三七二十一地就"喂"了一声。那边，"胡小姐在家吗？"一个男人的声气，低低的，重重的，在她嘴边响了起来，原来气得太厉害，把电话给拿颠倒了，虽然隔了电话，也像是嘴对着嘴说似的，她使劲啐口吐沫，没好气地回答："不——知——道。"正待挂上，凤凰奔过来，抢去接了。

王妈手点着凤凰的鼻子尖，骂道："没出息的丫头，昨儿晚上是谁跟那个姓胡的老鸨吵得眼泪鼻涕一大把？这会子又来巴结讨好地忙着给她家那小婊子接电话……"

凤凰一手扪着电话机，不让王妈的声音叫对方听见，另一只手直摇："别吵，你听我学胡太太。"说完，她对着电话，干咳一声，"干爹？是不是？"赔着笑，"噢，艳珠出去啦，嗯，是刚出去，刚出去，嗳，是，是，她去弄头发，就回来，一会儿就回来。……真是的，这别扭孩子，干爹多疼她点，嗯，谢谢干爹啦，干爹真是太好了，是，是，叫她一回来就上金——一定的，干爹。”挂了电话，凤凰笑着问：“怎么样？像不像？”

“像，像，像，简直一模活脱。”王妈笑得弯腰曲背，“可差点儿把我给逼死，又不敢笑出声音来，只好死命咬住嘴唇皮，你这个孩子，好大的忍功，就跟真有那么回子事似的，一点儿也不笑出来。”

“笑出来还了得？”

“可也亏你忍得住装得像呀。”王妈想想又笑了，“哎呀，可真笑死我了，你那个样子，顶是那句‘叫她一回来就上金——’把个金字拖长了声音，再像也没有了。”

“得啦，别再笑啦，赶快烫衣裳是正经，人家一会儿就要‘上金——’，你可别误事。”

于是王妈搬过烫衣服板子，凤凰帮她插上熨斗，一个烫衣裳，一个给玛格丽特织坎肩，有一搭没一搭地聊天，说到刚才打电话的事情时，两个人又笑上一阵。

韩家的两个电话，一个是韩叔慧私人独用的，在二楼她的卧室里；另一个是“公用电话”，在楼底下，客厅后面的一间屋子里。因此大家都叫它“电话间”。这电话间当然不像一般的电话间那样不点儿大，只能容得下一个人，这间屋子里除了电话之外，还摆了一张大台球桌子，上面铺着白桌布，四面共有八张椅子，壁上悬着镜框，是织锦的西湖风景，墙犄角的黑漆高几上，放着盆栽的蜡梅，此刻尚未全开。这间屋子自然比不上其余的屋子那般富丽，但也收拾得窗明几净，纤尘不染。芳子常常和志聪、爱群在这儿打乒乓球，从前艳珠也有一份儿的，不过现在她没有这个闲情逸致了。经常是几个女底下人待在这里，一来可以听电话，二来这屋子里装有电铃，楼上叫起人来容易知道，所以就成了许奶奶的缝衣室、烫衣间，凤凰的书房，新近王妈为了小柳儿的爹旧病复发，每天清早麻花亮，要念半个时辰的经，遂又充作经堂，并且还是白蓓拉和玛格丽特的起居室……干脆，“电话间”三个字是名既不正，言又不顺。但是它还是电话间，几个女用人对于每一个人的每一个电话，都能够把它的来踪去迹“研究”个水落石出。

王妈一边烫衣服，一边说：“刚才我在楼上，傅小姐问她不在家的时候，可有人打电话来。”

凤凰从一本书里找出张纸，看了看，慢吞吞地道：“电话是有的，可没人打给她。”

“这么说，那个什么萝卜头孙，真的跟她完蛋啦？”

“完蛋不完蛋？谁知道！不过，整整一个礼拜没有电话是真的。”

“怪不得这一位老是耷拉着个脸儿，就跟人家借她多还她少似的。”王妈把烫好的衣裳搭在椅子背上，拿过一件银白缎的夹袍，抖了一抖，跟凤凰说：“可惜了的这么件漂亮行头，出不成风头了，明儿个圣诞节，今儿晚上那个萝卜头孙总得敷衍一下吧？前些日子一盆火似的，说冷就冷了。”

“可不是说冷就冷了，也不知是为什么。这些个有钱的少爷小姐们，吃饱了饭，没事找事做。你瞧我们那位表姑少爷哩，表小姐刚打芜湖来的时候，他那副死样怪气的缺德劲儿，连我瞧着也气不过，现在呀，可就大不相同了，表小姐的土气一层一层地脱，表姑少爷的电话也就一天比一天多。”

“唉，古时候的人讲究个‘娶妻娶德，娶妾娶色’，如今世道变了，什么都反啦。”王妈摇摇头，“你没看见表小姐刚才站在衣柜门口那个拿不定主意的样儿哩，想了又想，盘算又盘算，拿起这件，搁下那件，恨不得把一股脑儿的衣裳都叫我先给烫了再说。唉，也真可怜——”

正说着，门“呀”的一声开了，一阵夜巴黎香水的味儿，走进来一个人，回头见时，正是她们谈着的李楠孙，她和傅安妮用的香水是一种牌子的，王妈还以为来的是傅安妮哩。

“我的一件衣裳还没烫吧?”

“烫得啦，表小姐。”王妈将椅背上的一件绿底小白花的袍子交给她。

她接了过去，又另外交给王妈一件，脸上现出尴尬的笑：“我想还是穿这件，麻烦你啦，王妈。”

“没关系，表小姐，你就是再拿几件来，也不麻烦的。”

一句话钝得李楠孙脸通红，拿了衣服，讪讪地走开了。

凤凰觉得不忍：“你这又何必，人家倒是挺老实的，留着点儿精神收拾胡家娘儿俩，不好么?”

“这个门里，正经主子在外，只有赵小姐跟余小姐叫人敬重。”

凤凰点点头，不再开口了。

半晌，王妈忽然笑起来：“凤凰，你猜这件衣裳穿在表小姐身上，像个什么?”

那件衣服，是横道子的花纹，红蓝白紫的“波浪”在绿底子的“海面”上一起一伏，周身都是烂醉的颜色。凤凰皱着眉毛说道：“像……像条小花蛇。”

“小花蛇?”嘴一撇，“你当她有那份儿苗条呢?”双手虚空做了一个圈，“山东铺子里卖的红肠子。”

“可是这个不是红的。”凤凰指了指衣服。

“所以她是五彩腊肠。”

凤凰笑得咯咯的，“亏你想得出，真亏你……”

电话铃又响了，凤凰走过去听，这一次是志聪打回来的，夜校的学生今晚有个联欢会，她不能回来吃晚饭，在电话里问起爱群，凤凰告诉她余小姐和芳子小姐一块儿到汶林路去了。因为芳子的四叔韩季刚打杭州回上海，说起湖滨疗养院要聘一位护士长，所以爱群也去谈谈，问问那边的情形。

门外头一阵高跟鞋子响，一直响上了楼。

凤凰道：“头发弄好了，赶快把‘上金——’的衣裳烫起来。”

果然，电铃在响，二楼叫人，韩叔慧不在家，自然是胡家娘儿俩了。王妈啐了口吐沫：“小人得志，你把铃子揿破了，王奶奶也不上去。”索性赌气连衣服也不烫了，把些个已烫过的没烫过的一一叠好，收拾起熨斗。凤凰已经找出书本，开始做功课了，她就拿过那件狗坎肩，一针一针地织。

胡太太气虎虎地冲进来，手里也有绒线活计，灰色绒线团夹在腋下，一件男人的背心差一点儿就完工了。她大声地叫着王妈，很有权威似的问道：“铃子响听见没有？”

“听见的。”王妈答，“明儿个圣诞节，我要赶着做完这件狗坎肩，来不及送衣裳上去，胡太太您下来，那可好极啦，省得我跑一趟。”她脸上堆着笑，可也堆着一脸的理直气壮，满不在乎的样子。胡太太被她气得糊里糊涂，说不出话，拿了衣服拨转身就走。

王妈告诉凤凰道：“这一来可气伤她的心了，你猜她给谁做衣服啊？前儿个晚上我在门外，听见娘儿俩商量，那件背心是孝敬干爹的圣诞礼呀。‘小鱼钓大鱼，一件背心没准儿可以换来一幢洋房，至少也有一件灰背大衣，孩子，就说是你亲手做的……’嗨嗨嗨，凤凰，我长这么大第一回听见。”

“死不要脸。”

半小时之后，胡艳珠打扮得花娇玉媚地出去了，当然，她不会忘了带那件“亲手”做的灰色背心送给她的干爹。几乎是同时的，王妈也将刚完工的狗坎肩替玛格丽特换上。

宗和从学校里来看他的母亲，胡太太为了要卖弄她那件新做的藏青长毛骆驼大衣，特地破费买了一匣糖，带了儿子到同乡顾师母家去。

吴光宇不知打哪儿借了一部吉普卡，横冲直撞地自己开来，将“五彩腊肠”装上车之后，又横冲直撞地开走了。

夜色渐渐地浓了，附近全是外国人家，从韩家寂寞的花园四面望出去，左邻右舍，今夜的灯光全都分外的亮，他们的快乐也一定不会少，虽然隔得这么远，还隐隐听见钢琴的声音，奏着欢愉的圣诞节赞美词，欢愉的歌，一支又一支……

韩家的客厅里，也有人弹着琴，也是圣诞节的赞美词，但是听来却十分忧愁。后来，琴声忽然没有了，傅安妮轻轻地盖上琴盖，回到自己屋子里去，她并没有穿那件银白缎的袍子，不然，在这寂寞而华丽的宅第中，有一个寂寞而华美的女人的影子走过，又是圣诞夜，真够诗意的。

晚饭她没有吃，推说不适意睡觉了。这一顿餐桌上只有两个人，爱群和芳子，但吃得相当兴高采烈，她们从汶林路带了一肚子的高兴回来——爱群的事情谈得很顺利，已经有了眉目，明天午班车韩季刚要到杭州去，爱群与他同行，和院方直接谈一次，如果双方满意，就可以定规了。芳子十分眼热，季刚夫妇早就有意请她玩西湖，此刻便竭力怂恿她去，芳子起先还有些踌躇，禁不起季刚拍着胸脯说他管接管送，并且保险姑姑不骂；加之又在年假里，不会荒课，姑姑也要到年底才回来，她也就大胆答应了。所以，这顿晚饭虽然是在上海吃的，她们的心可已经到杭州西湖。

十

大除夕。韩叔慧回到上海，南京的气候比上海冷得多，所以她带来了满脸的阴寒，比秋天的严霜还更可怕。像冻上一层薄冰制的面具，一个透明的玻璃壳子，玻璃后面是那板板的无表情的脸。

窗外的天也是板板的，蓝不蓝，灰不灰，白不白，说不上来是阴还是晴，法国梧桐的叶子老早就落尽了，但是韩叔慧今天才发觉它是落尽了，落尽了，所以窗外的天才会有这样的空远和辽阔，她第一次看到窗外有如此无尽的长空。——其实是她第一次有这闲情逸致去欣赏窗外的景物。

远处，一排一排的电线上，有几只麻雀，参差地歇着，苍烟暮霭里模糊地望过去，像五线谱上的音符，一曲冬天的歌（除夕的黄昏）——倘使在北风里弹奏起来，虽是短短的一节，也该有它独具的苍凉和悲紧吧？苍凉悲紧的，除夕的黄昏，这无声的短歌。这天寒岁暮的彷徨和不安，这莫名其妙的磨人的忧郁，好像这不仅是一年中的最后一天，并且也是故事中的末日、生命的终结，撕去这一天的日历，什么也都完了，即使没有完，也不过是无穷尽的空白，就像这窗外的天，说不上来是阴还是晴。然而，窗子外面的天，此刻是一点儿一点儿地暗下去了，黑下去了……

她心里的天也一点儿一点儿地暗下去了，黑下去了……这稍纵即逝的除夕的黄昏，如同芳华迟暮的女人的憔悴的青春。……

门不知怎么开了一小半，隐隐地听得有许多人走路的声音，搬笨重东西的声音，胡太太说话的声音，在楼梯上，大呼小叫的："再会，再会。……有空过去玩啊，请你吃我做的辣子鸡；……白赛仲路，公寓房子，一找就找着了，……不要忘了通电话……再会呀，再会。"一连串的虚情假意，但也有不少的真心，真心是炫耀卖弄：她们现在有了公寓和电话，还请得起客人吃鸡。——胡太太的"小鱼钓大鱼"的计划成功了。

韩叔慧使劲碰上门，所有外面的喧哗都没有了。但是胡太太的声音，白赛仲路的房子，白赛仲路的电话，白赛仲路的辣子鸡，像一枚枚尖锐的小针似的，刺着她的心，刺着她的心……她那易感的妇人的心几乎要破碎了。这多年来，除了事业上的雄心之外，韩叔慧自己也不知道她还有一颗女人的心，直等到她发觉，已经——太晚了。她没有好好地去珍视它，所以它碎了，变成一片一片的，再也拼不起来，再也不能。多可怜的女人的心！她是女人么？这些年来，除了家中的亲属以外，人家对她的称呼一致是"韩先生"，"韩先生"，有时候她是委员，有时候她是董事，有些场合是主席，有些场合她是什么代表，没有性别的人；不错，报上刊过她的相片"妇女界领袖"，或是"女权运动者"，但这些证明了她是女人么？不能，人们对于前进女性的看法根本就是一个近乎男性的人物。韩先生，花一般的年纪已经过去了，"韩小姐"也就成了历史上的名词，虽然"太太"的称呼并不可爱，而且缺乏个性，但是到底具有女性。

但是——

"韩先生——"凤凰抱着白蓓拉跑进来。

她生气地说：“什么事？这么慌慌张张的，连敲门的规矩都忘了。——胡家娘儿俩走吗？”

“走了。”凤凰碰了钉子，有点儿惶恐，“芳子小姐说过今天回家的，根宝问等会儿有一班杭州来的特别快车，可要到站上去接？”

“自然要的，你吩咐根宝马上就去。”

凤凰正要出去，她叫住了：“告诉根宝，假使四老爷同来，请他先别到汶林路，请到我这儿来吃晚饭。”今晚，她特别地需要跟家里人在一起。

凤凰答应着走出去。她想起了一件事情，又叫住她：“表小姐在家么？——叫她到我这儿来。”

不一会儿，楠孙来了，她穿着沿细金边的大红袍子，韩叔慧看了一眼，说：“你打算出去？”

“嗯。光宇……是他的一个朋友请客。”

“嗯，我想起有几句话要告诉你。这趟在南京，你父亲正好也在，问起你的近况，并且说希望你们的婚事越早举行越好，顶好就在今年阴历年里，不知道你的意思怎么样？”

“我……”楠孙红着脸说不下去了。

“我想你可以准备起来，有什么需要的跟我说。”

她点点头，没有开口。

“嗯，你父亲说家里许久没有收到你的信，我看你有空赶快写封家信吧。”

楠孙的脸又是一红，头低了。

“还有一件事，”韩叔慧说，“有一个妇女刊物，叫‘女性的呐喊’，编者向我征稿，我哪里有这许多闲工夫？但是又不得不应酬一下，你给我写个几千吧，不用太长，三四千也成，今天三十一号，她们下月三号要。——没有别的了，你去吧。”

“三姨……”欲言又止。

韩叔慧抬起下巴颏儿“嗯”了一声，一脸的疑问。

“我怕我……写不……好……”

“这又不要什么深文大义，还不是那一套老生常谈。”

“但是，我……总觉得我……不成……三姨，请傅小姐写一篇，好吗？”在楠孙的心目中，傅安妮是全知全能的。

谁知她的三姨在鼻子眼儿里“哼”了一声，冷笑道：“她吗，她只会写‘怎样布置你的新家庭？’‘多福饼和香蕉布丁的做法’，除此以外……”韩叔慧摇摇头，板着脸，“楠孙，你有空写就写，要是忙不过来，算了，别伤脑筋。”

楠孙对于三姨素来是惧怕的，只好硬着头皮说：“我一定写，一定……”

玛格丽特跳着打外面进来，它嘴里衔了许多信；韩叔慧叫了声“亲爱的”，抱它在胸前，楠孙趁势溜走了。

她把信一封一封地拆开来，尽是些拜年片，私人的，团体的，机关的，本埠的，外埠的，粉红的，大红的，小的，大的，中式的，西式的，千篇一律的“恭贺新禧”“恭贺新禧”……贺不过来的贺，喜从何来的喜？越看越有气。

最后一封，她一看就知是芳子的笔迹，杭州寄来的，急急地拆开，那上面写着：

姑姑：

你会生气吗？我被四叔和四婶留下多住一些日子，本来打算除夕回家的，但是这儿太好了，前天下了大雪，我看见银色的西湖，真美呀。如果有你在这儿，我一世也不要回上海了。

爱群姊的事情已经决定，她现在是护士长了。我天天和四叔家的菁娥玩，菁娥也是十七岁，比我大四个半月，虽然没有艳珠高，但是比我高半个头，我真恨我生得这样矮小；不过这样也好，她就将我当作顶小、顶小的妹妹看待了。她把她的针线盒儿送给我，替我织绒绳袜。菁娥真好呀，她不许我回上海，永远、永远地住在杭州，和她在一块儿。她说："你既是二叔的女儿，为什么一定和姑姑过？和父亲过不也一样么？"我告诉她我舍不得你，我是你的，她和我生气了，但是一会儿我们又和好了。

五叔五号要到上海，我跟他一块儿来，我带小胡桃、香榧子、藕粉、茶叶、张小泉的剪刀给你。芳子祝姑姑新年快乐。

无限的爱给每一个人。顶多的爱给志聪姊姊。

这封信，她不止一遍地看，心头涌起了多少回忆，多少悲哀，多少喜乐，多少难言的说不出的情感。她怔怔地坐在床边，反复地思索着菁娥的话："你既是二叔的女儿，为什么一定和姑姑过？和父亲过不也一样么？"她不自主地流下几滴眼泪，仿佛她已经失去芳子了。是的，韩芳子，韩仲文的女儿是应该跟韩季刚过的，但是那真的韩芳子，她早就在东京死了，当她那么一点儿大的时候，得了疫病死的。至于这一个芳子，她应该是……应该是她的，本来是她的，如果有一天，地裂天崩，海枯石烂，地球上连人类也绝灭了的时候，她还是她的，因为她是她生命的一部分，虽然，她叫她姑姑，她总归是她的，十五年了。十五年，只一刹那工夫，但也像有一世纪那么长。十五年的记忆，想必总该充满了泪与笑，悲和喜，辛酸与甘甜吧？但是今天，所有的微笑没有了，所有的喜悦没有了，所有的甘甜没有了，只剩下些眼泪，悲愤和辛酸……在这样的一天，芳子应该在她的身边，因为她一切都失去了，只剩下了她，她不能在别的地方，她不能在别人跟前……这一转念，她生起气来，恨起季刚夫妇和菁娥，她知道他们是好意，但是不该这么不近人情。

电话铃响了，铃，铃，铃，她怔了一怔，下意识地看看表，摇摇头，半信半疑的，迟迟不去接，让它去响，让它去！但是，铃，铃，铃，在死寂的除夕的黄昏，这声音是活的，像清亮而热情的叫唤，铃，铃，铃，她管不住自己了，就是这一次也无妨，这最末了的一次，于是颤抖地拿起听筒，不先开口，也等不及她开口，一个年轻小伙子焦急地在那边嚷着："是周公馆么？请三小姐听电话，我是——"

啪的一声，她把耳机掼下了，脸挣得通红，为一个打错的电话么？她发上这么大的火？……她心里又气又羞，又恨又悲，……还有，她嫉妒那"小姐"的称呼，她恨所有的小姐，尤其是三小姐！因为她自个儿曾经被人这样叫过，多多少少的电话打到韩公馆，找三小姐，但，那是久远以前的事了——现在她只是韩先生，不是小姐，不是太太，连女人也不是，没有性别的韩先生，那个三小姐，早就死了，在人家的心里、记忆里，那个年轻貌美的韩叔慧小姐已经死去了多年了……唉，要是真的死去也罢，因为只有死亡才能得到永久的年轻，永久的年轻，她想起伊丽莎白女王，她想起日本买的那个小玩意，她想起——她拿着那个彩色细瓷的东洋美女，看也没看一眼，咬一咬牙，用尽全身的力量向镜子上一扔，哐啷一声响，镜子破了，瓷美人也碎了。

玛格丽特受惊地跳起来，一路狂叫着奔去了。

韩叔慧疲倦地坐在沙发里，瞧着满地的瓷屑和碎玻璃。她的心倒安定起来了，一种死的空茫的安定，忽然，她觉得天地间的一切都安定起来，像被魇住一样，整个的宇宙都魇住了，没有声音。她觉得害怕，生命末日的恐惧，她需要一点儿声音，一点儿人的声音，不管是谁的。扭开了无线电，一家电台正播送西乐，缠绵凄恻的调子，悠悠忽忽地唱着，唱着："这是夏季最后一朵玫瑰，看它寂寞地开了又枯萎……"在狂欢的大年夜，唱"最后的玫瑰"，太不是时候了；但是在这间屋子里，这风光愁惨的除夕的黄昏，仿佛一切都是理所当然的。

十一

故事的末日，哭和笑的日子！在这华丽的洋房里，今天没有人笑，虽然胡太太带了她的女儿是满面春风地笑着离开，但是没有一个人承认她笑得应该。大多数的人在故事的末日是哭泣，因为人的故事多半是悲哀的，人生只是一缕长长的太息，眼泪是生命之谷，尤其是女人的眼泪，更不值钱；然而韩叔慧，她会哭泣么？不错，她已经哭过了，在看了芳子的信之后，她流过眼泪，真正无价的眼泪，虽然只是几滴。现在她不再哭了，只孤独地坐在黑黝黝的屋子里，一脸骄傲的冷峻，她的无泪的眼像没有点儿灯的屋子一样，可怕而又阴森。

三层楼上傅安妮的屋子里点着灯，傅安妮的眼里流着泪，起初只是低低的啜泣，越到后来越伤心了，她呜呜地哭出声音，抽抽搭搭的。惊动了楠孙和志聪，一齐跑来看她，横问竖问，她死也不开口，双手扪住脸，不让她们看见哭肿了的面容。楠孙眼尖，瞅见桌上那本 *Modern Screen* 里露出一角大红信封，她轻轻抽出来，里面是一张喜柬，楠孙跟志聪使了个眼色，原来罗勃特孙后天要和别人订婚了，怪不得她哭得这样伤心。志聪指着罗勃特孙隔壁的那个名字，眉毛抬了抬，脸上带着疑问的神气，意思是："你认识她么?"楠孙微点点头，指指那名字，满脸不以为然的样子，意思是："这个人哪里有安妮好?"是的，那个女孩子，没有安妮漂亮，没有安妮能干，也没有研究过《处世哲学》和《小姐须知》，但是她夺去了安妮的情人。虽然失败是成功之母，不过失败在一个才不惊人、貌不出众的平庸女孩子跟前，安妮太伤心了，她的高贵的女性的自尊心受了打击，这就是安妮哭的理由。志聪叹了口气：真是多事之秋，"胡"波未平，"傅"波又起。楠孙心里却盘算着刚才三姨的一番话，她父亲指望婚事早日举行，到底上了岁数的人有见识，越早越好，省得夜长梦多。

当下她们劝解了一番，因为安妮既将伤心的来由瞒着，她们自然也装得毫不知情，不关痛痒地慰问。志聪认为这些从谈情说爱闹出来的眼泪鼻涕根本是一种情感上的奢侈，虽然她很会说话，此刻却是"力有余而心不足"；楠孙是同情安妮的，第一因为她的由衷的崇拜，其次是由于经验地想到男人的情感，她对她有点儿同病相怜，虽然她现在很得意，但是楠孙不是那种"得意便忘失意时"的人。不过，同情只管同情，她说的话比志聪还要少，心有余而力不足，安妮要是明白人，她不会嗔怪楠孙的默默寡言。

她们走出安妮的屋子，楠孙对志聪说："志聪姊，我有一点儿困难的事，你愿意帮帮我么?"

"你太客气了，如果我能，我自然愿意为你效劳的。"志聪猜思自己一定是力不从心，爱莫能助，关于那些头发上的小鬈儿呀，或是指甲上涂哪一种红色呀。

“你才太客气哩，连‘效劳’的话都说出来了。”楠孙颇为知己地说，“三姨叫我给她写一篇文章，登在《女性的呐喊》上头，志聪姊，你瞧，我……哪里写得出……”

“所以你就挑上了我，但是我的天，我，又哪里写得出？”

“志聪姊，这就是你不肯帮我了。”

“不，我不是那个意思，我是说，像那样的文章，胡太太写惯的那种妇女八股。‘男人是人，女人就不是人么？’我怕我真的写不出。”

“但是，志聪姊，要是我缴不了卷，我就得挨三姨的骂了，你好歹答应了我吧。”

志聪无奈道：“好，我给你写，不过我知道一定要被编辑先生扔到字纸篓里头去。”

楠孙不懂得她的意思，但是只要志聪肯写，别的她也就不求甚解了。她看看手表，已经到了和光宇约定的钟点，于是匆匆地拿了大衣和皮包，急急忙忙地出去了。在楼梯口，她的大衣还没有来得及穿的时候，凤凰瞥见她的背影，这个淘气的丫头指着她悄悄地告诉王妈：“喏，红肠子。”

王妈嗨嗨地笑起来：“才巧哪，今儿的晚饭菜也有红肠子。”

可是今天晚饭菜的红肠子却不怎么“走红”，因为只有志聪一个人吃饭，胡家母女搬出了，杭州的人没有回来，楠孙又有人请，傅安妮在三层楼“不适意”，韩叔慧在二层楼“不舒服”，偌大一桌子菜，志聪一人怎么吃得下许多？她连红肠子动都没动，但愿我们 Nancy Lee 千万不要像今天的红肠子一样地不“走红”。

志聪一个人胡乱吃了晚饭，对着这空落落的大宅，心里头很有点儿不自在，无精打采的一个人，在屋子里，左也不是，右也不是。墙上的日历只剩下最后一张了，这最后的一张也只有几小时了，虽然明天就得换上一本新的，但是在这一本上，无论如何，它是最后的一张；正像人的故事一样，第一个故事快要结束了，那新的第二个故事，不可知的未来，还没有开始。然而志聪是个急性子的人，她等不及这几小时缓缓地过去，就将一本新的日历挂在墙上，那新的一天——明天，在五色缤纷的花纸后面，顷刻就要来到；那新的一年——明年，推开窗，在黑黝黝的天底下，万家灯火中，静静地也要来了；还有那恒河沙数的新的故事，恒河沙数的黑夜和白昼，恒河沙数的秋月春花也都姗姗地来了。

一九四七年

玛琍马

一

玛琍马者，马玛琍也。马小姐的尊姓大名叫起来委实太不顺口，如果亲热地直呼之为玛琍，则又与刘玛琍朱玛琍无所区别，因为现在一班小姐们以玛琍为芳名的实在太多。当然她还有一个外国名字：Mary Ma，可是她的一班朋友们——类我者流——都觉得我国固有文化颇有保存的必要，因此，一个折中办法就应运而生，大家遂称呼她为玛琍马了。

不过，最初我们是叫她马玛琍的，后来不知怎么个一来二去才演变为“中学为体，西学为用”的玛琍马。那一点儿“灵感”起于何年何时，已经记不清楚，所以这个有历史性的日子也就无案可考。

二

玛琍马正当绮年玉貌，一一年四月十日（当然是西历），花香鸟语之春，我们都被邀请参加她的生日宴会，在她的精致美丽的小客室里。我记得我有这个光荣达五年了，她的胡桃蛋糕，可口的苹果布丁，各式各样的聪明的 game（游戏），玫瑰的笑，唱歌也似的嗓子，我都清楚地不会忘记。使我弄不清楚的是她的年纪，前年她告诉我，她比她的妹妹大两岁，但是今年爱琳马又说她比她的姐姐小四岁。安娜蓓儿李说她大概二十六，露易丝赵又说她只有二十三。总之，虽然她的生日众人皆知是四月十日，但是她的年纪是一个谜。这又是一点无案可考。

玛琍马生得很美，我们历史上有沉鱼、落雁、闭月、羞花四个美人，但是玛琍马却不像中国人。她说过的："乔治陈讲我像 Olivia de Havilland，弗晓得阿□?"我们当然义不容辞地大点其头，凑趣地说像。在玛琍马之外，再叫几声 Olivia de Havilland。敌伪时期，西片禁映，于是几个日本明星也曾红极一时，其中最美的要算高峰三枝子。有一次，玛琍马对我说："有人讲我像伊。"我忘了问她是不是乔治陈。一个读初中的孩子也知道如果 A = B，B = C，那么也一定 C = A。可是我看不出高峰三枝子和 Olivia de Havilland 有什么相似的地方。

但是，不管二十三也好，二十六也罢，玛琍马总是美丽的，所以说，玛琍马正当绮年玉貌，这句话谁也不能加以否认。

三

玛琍马是上海人，这一点虽也无案可考，但是有话为证，想来不会错。

关于她家里的情形，我们不怎么仔细，只知道她父亲是穿西装的，而且是笔挺的西装；她母亲的头发是在理发馆里包月的。他们不叫"阿爸"或是"姆妈"，而称"Dady"和"妈咪"。她的大哥有许多外国朋友，二哥结婚在国际饭店，证婚人和介绍人都是赫赫有名的名流，名流的名字忘了，反正是名流就是了。爱琳的钢琴弹得如何出色，她的弟弟在学校如何得到老师的“巴结”，等等。这一切，全都是玛琍马亲口述及的，想来也不会错。

她的精致小客室里，永远供着鲜花，日历每天必撕，从来不看小报，中文报纸据说都不大看，总是读外国报。听无线电向来是西乐，连流行的中国歌曲都不爱听，更甭提弹词和绍兴戏了。逢礼拜天上教堂听道，虽然并不是基督教家庭，但是他们吃饭总不忘记祷告。玛琍马家里的娘姨大姐也会说一声“哈啰”。每逢电话铃响，拿起耳机，总是不说“喂”的。这都是我亲眼目睹，当然更不会错。

四

第一次看见她的时候，还是在学校里，寒假后开学，注册那天，我们这一群刚由新生变了旧生，颇有些自鸣得意。于是指指点点地注意着那些刚考进来的同学，正像从前别人对我们一样。

在那阴暗的甬道里，大家眼睛一亮，原来有丽人行过。隆冬天气，她梳着《舞宫风月》里那个名叫 Zaza 的舞娘的发型，外国红的袍子，白□大衣，高跟鞋子在地上打得咯咯地响。她走得极快，我们竟忘了留神她的脸，只觉得脂香粉腻，一种雍容华贵的仪态，神圣不可侵犯。想起应该端详一下时，她已姗姗地走进主任室了。

一会儿，两个高班的男同学从主任室走出来，他们说着话，脸上现出极滑稽的笑容。

“噢，我知道她是谁。我的妹妹的同学的哥哥的朋友的一年前的情人……”

“废话，干脆她叫什么名字？”

“她叫马——”摸摸头，“马”不出来了。

“她叫马？”

“啊，她叫马玛琍。”

“嗯，人如其名，她应该是马玛琍。不过，这样的人应当读社会，或是英文文学，为什么念政治系？”

“为什么不能？你的想法多奇特！招生简单上并没有这一项规定。”

“像她那样的人……”

“女人是天生的政治家，你忘啦？尤其像马玛琍那样的女人，更是一个出色的政治家。”

“你在侮辱政治家？还是在讽刺马玛琍？”

“都不是，不过马玛琍，她——”

“哦，Mr. 王，”莺一样的叫唤，马玛琍从主任室出来了，赶上前握手，一脸的笑容，“他乡遇故知”般的欢喜，“我一来就寻侬，还有侬格Miss. 蒋，侬令妹好哦？长远呒见，真正牵记……”

那个Mr. 王半回过头，也是一脸笑，却有点儿尴尬、不自然。

五

至于我跟她熟悉起来，却是这之后一年的事情。为了同读“民法”，我有幸和玛琍马坐在贴邻。我们的民法教授是一位老先生，常常身体不好而缺课，又常因法院里忙而不来，所以有几个钟点儿，我得以不听那枯燥死板的民法总则和分则，而和玛琍马聊天。从她那儿我知道许多过去我不知道的事情，以及书本上没有的知识和技能。例如：什么样的脸蛋儿应该梳什么样的头发；丝袜翻过来穿比正着穿显得袜子质地好；皮鞋是哪一家的好；哪一家照相馆拍得最好；国泰戏院的外国女领票员没有大光明楼上的“趣”；做蛋糕的时候多少面粉应该搁多少水；一顶男人的旧呢帽可以制成一副冬天用的鞋罩；不要在跳舞的时候吃口香糖……一学年过去，我的“民法”得到四个学分之外，又吸收了许多“书本以外的学问”。虽然我太不肖，不能够学以致用，但是想起不似先前那样孤陋寡闻时，饮水思源，我是衷心感谢玛琍马的。

尤其应该铭感于心的，就是她几乎全部无条件地教我这些个事情，自然起初也有个互惠的交换。她跟我说过：“国语说得好听哰，明朝起，侬做我格国语先生好哦?”

我特地买了一本曹禺的《正在想》，好念起来有趣一点儿。但是不到三天，玛琍马紧锁起柳叶双眉：“难读来兮格嚜，舌头卷大不来。”于是我换了一本《湖上的悲剧》，因为没有北方土话。玛琍马又道：“里厢有鬼格，怕哰，夜里要做梦，吓煞快。”我又换了《雷雨》，她说：“真作孽，弄到末脚，人统统死光，苦是苦得哰。”她的这些意见使我为之惊奇不已，原来玛琍马就这么浅薄？不过，我只是她的国语先生，而非国文先生，管这些个闲事作甚？

然而到底一本书也没有读完，我们的“国语课”就寿终正寝了，因为她既那样的“英雄气短”，我又何必“自作多情”呢？

六

玛琍马对于外国的一切，不止是迷信，简直热恋，疯狂地热恋。“月亮是外国的好”，固然是天经地义，其实就连灰尘和蚂蚁在玛琍马的心目中也是舶来品胜似国产。中国的电影公司拍不出好戏，中国裁缝只会做千篇一律的旗袍，中国货的料子花样十九乡气，中国的小孩成年拖着鼻涕，中国的老太太手上拿念佛珠而不拿圣经和十字架，中国的情人们在街上连路都不会走，很少有一两个像外国人那样 smart（时髦）的，不是女的扭扭捏捏，就是男的穷凶极恶……总之，中国样样都不好，除了有一个玛琍马。

听说留学生比洋人还要洋派，玛琍马可比留学生更要洋派。她吃三明治，大饼油条看也不要看；咖啡和龙井同样带点苦味，但是前者苦得有味道，后者苦得没道理；她从不看中国电影，连高尚的话剧都不要看，没有西片的时候，她看 opera（歌剧）或是听 concart（音乐会），看不懂也要看，听不懂下次还是听；她是 Coty（法国香水品牌科蒂）和 Max Factors（美国彩妆品牌蜜丝佛陀）的老主顾，谁要是抹了蝶霜，玛琍马的俏脸儿立刻扮起一个怪可爱的讨厌表情：“臭咪!”她平时嘴里常咀嚼口香糖、巧克力，大概也是跟美国女孩子学来的。她的大衣式样，连静安寺路一带的外国店家都少见。因为玛琍马是超时代的，她的衣服是外国电影中女主角和外国书报里女模特儿的“结晶”，采取了二者之精华而制。

此外，玛琍马尚有一只狗，那只狗的国籍不详，但是它的祖国绝不是中国，我是敢断言的。狗的芳名茜琍，按照中国的习惯，茜琍应该和玛琍是姊妹，不过东风从不西渐，那么这一点儿误会自然不会发生了。

七

假使我这是为玛琍作传的话，有三件事是不应该不提一下的。

好像是我们读大三那年，刚开学，聊天的时候大家谈起这一学期所修的课程，一个同学说："今年真难念，本本书都是原文的。"

玛琍马一脸的奇异："全是原文格？格末《中国哲学史》哪能可以——"

那一个死样怪气地道："的确是格，《中国哲学史》也是原文格。"

我们全都为之哑然了——这是第一件事。

还有一件使我不能忘记的，那时我们已经毕业，某一个周末的午后，我陪着玛琍马在贝当路美国教堂门口会晤两位男同学，接头一些关于级会里的事情。玛琍马和他们约的是四点，我们到那儿是三点五十五分。不料那两位同学竟姗姗来迟，于是玛琍马大为不快，扯了我就走向高恩路，折到霞飞路去散步。她生气地叽咕着："个种 boys（男孩们）哪能弗懂道理格？搭人家讲好四点钟，倒喊人家等伊拉。"她好整以暇地散步、谈心达半个时辰之久。天忽然下雨了，才叫了一部三轮车去教堂。老远地见那两个迟到的家伙站在门口，立刻关照我道："喏，看个两个人，真要把点苦头伊拉吃吃。等一息看见仔，弗要讲侬业经来过。"我当然谨遵台命。三轮车在教堂前停下了，玛琍马现出长于交际的表情，缓缓下车，说："真抱歉，侬有一眼眼事体。"那两位连说："没关系，只有一息息。"我看看钟，四点三刻。他们的衣服被雨淋湿了，我们多花一次三轮车钱。

有一次，玛琍马请我们吃“下午茶”，竟破例有一样中国点心。我高兴地嚷着：“玛琍马，这个真太好了，我顶爱的银丝卷。”

玛琍马连忙把银丝卷的盘子也送到我跟前：“妈咪新用的一个饭司务，伊从前是梁园里厢格。”

我说：“对了，怪不得做得这好，那是一家河南馆子。”

玛琍马摇摇头：“啥个河南湖南？我缠也缠不灵清。中国格地名总归个样子，侬看人家外国地名，读起来几何便当。”

我觉得最最便当的还是光吃银丝卷，不跟她啰啰唆唆地惹气，所以不开口了——这是第三件事。

八

最近，许久不看见玛琍马了，听说不久她将和刚从美国回来的亚力山大丁结婚。亚力山大丁我没有看见过，只听说他不是上海人。我盼望他别是什么河南湖南或是河北湖北人，否则，玛琍马对于中国格地名既然缠也缠不灵清，那么亚力山大丁的故乡岂非将和茜琍的祖国一样无案可考了么？

一九四七年

图书在版编目(CIP)数据

凤仪园／施济美著. —北京：中国文史出版社，2020.1

ISBN 978-7-5205-1373-9

Ⅰ. ①凤… Ⅱ. ①施… Ⅲ. ①中篇小说-小说集-中国-现代②短篇小说-小说集-中国-现代 Ⅳ. ①I246.7

中国版本图书馆CIP数据核字(2019)第217936号

责任编辑：薛媛媛

出版发行：**中国文史出版社**
社　　址：北京市海淀区西八里庄69号院　邮编：100142
电　　话：010-81136606　81136602　81136603（发行部）
传　　真：010-81136655
印　　装：北京东君印刷有限公司
经　　销：全国新华书店
开　　本：720×1020　1/16
印　　张：19.25　　字数：217千字
版　　次：2020年1月第1版
印　　次：2020年1月第1次印刷
定　　价：59.80元